小男孩長大後

The Old Man's Boy Grows Older

Robert Ruark

魯瓦克・著　冷彬、林芳儀・譯

這本書，
寫的是兩個內心住著大人的小男孩，
他們曾經在小船裡共同織夢。
我並不記得我們到底有沒有抓到魚，
但是那個夢想真是美好！

編輯序

爺爺的小男孩長大了！

《小男孩長大後》（*The Old Man's Boy Grows Older*）是美國暢銷作家魯瓦克繼最溫暖人心的作品《爺爺和我》（*The Old Man and the Boy*）之後，再度推出的續集。

《爺爺和我》是作者魯瓦克結集他在《野地與溪流》（*Field & Stream*）長達十數年的專欄，成為一本風靡美國六十餘年的作品。書中北卡羅萊納美麗的原野風光，小男孩和爺爺之間的深厚的情誼，令人懷念的高貴美好情操，在在讓它成為一本只要讀過一次，就會讓人一讀再讀，愛不釋手的好書。甫出版即感動了美國千千萬萬的人口，影響更遍及世界各個角落。在美國的亞馬遜網站上，對這本書的懷念、討論及留言，更是長達十數年不曾間斷。

魯瓦克被公認是美國另一個海明威，他對狩獵題材的熟悉、對非洲大地的熱愛，讓他成為當時美國最受歡迎的作家之一。他曾多次到非洲狩獵旅行，並將途中的考察及記錄轉化成寫作的養份，例如小說《寶貴之物》（*Something of Value*，暫譯）以肯亞爭取獨立的「毛毛運動」為背景，成為當時美國家喻戶曉的暢銷書。後來他定居西班牙，期間仍到世界各地去旅行，為報章雜誌撰寫專欄。《爺爺和我》及《小男孩長大後》就是在這段期間完成的。

《爺爺和我》在七〇年代曾經由國語日報引介給台灣讀者，當時即引起廣大的迴響，至今念念不忘，可惜的是《爺爺和我》的續集——《小男孩長大後》，至今仍和台灣的讀者緣慳一面，為了彌補這個缺憾，我們決定將續集和《爺爺和我》一同推出。《小男孩長大後》終於出版了！

《小男孩長大後》和《爺爺和我》一樣，寫的是一個喜歡打獵釣魚的小男孩的童年回憶，但更多時候，是他在不同人生階段心境的反思。現在他長大了，對當年爺爺告訴他的話、教育他的觀念，年齡及時代對人的影響，甚至是爺爺的風濕痛……，都有了更多不同的體會。他長大後實踐了對爺爺的承諾，就讀北卡羅萊納大學新聞系，一步一步地成為受歡迎的作家；他也完成了童年時的夢想，到非洲獵獅子、到印度打老虎，也買回了爺爺在美國經濟大恐慌時期賣掉的老屋。在這每一個階段裡，對爺爺的回憶都無法抹滅，而爺爺對他的影響也無所不在，最後，他把這些想法，收錄在《小男孩長大後》這本書裡。

就像長大後的小男孩——作者魯瓦克說的：「人在成年後很喜歡回憶。當他們頭髮開始變得灰白，當中年的苦痛慢慢加深，總是喜歡回想年輕時的豐功偉業……。」

當我們初讀《爺爺和我》的時候，大概就是小學階段，和當年小男孩的年紀相同，但曾幾何時，《小男孩長大後》與台灣讀者見面時，三十年前的小讀者如今逐漸步入中年，與寫作此書時的作者年紀相同了。比起對小男孩的教育，小男孩成長後心境的變化，可能帶給自己更多的體會。

「世界可能不一樣了，但有些事是永遠不變的。」這本書不僅是獻給正在成長中的年輕人，更是獻給在紛擾現世中，需要與自己的年齡妥協，需要心靈港口的成年人。

作者序

小男孩的話

人在成年後很喜歡回憶。當他們頭髮變得灰白，當中年的苦痛慢慢加深，總是喜歡回想年輕時的豐功偉業，宣稱現在年輕人的生活過得太安逸了，以前當他們是小男孩時可不是這樣被訓練的。爺爺對這件事有個說法，他說，當人越來越老，走過的路越來越多，到小時候那間紅色小學校的路就會變得越來越遠。

他說：「我得承認，以前我從家裡到學校，差不多只有半英哩路，但是我越老，就把這段路變得越長。如果你現在問我，我得在雪中走多遠去上學，我眼睛眨都不眨一下就能告訴你有十英哩遠。」

當時這位老紳士說的話我並不太在意，除了「雪」這個字以外其他幾乎都沒聽進去。那是個悶熱的八月，我正折磨著冰淇淋機的攪拌棒。或者說，是這攪拌棒折磨著我。奶油與碎冰、粗鹽一起在圓筒中攪和的同時，我也已經滿頭大汗了，要不是因為他們准許我舔舔攪拌棒，我才不願意在那兒繼續這項苦差事，等待冰淇淋越攪越濃稠。

冰淇淋終於變硬，一切大功告成。我趕緊撲上那根滑順綿密的冰淇淋棍，就像鴨子撲上金甲蟲一樣。如絲般光滑的冰淇淋上，冰凍的蜜桃片堆成一座可愛的小山。這就是所謂「士兵的薪餉」或是「額外的獎勵」，因為我還可以跟全家人一起平分冰淇淋，通常不用再額外扣掉我先吃掉的份。

對我來說，這是人類雙手所能製造最美味的冰淇淋啦。你想想，只是把奶油、砂糖、雞蛋、香草粉，還有一些新鮮蜜桃及櫻桃丁丟在一起攪拌，就可以做出冰淇淋來，是多麼神奇的事情呀！但現在已經沒有人這樣做冰淇淋了，當然，現在也沒有人這樣過生活了。

這個回憶忽然湧現在我的腦海中，是在某天我的背嚴重扭傷時。那天我想重溫兒時自製冰淇淋的模糊記憶，不想到街角商店直接買一桶冰淇淋，或打開冷凍庫抓冰塊咬，那些冰塊吃起來就像木屑一樣，不管削得多漂亮，都一樣難吃。

我發現這幾年來，為了重溫年少記憶到戶外野炊，毀掉了不少好食材。我會去釣魚或是露營，純粹只為了享受被凍僵或中暑的趣味，又或者被蟲叮蚊咬——這些所有讓人不舒服的事。我成了個野餐狂，享受一切不熟的、烤焦的，或是沾了泥沙的食物。

在這些年裡，我嘗過了大象的心臟，生羚羊肝、半生不熟的沙雞或瞪羚肉片——這些都是幾分鐘前，才剛掠過天空或在樹林中跳躍的新鮮肉食。我若去釣魚，一定要等到用紅土把它們團團包住，通通丟進炭火中烘烤時才會真正開心起來，而且就算沒烤到全熟也不影響它們的味道，即使是放在我這已經被三十年尼古丁與私釀琴酒麻痺的舌頭上也一樣。

但當我還是個小男孩時，一切倒真的都不太一樣，爺爺對我來說代表的是過去已經消逝的謎團。但我並不認為我能讓現在的年輕小鬼頭們，對我過去三十到三十五年前所著迷的活動產生多大的興趣。對這個有電視、馬戲團裡有芭蕾舞表演的年代，那時候的一切都太簡單了。「進步」，和所有的事情一樣，是比較出來的，但我很懷疑，這一切的「進步」，是否真的值得。

在那被埋葬的過往歲月中，大部分好玩的事情都發生在戶外。季節在月曆上蝕刻的印記訴說著大自然的潛力。冬天的雪下得並不頻繁，但還是有可以讓你舔著玩的冰柱和自製的白雪冰淇淋，也可以設下陷阱捕捉野兔及初雪時奇蹟般出現的小雪鵐跟連雀。設陷阱很簡單，就只是一個箱子用一根木棍斜斜地撐住，然後綁上根繩子，在箱子下丟些麵包屑，等小動物跑到箱子底下吃東西，就從躲藏的地方把繩子用力一拉，箱子就會倒下來把獵物關在裡面。唯一的問題是怎樣把裡面的鳥兒抓出來，因為通常箱子一打開，牠們就順順利利地遠走高飛。

冬天池塘薄薄地結上了一層冰，讓獵鴨變得容易許多，因為野鴨不喜歡在雪中飛行，會游進矮樹叢中。不知怎地，鳥類跟動物在雪中都比較容易獵到，在雪地上偵查鹿蹤也比跟在獵犬後頭追逐牠們有趣得多了。

春天是野草莓和青桃的季節，也是肚子痛的季節——而且感謝老天保佑，也是學校放假的時候。時序緩慢慵懶地從五月進入六月，食穀鳥占領了整片草原，黑莓釋放出濃濃的甜意，就像從樹幹上冒出的珠寶。藥櫃因此遭受嚴重襲擊，救贖之瓶中的蓖麻油逐漸變少。這時也是游泳的季節，水冰得讓人冒出雞皮疙瘩，這可是嚴重違反父母禁令的，這種犯罪的歡愉讓人對這些時光加倍難忘。

夏天，是把學校拋到九霄雲外，釣魚跟游泳的時光，即使在我那個年代，也有很多夏令營，通常都在山裡舉辦，因為父母可以藉此擺脫小孩六周的糾纏，把他們押送到比較良善仁厚的集中營裡，在監督管理下從事射箭、游泳、划船、登山健行、野營、編竹籃等等諸如此類的活動。

八月最美好的部分，是準備迎接九月的到來，九月才是男人行動的季節：那時可以開始認真訓練小狗，狩獵季也即將正式展開。九月強烈的東北風掀起萬丈波濤，沼澤雞全跑出來啦，大藍魚與鹹水鱸魚也取代了岸邊的小魚，讓人群蜂擁而至。

十月是松鼠活躍的月份，板栗樹在灌木叢中散發充滿光澤的棕色，酸澀的柿子皮剛起了點皺，鵪鶉在黑暗中甜美地呼喚著。但一直要到十一月，才會有連續發射的子彈摧毀牠們的美夢。到那個時候，天氣就真的冷透了，矮樹叢凋零枯萎，憔悴不堪。雄鹿的脖子鼓起，你可以聽見這些大個兒們用力磨去鹿角上的最後一層絨毛，在樹林中大聲喘息的聲音。

我試著記錄下這一切，但每當我一開始回想，過往的一切就排山倒海而來。好像許多塵封在鐵櫃中的陳年往事，一旦用鑰匙轉開了鎖，打開櫃門，一切就瞬間出現在眼前。第一次傾洩而出的回憶，成就了一本小書，就是《爺爺和我》。

通常，故事自己會說話會書寫。我不禁猜想，忙著報導現在熱門的話題，讓我多少忘了過去的事：鄉村小木屋中，屬於聖誕節的氣味；命令獵犬追逐浣熊的號角聲；鼴在柿子樹上蜷成一團，像張中國老人皺縮的臉；趕著牛群穿越陰暗森林回家的黑人牧童，哼著歌兒驅逐心中的恐懼；北風刮起的海浪，打在孤寂的沙灘上，激起整片白色泡沫；黑人的戶外佈道會揚起陣陣嘹喨的歌聲；歡樂的盛會中燻烤著生蠔，私釀水果酒在暗處傳遞，連方塊舞者旋轉的步伐都帶點兒搖晃。

《爺爺和我》讓我思考，讓我小心翼翼地檢視我的回憶。聖誕節的氣味就是一例。舊時的聖誕節，聞起來就像搗碎的常青樹加上烈火燃燒樹脂的味道。前者清涼，後者熾熱，但兩種味道加在一起，卻意外和諧得讓人心情愉悅。不過這芬芳的氣味卻被廚房溢出來的香味掩蓋，烤火雞肚裡填塞餡料香噴噴的味道，獲得了壓倒性的勝利。

這所有豐富的香味都還沾染了一股酒香，因為食物沾醬和水果蛋糕奢侈地使用了大量的白蘭地與葡萄酒。還有一股熱帶的香味，來自平時罕見的聖誕柑橘及黃澄澄的柳橙，它們濃郁的香甜摻和在豐富複雜的氣味中，格外清新逼人。但香氣醉人一口直咬到雪白果肉的鮮紅蘋果就可以整個兒把它抵消。苜蓿葉和心型的閃亮聖誕糖是一年中其他時刻都看不到的，它軟軟的夾心能奪走你的心，搭配油滋滋的巴西堅果，以及帶了淡淡酒味、摸起來黏呼呼的大個兒葡萄乾真是恰到好處。這種時候我們不會直接喝能夠讓人友誼加溫的蘭姆酒，但加了香料的蛋酒、溫熱的湯姆與傑利雞尾酒[1]，也讓人們水乳交融。

現在，我把時間的頻道調回很久很久以前的過去，張開回憶的鼻孔用力聞嗅著這些各式各樣的氣味，在搜尋氣味的過程中，我突然又找到了不同的記憶。我想起在沒有暖氣的房子裡，爬上冰冰涼涼的床鋪是什麼樣的感覺；還有在天色破曉前的一片黑暗中，離開溫暖的床鋪，塞進冰冷的衣服裡，只靠一頓豐盛早餐在肚子裡升起的暖意出門獵鴨是什麼感覺，那時耳朵冷得都快掉下來啦，膝蓋以下也凍得完全失去知覺。

重新回憶起小男孩凍紅的鼻頭上，那一滴清澈的鼻水是多麼容易啊，那時他正在獵鴨欄裡發抖，祈禱綠頭鴨快快飛下地來。凝結在爺爺鬍鬚上的露珠、爺爺的氣味——「老人跟老狗聞起來都一樣臭」——摻雜著菸草汁、玉米威士忌、爐火的氣味，整個兒就是爺爺的味道。

我繼續回想，這是這麼多年來第一次，我這麼清楚地意識到小男孩可能變成了什麼模樣；足足有兩三年的時光，我一直驚恐地認定我死後一定會下地獄，因為我又愛翹主日學又愛罵髒話；還有，我是如此地任由永恆的回憶襲擊。但這些猛烈的回憶，終於慢慢不再失控，慢慢地整頓歸位，在一個午後的沼澤旁，當鴿子開始憂傷地輕啼，傍晚的聲響生氣勃勃地迸開，貓頭鷹又開始唬唬梟鳴。即使我現在已經是個成年人了，在午後陰暗神祕的沼澤中釣魚，四周圍繞著扁柏與鐵蘭，我還是可以感受到年輕時的那種恐懼，那種毛骨悚然的感覺，彷彿發怒的天神用祂冰冷的手指在我的脊椎上下游移。

爺爺和我從前做過的事情中，幾乎沒有一件是人工且非自然的。我使用弓箭，但是是依據歐內斯特[2]書中的解釋自己做成的。我不需要教練教我射箭，我會扔斧頭、製作戰斧、拋擲長矛，以及設陷阱、投擲小刀，還有撐槳划船。

1 一種美國在聖誕節時飲用的傳統雞尾酒，是一種溫熱的蛋酒，用白蘭地或蘭姆為基底，配上肉荳蔻做香料，用馬克杯或大碗飲用。

冬天到來時，穀倉的牆上通常都掛滿了野兔皮，有時還有浣熊或是鼬皮，而我總是做著白日夢，希望可以碰上隻大熊，來增加我的戰利品。我從來沒真正碰過熊，但我看過一次熊的足跡，那就讓我有如親眼看見並射中牠一樣開心了。

那是成人無法分享的祕密生活——在成串連成一氣的洞穴中、在海盜曾經埋藏寶物無人能尋的小島上、在樹屋裡、在小木屋中——即使那兒的橫樑已經歪曲，但絕對還是可以為疲倦的冒險家提供一些舒適的愜意所在。

從北卡羅萊納南港到威明頓的火車（代號是W.B.&S.，意思應該是指威明頓、布朗斯威克、南港，但我們都戲稱它是「盡職卻緩慢的火車（Willing But Slow）」），是一段適合玩上個半天的三十英哩路程，並且在旅程中滿是高度的冒險及真正的旅遊。這個旅程如果想乘船，我的羅伯叔叔是船上的機師，雖然花費時間較長，但當經過腥味沖天的魚肉工廠時，真覺得自己就像探險家哥倫布一樣。這三十哩路所花費的時間，好像比現在從紐約飛到倫敦的時間還要長。

《爺爺和我》的故事只發生在美國的一個小小區域上，但我們相處的點滴，卻可以在世界上各個角落繼續延燒，真是奇怪又很有趣。這本書最前面的兩章是在是熱那亞的蒸汽船上寫下的；之後有幾章則是在非洲探險時寫的。之後的幾年，《爺爺和我》持續在各個地方寫作，像倫敦的索威飯店（Savoy Hotel）、新南威爾斯的教堂、戈羅卡[3]的營地、新幾內亞的高山上，以及羅馬、巴黎、馬德里、菲律賓、東京、香港等等，還有一大堆我不想花時間一一列出的地方。林林總總加起來，這是在史上最好的旅行之一中所創作的書，但很奇怪，我就是沒在故事發生的南港及威明頓寫作。這本書大部分的內容都在西班牙、非洲、印度，還有旅程中的飛機上所寫。

也許是我自己個性毛躁古怪，但我實在不了解，現在年輕人喜歡的登月太空梭或是人造衛星到底有什麼好玩的，自然界裡還有好多可以探索的東西呀！我不懂電視這個奢侈品，怎麼可以聲稱它比露營旅行還好玩，我也不懂，閱讀時無窮無盡的探索及樂趣竟不能勝過電視上那些搞笑或裝神弄鬼的節目。

但當小男孩長大了以後，我並不會因為這個世界跟以前不一樣了，就覺得孤單。氣候改變了，大家談論的都是那是不是原子彈造成的錯。非洲狩獵之旅大受歡迎，大部分出錢的，

2 歐內斯特．湯普森．塞頓（Ernest Thompson Seton, 1860-1946），蘇格蘭裔博物學家，小說家，被譽為動物小說之父。他開創了動物小說這一嶄新的文體，在世界文學和兒童文學史上都具有不可撼動的崇高地位。塞頓畢生創作的四十六篇動物小說歷經百年歲月的檢驗，是世界動物小說中的經典。

3 戈羅卡（Goroka），巴布亞新幾內亞的首都。

都是那些臉爆青筋、又挺個大肚腩的人，他們想虐待自己，所以嘗試度過原始的生活。你再也看不見知更鳥了，紅頭啄木鳥也已經像多多鳥一樣絕種了。世界絕對和我還是小孩子時不一樣了，但如果你現在問我，我小時候去學校要在雪中走多遠的路，我很可能會比爺爺更誇張，告訴你：「二十英哩。」當然那是個謊話，因為我以前都是騎腳踏車上學的，而且學校也不過就在街角，校舍也不是紅色的，紅色是七年級老師頭髮的顏色，也差不多就在那個時候，對我來說，鳥兒跟蜜蜂的意義也有了明顯的不同。

想想看，他們現在訓練紅髮老師的方法也不一樣囉，至少跟我最後一次看見的是不同了。

目次

1 爺爺的遺產

從橡樹林這頭，到河畔那端的街上，一群又一群聚集的人潮。他們大部分的臉龐是黑色的，站在白人之中用濃濃的口音說著話，還有幾隻狗兒在人群裡穿梭。

他們都是來看爺爺的，來跟這位老船長說再見。在他的告別式中，唯一看不到的人就是我。我已經跟他說過再見了，他也已經與我道別過，我可不想要爺爺把我，跟其他那些來悼念他的人混在一塊兒了。我拿了放在地下室的船槳，划到砲台島去，那裡除了鳥以外，沒有別的事兒讓人分心。

世上絕對沒有任何方法、任何詞語，足以描述我的憂傷。少了爺爺的世界，對我來說實在太大了，但爺爺就這麼走了，留下只有十五歲的我，孤孤單單、無依無靠地活著。我用力搖著槳，努力不去想爺爺，卻怎麼也抹不去他的身影。

我發現，是爺爺的老哲理引導我到這水面上來——爺爺認為船與流動的水最能幫助你解決各種問題，因為水能澄淨你的思緒，釣魚能平撫你的激動，「而且最後你還能吃掉這些魚呢！」我猜，一定有人不能理解，我為什麼不去參加葬禮反而跑來釣魚，但爺爺一定會贊同我這麼做。

我習慣性地帶了漁網，置物箱裡還有些魚線。我划向淺灘，用槳將小船固定在沙洲上，然後望著沼澤裡的蝦群。停了一會兒，又把船推入水裡，划向一個我知道的魚穴，那裡躲著一大堆娃娃魚跟鱒魚。我現在已經說不出那時抓到了些什麼，但我通常總能抓到點東西的。

爺爺總是這麼說：「三月是個糟糕的月份，最好就是用來回憶。」所以我坐在船上，放上魚餌，甩出魚線，然後跌進深深的回憶裡。

「我不打算留給你什麼。」爺爺在臨終前，病情危急時曾這麼說過。「這場病花了太多錢，連房子都抵押了，銀行裡還留了張借據，而且經濟大恐慌還沒結束哩。所以除了幾把獵槍、幾張漁網和一條小船，沒有什麼值錢的東西。如果還有什麼，也許就只剩回憶了。」

突然間我想通了，爺爺怎麼會說沒留什麼東西給我呢？是開玩笑嗎？我是全世界最富有的男孩呀，連大富翁在我身邊都像個乞丐。我擁有爺爺整整十五年的時光，爺爺幾乎把他所有知道的事都教給了我啊。

於是，我決定開始好好計算我所擁有的財富。

首先，他把我當成一個男人看待，培養我不卑不亢的態度。爺爺會讓我跟他、還有他的男性友人們平起平坐，他給了我自尊與平等。他教會我憐憫，以及應有的禮貌，還教育我什麼是寬容，尤其是對那些較不幸的黑人與白人。街道上的黑面孔中，除了少數年輕人外，其他人都一生下來就是奴隸，他們只知道「飢餓」這個詞，並不曾聽過「廢除種族隔離」那一類的論調，他們會聚在這裡，只是因為他們喜愛爺爺這位老朋友。

群眾中也有黑人與白人的傳教士們，此外還有一些人，在我的成長教育中算比較粗俗的一類，像酒鬼啦、老愛打架的啦，還有遊手好閒的啦，他們全都在那裡，與城裡的神父、海岸巡防隊與船長協會的人、親戚朋友，甚至是獵犬們一起聚在那裡。我想爺爺一定有什麼深深吸引了大家，也影響了我。

除此之外還有什麼呢？

嗯，爺爺讓我發現閱讀是件非常美好的事情。他讓閱讀變成了一種運動，就像打獵是種運動，釣魚也是種運動一樣。他讓我體會到知識的寶貴，所以我老喜歡把頭埋在書本裡，只要有字，是哪種書都無所謂。為了追求刺激，我讀麥考雷、艾迪遜、斯威夫特以及莎士比亞。我從來沒把聖經當成宗教書籍，對我來說，讀聖經就是讀一本書，而不是讀宗教論文，因此我發現聖經裡的打鬥場面，比湛尼．格雷寫[1]的西部小說還激烈。我讀史書像讀小說一樣熱切，古埃及的史事沒什麼是我不知道的，而且早在大學上哈蘭博士的課之前，我就知道，大家所說那個從海面上升起的「維納斯女神」，應該叫「愛與美之女神」。

爺爺也教會我如何打發無聊。不管在什麼地方，只要找到任何一張有字的小紙片，像藥瓶貼紙或肥皂的包裝紙，我就會認真地讀它來消磨時光。我已經四十多歲了，卻幾乎想不起生命中有那一刻是真正覺得無聊的，因為爺爺給了我一個最重要的禮物，就是教會我如何去「看」——真正用心看。

爺爺曾說：「大部分的人們多半都像個睜眼瞎子般度過一生。你要知道，無論是麥虱或蛤蜊，任何一樣東西都是有趣的，只要你記得，看著牠的時候，能夠心存一點兒好奇。」然後他會把我帶去沼澤區或海灘上，或者把我丟到船上，嚴令我好好去看，待會兒還得告訴他我看見了什麼。我觀察到很多細微的事物，例如工作中的螞蟻、正在游泳的貂，或毫不懈怠推著糞球的金龜子。

我看見雄松鼠在發情期如何打敗情敵，也看過海龜產卵時流下淚水；我觀察沼澤與濕地上的生態，也領略野生動物們隨季節產生的各種變化。我學著傾聽夜晚的聲音：狗兒對著皎

1 湛尼．格雷（Zane Grey, 1872-1939），美國知名冒險小說家，著有許多西部探險的浪漫故事，他也熱愛釣魚，曾在國際釣魚雜誌上發表多篇在紐西蘭釣旗魚的文章。據 IMDB 記載，至二〇〇七年為止，共有一百十一部電影是根據他的小說改編。

潔月亮的狂嚎，貓頭鷹陰森森的梟叫，還有夜鷹優美的輕嘆、狐狸牢騷似的低吠，以及獵犬趁夜獨自探險時，脖子上鈴鈴的聲響。我學會欣賞鴿子在傍晚時分淒涼的啼哭，還有鵪鶉在召喚分散夥伴時那迫切的呼喊。

我的嗅覺變得非常敏銳，聞得到羊齒草與狗茴香的氣味，也聞得出從松木新裂縫裡湧出的樹脂香，還能分辨出搗碎的曼陀羅草和那些常在身邊植物的芳香，茉莉、木蘭、桃金孃等，都有那麼一點點的不同。夏天的氣味也和秋天不大一樣，夏天是慵懶而溫和的，像是乳牛輕柔的呼吸；秋天則是辛辣刺激的，樹葉紅火，草地上覆蓋了一層薄薄的冰霜，橡膠樹忙著分泌汁液。春天聞起來有少女的芳香，冬天則有著爺爺的味道，那是混合了爐火與菸草汁的味道。

我還有不錯的廚藝呢。爺爺告訴我，食物不只是在肚子餓的時候用來對付腸胃咕嚕亂叫的解藥。我們一起打獵、一起準備食物，從中獲得了許多樂趣。爺爺教會我如何用船舷敲開硬殼生吃蛤蜊，更教會我如何在沙洲上烹魚或是烤蠔，享受一場華麗的盛宴。我下廚時總是洋洋得意，並且非常慶幸能夠體會飢餓時的玉米粥、海龜蛋、油炸松鼠或野兔，比有錢以後跑去那些奢華餐廳所吃到的高級料理更要美味得多。

讓我想想，爺爺還留給我了什麼？

對了，還有良好的禮儀——雖然我總是得付出痛苦的代價才記得住，有一兩次甚至還讓爺爺用藤條狠狠地修理過呢！我隨時記得說「先生」、「女士」、「請」與「謝謝」，知道跟長輩在一起，或是在餐桌上要盡量保持沉默。我不貪取狩獵夥伴射下的鳥隻，也絕不侵犯別人命令獵犬的權利。我在樹林裡很安靜，也知道要把營地清理乾淨，把吃剩的廚餘殘渣埋掉，並將營火完全熄滅。

我學會了如何撒漁網、用獵槍，會用槳划船、用篙撐舟；會模仿火雞跟野鴨的叫聲，知道如何採蠔、挖蛤蜊、訓練小狗、偵查鹿蹤、引誘私人土地上的火雞（這可是不合法的）；我會在大浪裡垂釣，會搭帳篷並用松針鋪床；會跟蹤浣熊獵犬，可以在釣魚船上值班，還會剝下整張的動物皮毛；會秤魚的重量、挖洞穴、會畫畫，還知道怎麼辨別毒菇與可食性的磨菇，以及分辨不同的樹種、花草與莓子；我可以跟有色人種和諧相處，甚至還會講獵人們粗俗的行話哩！

爺爺留下的遺產，似乎總結出上述所有的一切：兩把槍、一張漁網、一條船，還有一間房子，院子裡的木蘭樹中有著新來的九官鳥——但這個房子沒有多久就不是我們的了。大學就在不遠的未來，只要我努力完成學業。

我收起釣魚鉤、舉起槳，划船回家。到家時，參加葬禮的人潮已經散去，只剩下幾位至親好友，竟沒有人發現我剛才不在。

南方人參加葬禮少不了食物的搭配，雖然這聽起來有點奇怪，但每個人到來時，都會帶來蛋糕、火雞或是火腿，所以就算在滿室花香的葬禮上，依然聞得到廚房裡的食物，餐桌上也早已備有豐盛的筵席等著你。我的肚子很餓，所以吃了一個火腿三明治，倒了一杯牛奶，這時，最後一個回憶衝進了我的腦海中，碰！

我想起每次爺爺開著老福特或搖著船的時候，或者每逢下雨及不能漁獵的季節，他總習慣說：「讓我帶你認識這個我們『人』所身處的世界。」比如說，那個讓很多人浪費時間追尋的科羅拉多寶藏，爺爺就懂得很多，因為他是個西部老手。但草原上有大馬車前往西部冒險時，他就像隻小害蟲，專門在路上製造些麻煩。北美野牛以及信鴿的生態，他通通一清二楚。古埃及的文明史、史丹利到非洲尋找李文斯頓的故事[2]，更深印在他的腦中。大概從我剛會走路開始，他就用這些故事一點一滴地把我餵養長大。

我恍然大悟，原來我在上大學以前，就已經受過良好的教育，累積了廣博的知識，我立下志願以後一定要當個作家，並且把爺爺教我的事情寫下來。不過有另一件重要的事情我得先做，那就是受完大學教育，然後多賺些錢，把那個後院裡有著九官鳥、木蘭樹叢以及胡桃木的黃色老房子買回來。

我花了很多的時間，中間還經歷過戰爭與和平的崩毀，去過華盛頓和紐約、倫敦和巴黎、西班牙和澳洲、非洲與印度，看過獅子與老虎，體會過希望與失望，寫下了許多的文字。但最終，爺爺的房子現在為我們家人所擁有了，還有隻九官鳥——牠是某隻被我殺死的老九官鳥的後代——在月色皎潔的夜晚，牠會站在木蘭樹上歡悅地歌唱，胡桃樹與無花果樹又開始滋長，橡樹園也從來不曾改變過。

小男孩已經老到長出了白髮，但爺爺依舊存在，一切情景都是如此清晰。你會聽到更多爺爺告訴我的事，也許白髮會因此短暫消失，至於我，當然是又變回了爺爺的小男孩。

2 大衛．李文斯頓（David Livingstone,1813-1873），英國傳教士，著名的非洲探險家，在非洲傳教達三十年，他的傳教及冒險事蹟，影響了許多西方人對非洲的態度。他在非洲冒險時曾一度失蹤，紐約先驅報（*New York Herald*）委託旗下記者亨利．莫頓．史丹利（Henry Morton Stanley, 1841-1904）前往非洲尋找他的下落，後來也成為知名的非洲探險家。

2 不求尊貴

在跟爺爺告別了五年後的某一天，北卡羅萊納大學已經準備好，要將一九三五年的畢業生送進現實世界的叢林中。愛蘭諾．羅斯福女士就在足球場裡，對著好幾百個雙頰紅潤的年輕人，訓示了將近兩個小時：「……未來就在你們年輕而強壯的肩膀上。」

我恐怕得說，有三個年輕人雖然有強壯的肩膀，但坐在球場硬梆梆的椅子上時，卻用不太正確的態度看待這場畢業典禮。這三人其中一位是個科學家，他暗中把一個大水缸藏在中間那個人的椅子下，然後接上藏在我們學士服裡的塑膠吸管，讓我們可以開心地暢飲私酒，排遣典禮的沉悶。所以，我想至少有三位帶著學士帽的騎士，是滿臉通紅、勇敢地走到台前，領取那張宣示他們即將成為救世者的學位證書。

在這段冗長的演說——或者說是忠告中——我忍不住想，如果辦的是一場熱鬧的野營，加上爺爺魔法般的畢業演說，應該會好玩很多。爺爺有次跟我說：「你很快就要成為一個男人啦。沒有任何人可以教導另一個人，該怎樣變成一個男人。隨便亂給建議通常只有兩個結果：如果你接受了他的建議，下場卻很淒慘，你會痛恨那個給你意見的人；但就算他的建議行得通，你也不會喜歡別人跑來告訴你，該怎麼經營自己的人生；如果你拒絕了他的建議，結果卻非常美好，他也一定不會原諒你，讓他這般難堪。」爺爺頓了一下，點燃他的菸斗。

「但我一直嘗試教你一些事，像不要魯莽行事、不自吹自擂、小心用槍，以免獵鹿時失手射死我，還有鵪鶉不可一次射光一整群，只能選個幾隻。我要為這些教過你的事提出辯解，因為我的信念就是帶領你光明磊落地成長，早期教育會深深影響一個人，如果我什麼都沒教你，老天，就算現在想教也太晚了。」

「而且我還要徵求你的允許，讓我再教導你一些事情，這些事可以讓你不致於被關進監牢或瘋人院。別自命不凡，自以為高貴；我們的國家就是被那些自命高人一等的人害苦了。你要確實記住，在你向前邁進的旅程中，為自己找點樂子並不是罪過，而且幾乎就跟睡覺一樣重要。千萬別太過正經，因為你正與幾十億人口競爭，包括中國人與烏班吉人[1]，他們認為自己跟下一個中國或烏班吉領導人一樣重要，而且他們從來沒聽說過你。」

爺爺下了個誇張的結論：「未來五十年裡，若你能順利解決各種人生難題，始終沒讓樹

1 烏班吉人（Ubangis），居住在中非共和國烏班吉河流域附近的黑人部落。

叢著火、沒留下髒亂的營地或偷取你夥伴的獵物，那麼不管我在哪裡，都會帶著微笑看著你的！」

這位老紳士曾給我上過一課，告訴我若能把自己當成另一個人，就能將自身的悲慘遭遇，轉化為一場崇高的冒險（有時也可能會是粗俗的喜劇啦）。在過去三十年歲月中，我發現這招還真好用，畢竟，如果不管是哭是笑都沒辦法解決問題的話，笑著死至少還比哭著死好一點。

從我大到可以在森林裡散步的第一天起，爺爺就把每一件細小的事情——小到一般人根本會直接從旁走過的事情——變成一次次的大冒險。他就算只是看見努力推著糞球的金龜子，都可以體會生命中充滿了痛苦掙扎。

他會說：「這就像每個人的生命功課，努力往上推著球，而且絕不放棄。你不能說這小傢伙沒盡它最大的努力，因為它並沒有哭著找人幫忙呀。」

爺爺領我進入人生，就像教幼兒學走路，或像訓練小狗尊敬老狗一樣。他告訴我他的意見，但從不硬規定我或命令我做什麼，而且他總是有所保留，總是很殘忍地不把話說清楚。巴博卡克[2]曾經寫過一段文字，描述他用毆打失去尊嚴的老狗，來對付一隻吵鬧不休的小狗。狗主人選擇不安撫小狗，反而用懲罰老狗的方法來折磨小狗，讓牠因為罪惡感而痛苦不已，結果這隻小狗從此就乖乖變成一個盡責的獵鳥犬。（爺爺會跟我一樣喜歡這段文章，因為我很容易就在描寫小狗的部分讀到自己。）

爺爺最不能忍受的事，就是「不寬容」。基本上，他非常重視每一個人的權利，認為權利是不能以種族、信仰與財富多寡而定的。他也很尊重標示為「私有土地」的領域，但有時候，如果他覺得「結果」可以合理化手段，比如說，私人產業內根本不會有人去獵火雞時，他就會不惜觸法，把私有地上的火雞引誘到告示的範圍外獵殺。爺爺也不能忍受沒有禮貌的行為，不管是在家裡，還是在野外都一樣，不管是偷取別人的獵物、沒有把營地清乾淨、或是不小心造成森林火災。他告訴我，在沼澤地區，當鴿子低吟，黑夜慢慢籠罩，所有夜晚裡那陰森如鬼魅般的聲音出現時，一定要懂得謙虛。

有一年春天，我又鬧又跳，像隻吃太飽的小馬，為了讓我能夠安靜下來，爺爺叫我跟他一起造了一條船，然後把我一個人送到水上去度過整個夏天。他是DIY的始祖，尤其喜歡有我加入的DIY活動，像是秤量魚貨、砍柴、或是在下雨天裡獵鷸鶉等等。

他說：「老人家會犯風濕痛，所以呀，小男孩應該學會很多男人要做的事情，學習當個

2 哈維爾．巴博卡克（Havilah Babcock, 1898-1964），美國自然文學家，其著名作品《我的健康在十一月時比較好》（*My health is better in November*）收錄多則在美國南方打獵與釣魚的故事，廣受大眾歡迎。

男人，那是你身為小男孩所應付的代價。」

爺爺認為，好奇心是人生而擁有的天性。他是這樣解釋的：「有人說好奇心會殺死一隻貓，但更可能是因為這隻貓吃了太多老鼠囉。」他會去察看木材堆底下是不是藏了什麼東西，或仔仔細細地觀察角落四周。如果他沒有弄清楚所有他認為該知道的事情，包括從希臘神話到山雀棲息的習性等等，他是絕對不會善罷干休的。

爺爺生來美感獨具，還有著很奇特的幽默感。有一次，我故意踩死一隻毛毛蟲。「不要再讓我看到你這樣做。」他嚴厲地說：「你剝奪了一個昆蟲綱有翅亞綱鱗翅目生物美好的一生，牠是一個美麗的象徵。」

「一個什麼？」我問到。

他咧嘴笑著：「這樣牠就沒法蛻變成蝴蝶了！」他講這話的口氣聽起來很愚蠢，因為他讀百科全書只是為了好玩，所以故意使用否定句加強語氣。很久很久以前，爺爺就使我把頭埋進布爾芬奇[3]的神話故事裡，讀得津津有味。當我想找點樂子的時候，他會讓我讀莎士比亞，而不是讀暴力偵探小說。

「莎士比亞的作品裡有更多刺激的打鬥場面，比尼克・卡特[4]和奈德・邦特萊[5]的作品加起來還多。遠離愛爾傑[6]的書，他筆下的人物都是軟弱的娘娘腔，不管怎麼說，人生都不該是那樣的。那些有錢的大老闆向來都對要娶他女兒的人百般挑剔，你不可能走在路上撿到一本筆記本，拿去還給它的主人，然後就變成了銀行總裁。」

「樂趣」有很多不同的定義。爺爺會很嚴格地告訴你：「沒有任何一個人，可以在工作完成之前先玩樂。」但又會頑皮地說：「可是只要你能不出差錯，讓工作充滿樂趣沒有什麼不對。比如說你假裝自己是在奧勒岡杉樹林上吊鋼索，雙腳離地兩百英呎遠，但實際上卻只是在砍著木柴，我覺得這就沒有什麼不對。」

他當然愛透了他的甜酒，但他絕對不把喝酒與任何一種需要全神貫注的運動、打獵或工作攪和在一起。

3 湯瑪斯・布爾芬奇（Thomas Bulfinch,1796-1867），美國業餘作家，熱愛古典文學，以希臘羅馬神話為題材創作，留下了許多傳世著作。

4 尼克・卡特（Nick Carter），一八八〇年代美國偵探小說中被創造出來的人物。

5 奈德・邦特萊（Ned Buntline, 1823-1886），美國知名大眾小說作家，奈德・邦特萊是他的筆名。他寫了許多西部故事，一八六九年遇見野牛比爾後，為他創作了一系列小說，並改編成戲劇搬上舞台，讓野牛比爾成為家喻戶曉的人物。

6 霍瑞修・愛爾傑（Horatio Alger, 1834-1899），十九世紀後三十年美國最受歡迎，也最有社會影響力的大眾小說家。他筆下創作了許多描述窮孩子在貧窮中變成受人尊敬的中產階級的故事。宣傳憑著誠實、不屈不撓的樂觀精神和艱苦的工作，善良的孩子會得到應有報償——儘管這種報償往往憑好運突然到來。他所創作的《衣衫襤褸的狄克》（*Ragged Dick*），是其最暢銷的著作。

「你要不是去打獵，要不就是來喝酒。」爺爺說：「醉鬼只能留在營地裡，因為我可不想在獵鴨欄裡被哪個該死的笨蛋轟得腦袋開花。工作完成也可以喝酒，在一天結束的時候，沒有比一杯甜酒更讓我喜歡的東西了。」他眨一眨眼又說：「對老人家來說，嚴冬清晨，星星依舊高掛天邊，覺得自己比站在冰山旁更冷的時候，也正適合飲酒。但絕不是在打獵或釣魚的時候。我認識很多人，因為喝醉酒害自己溺死，或掉落山谷讓自己摔斷了脖子。」

爺爺會滔滔不絕地講述這個他所熱愛的話題：「樂趣，是你給自己的禮物，是你應得的獎賞。你可以讓工作成為一種玩樂，但也有可能本末倒置，把玩樂變成了工作，就看你有沒有誠實地努力平衡好這兩者的關係，不然，你很快就會覺得沒有任何玩具可以玩了。那些花花公子，都跟公豬的乳頭一樣沒用，懶鬼就是懶鬼，有沒有錢都一樣。」

對於「如何才算是個紳士」這個主題，爺爺說：「紳士不見得需要天天打領帶或刮鬍子。城裡一些不愛乾淨、周六晚上準會喝個爛醉的流氓，我還是會稱他們為紳士。相反的，有些穿著體面、不喝酒、準時上教堂、乾乾淨淨的人，無論如何我都不會輕易相信他們。紳士，就是君子的意思，應該是和善謙虛、彬彬有禮的人。」

爺爺從來不熱衷宗教信仰，也從來不想當宗教改革家。他說他覺得每個人都最了解自己心中的神，並且知道怎麼與祂相處。他相信一定有某個人，負責管理太陽、月亮、山、海、星星、冷熱、四季、動物、鳥、魚和食物，「甚至還管小男孩呢，雖然這有可能是個錯誤。」——而且不管你叫祂上帝、阿拉、耶和華或是佛祖，只要你相信祂，都沒有什麼太大的分別。

談到性別，爺爺說：「男人是很簡單的生物——就是個徹頭徹尾的小男孩，希望人家拍拍他的頭，說他很乖很聰明，然後你就可以叫他做任何事。但是女人，我就不明白了。她們好像剛好相反，腦袋裡想的和實際上做的，都跟男人有不一樣的化學成分，讓她們變得難以掌握。關於女人，我唯一的建議就是，當她們在打掃的時候，盡量遠離房子，還有，不要常常對她說『好』」。

每到怡人的六月，當年輕人要從知識的堡壘出發，朝向世界探索時，總是會有不同人用不同的方式，在他們強壯的肩膀上放下一大堆訓誡或勉勵。如果他們都能記住爺爺語重心長的話語，在碰到意料之外的事情時，一定會表現得很好。

在那個超過四分之一個世紀前的夜晚，講台上進行著冗長的演說，但當三個小鬼開心地吸著私釀酒時，我完全不覺得良心不安，畢竟，總算熬到了畢業，我們有權利在投身未來之前，為自己找點小樂子。我從出校門那個禮拜起就開始工作了，一直持續到今日都不曾間斷，但從來沒有一時一刻，覺得工作中缺乏了樂趣。只要做得到，我都會接受這個老紳士的建議。至少，我從不求尊貴崇高，所以至今為止，也還沒有摧毀或破壞過這個國家。

3 羅伯叔叔

一個住在河畔的小男孩心裡，世界是無邊無際的寬廣，只要他夠幸運被上天賦予豐沛的想像力，再加上一位浪漫的老人相伴，會鼓勵他做些隨年齡成長會慢慢消逝的白日夢。

我們住在河邊，那是條最終會流入大海的長河。在小男孩眼裡，那些變幻莫測的景象真是無比壯闊，而且爺爺總是訴說著河流那端的故事，在在加深我對河川的嚮往。我的家族生長在河畔與海邊，他們的語言受航海方言的影響遠比南方口音還來得深。我們愛喝濃郁的紅茶，吃葡萄乾麵包，諸如聖約翰、牛頓、艾德金斯、格斯里、大衛和摩斯這些常見的姓氏，都是從英格蘭某個南方港口遷移過來的。我的親戚們大多以這條河維生，也有些人過著討海的生活，但我的想像力遠遠超過他們，因為我相信我的河會流過中亞古城薩瑪爾罕與遙遠的中國。

幾年前，年少時那些關於河流的記憶突然又跑進了我的腦海，那是因為有人推薦我看了一部感人的電影——《非洲女王號》。電影說的是凱薩琳．赫本與亨佛萊．鮑嘉搭乘一艘破爛的老平底船「非洲女王號」，在非洲一條洶湧湍急的河川上求生的故事。

觀賞影片的過程中一直有些東西讓我心神不寧，但我想不是因為導演約翰．休斯頓在影片開始時一邊讓傳教士帶領異教徒迎向光明，一邊卻讓鮑嘉的肚子餓得咕嚕亂叫；也不盡然是因為赫本小姐把船上所有的酒扔掉，害得鮑嘉只能一臉惆悵地望著酒瓶消逝在女王號船尾不停泛起泡沫的航跡中。

真正觸動我心的，是鮑嘉用腳狠踹老舊引擎讓它啟動，還有他那種避免汽鍋爆炸的原始手法；看到鮑嘉先生和所有人站在一塊土地上，叢生的五葉地錦圍住一瓶瓶的免費琴酒，讓我想起我的羅伯叔叔，和我們多次一起航行的回憶。在那艘又老又破、好像叫「威明頓號」的大眾交通蒸汽船上，羅伯是全船唯一的機械工程師。但我可能記錯那艘船名，畢竟那已是三十五年前的往事了。

羅伯叔叔是除了爺爺以外，我最喜歡的親戚。但他名聲不太好，愛說髒話，又時常喝個爛醉。直到晚年他才有個穩定的工作，這倒不是因為他輕浮，絕不是因為這樣，他見識廣闊，但始終沒把握住機會成就番大事業。

羅伯叔叔從年輕到過世，看上去都像個剛剪過毛的蘇格蘭小狗，他也有小狗般的脾氣，總一副精力旺盛的樣子。當羅伯還是個小男孩時，父親把他綁在馬車上送去航海學校上課（他父親在當時以富有聞名），但羅伯總愛翹課，總比校長還早回家。羅伯從不仰仗教育，各級學校似乎也不曾視羅伯為優良學生。

但很少有什麼事是羅伯不能靠雙手完成的。那是雙粗壯又長滿老繭的手，指甲剪得方方的，因為常忙著修理機器，所以指甲邊緣永遠都有明顯的油漬。碰到機器故障的時候，羅伯總不厭其煩地修理它，但如果怎麼修都修不好，他就狠狠給它一腳，機器就會突然恢復正常，乖乖運轉，所以大家都說羅伯有一雙聰明的腳，真是一點也不錯。

羅伯生有蘇格蘭人的直率個性，有時因此得罪朋友。他習慣想說什麼就說什麼，完全不顧後果。有回，瑪麗阿姨拖他去教堂禮拜，站在走道兩側的教徒中，有個長得不太好看的女性親戚。

「該死，那女的長得真醜。」羅伯低聲咕噥著。「噓，羅伯！」瑪麗阿姨說：「那可憐的女士對她的醜陋一點辦法都沒有。」「沒錯，長得醜她自己是沒辦法。」羅伯繼續嘀咕著：「但是，該死的老天爺，至少她可以待在家裡啊。」

羅伯在行駛於密西西比河與其他河川的公共交通船上擔任主機師多年，最終還是獲得了大家的敬重。羅伯從不曾在洶湧的水面上發生一絲一毫差錯，我想是因為他發自內心敬重與喜愛河川。他在一次喝飽了大麥酒出航後就收斂了，因為那天他回家後竟一個踉蹌撞倒聖誕樹，打翻燃燒中的蠟燭，差點燒掉屋子。

「該死的聖誕老人！」羅伯叔叔大吼，因為他不像這個送禮的快樂老精靈一樣充滿活力，只能蹣跚行走。隔天，徹底擊垮他的是毀滅性的宿醉，以及來自主持聖誕彌撒神父嚴厲的譴責。

在羅伯叔叔做過的所有事中，他最喜歡當「威明頓號」交通船的機師，還有就是偶爾帶我這個他最疼愛的姪子一起出航。我因此見識到壯麗的美景，但也讓我碰上不少從未經歷的麻煩。

我有好幾次航海的經驗——包括志願擔任海岸巡防隊的蘭姆酒緝私員，或搭乘爺爺在鯡魚季擔任船長的「凡妮莎號」漁船。但我第一次在河川上航行，是搭乘必須付錢的公共交通船，從南港航行到開普菲爾河[1]的威明頓。

我清清楚楚記得，那種坐在「威明頓號」駕駛艙裡興奮不已的感覺，聽著引擎轟隆隆的聲響，知道我的羅伯叔叔準會讓我們保持在水面上漂浮不沉。雖然我不是船長也不是水手，但也好像貢獻了一己之力般。開普菲爾河又深又寬闊，足以容納海上的大貨輪，所以需要更困難的掌舵技術。我心裡總認為，河馬與鱷魚毫無疑問地一定會擠滿整條河，所以我最好奇

1 開普菲爾河（Cape Fear River），美國北卡羅萊納州中及東南部河流，向南流往大西洋，南河口灣屬大西洋沿岸水路的一部分，有一系列船閘和攔河壩使船隻可從威明頓（Wilmington）通到費耶特維爾（Fayetteville）。

的是甲板底下的蒸汽鍋爐究竟如何讓船隻擺脫牠們的攻擊與吞食。

那次航行格外值得紀念，我因此得以深入《泰山》這個故事的核心。我覺得這本書可能是寫給大人與小孩最棒的一本（我後來又看了一遍，還是覺得非常滿意，因為書的內容並未隨著時間流逝讓人失去興味）。

在我的想像中，「威明頓號」改名成了「富華達號」，而我則變成約翰・克萊頓和葛瑞斯托[2]，正游過滿是鱷魚的水域，在崎嶇嶙峋的非洲海岸登陸。事實上，開普菲爾河裡真有些鯊魚，並且從鹹水逐漸變成淡水的濕地沼澤區也可能真有凶惡的鱷魚埋伏其中。

當引擎發出陣陣喘息，表明即將停擺時，羅伯叔叔在那臭氣沖天的機房裡，一邊激動咒罵，一邊用腳狂踹引擎，讓它恢復轟隆隆的運作。因為羅伯叔叔，所以我不必游過河馬鱷魚潛伏的水域，自投羅網跑進食人族與野獸的懷抱。這次經驗讓我對討海人的第一印象建立在他那萬能的雙手上，他們有法子讓笨機器起死回生，更能戰勝水上惡劣的環境，讓我一生一世都佩服得五體投地。

那時，坐船順流而下的一路都是迷人的好風景。但開普菲爾河的水是骯髒渾濁的黃色，水流變化無常，她在寶海島與凱士威島間入海，入海口有顯而易見的鋸齒狀河口沙洲。外國船隻如果沿河而行要開到可供卸上貨的威明頓港，得先在河口沙洲外關燈等待領航船引導，並從舵手室或艦橋回應領航指示。

河岸邊常停泊著生鏽腐蝕的大船，一付厭倦了大海的模樣。鹹水弄髒了排氣管，烤漆也剝落了，高高的艉樓甲板上，生鏽的金漆寫著不同港口的名字，像漢堡、利物浦、布里門、安特衛普、馬賽或鹿特丹。威明頓位在北大西洋航線上，沿線還有傑克森威爾、薩凡納和查爾斯丹，對我來說，這幾個美國東岸的海港聽起來跟歐洲的鹿特丹或布里門一樣遙遠。

站在堅固的「威明頓號」甲板上，知道自己的親人操控著腳下這台運轉中的笨機器該是多麼令人激動呀！另外那艘剛經過身旁的海洋大貨輪上掌舵的雙手，是來自你另一位親人瓦克叔叔、湯米叔叔、爺爺，或年輕一輩親戚中的任何一位——有一天，甚至有可能是我，以船長的身份帶領大船航向更遙遠的所在。

艾德加．萊斯．波洛斯[3]在《泰山》中虛構的非洲似乎不比肥沃的奧頓殖民地遙遠，那裡有長滿苔蘚的橡樹，有雄偉的白色圓柱建築。對小男孩來說，河川跟大海一樣寬闊，滾滾黃河可能比深海更危險；河川能輕易摧毀一艘大船，讓它像在大海上被海盜攻擊一樣無助；

2 約翰．克萊頓和葛瑞斯托都是《泰山》（*Tarzan of the Apes*）這部小說裡的角色。
3 艾德加．萊斯．波洛斯（Edgar Rice Burrough, 1875-1950），美國知名小說家，作品中最膾炙人口的是《泰山》，其冒險故事曾拍成多部電影及影集。

河川可以讓傲慢的人屈服在她的召喚下，就像在海岸邊被大浪捲走時一樣絕望。

對有如井底之蛙的小男孩來說，那時，真覺得我、羅伯、湯米與瓦克叔叔，還有爺爺，是住在全國最刺激的一州。知名的海盜王「黑鬍子」，也不及我們外海小島上的海盜凶狠，連英國軍隊都知道威明頓老鎮與漁人堡要塞已有抵禦海盜的力量。我們還擁有傳說中消失的印地安部落羅阿諾克（Roaonoke），克羅埃坦部落（Croatans）在河川的上游，上州山區堅實的保護區內則有切羅基族（Cherokees）住著。

走私船最喜歡利用我們的海岸卸貨，但我們的海防隊有艘厲害的緝私巡邏艇「莫多克號」，以威明頓為基地，勤奮地執行勤務。寶海島與凱士威島也有自己的海岸巡防隊，從事海灘巡邏、救生與緝私等任務。在海關大樓前，常見到被查獲的走私酒砸破在地上，高級威士忌在街道上流成小河，真是可惜！我還記得有個酒鬼，忍不住用手帕浸透地上的酒擰進嘴巴裡喝掉。

較遠的溼地有幾個郡，還有一個混合印地安人、白人和黑人，叫「銅足」[4]的部落，跟他們在克羅埃坦蘭伯頓（Lumberton）區的親戚一樣，非常善於用刀。

不遠處的華肯茂（Waccamaw）小鎮附近，我們有一大片稱為「綠沼澤」的區域，混沌之地泥濘坎坷難以通行。在浩瀚的綠沼澤間有幾個小島，上面的居民據說最早是在法國大革命時逃出歐洲，先逃到海地再移居威明頓，最後選擇在這個沼澤裡定居。但因為離群索居，有些近親通婚生下的智障人口。他們幾乎每人都有個法國名字，說著跟克里奧爾語[5]不同的法國方言。在綠沼澤裡，還有美洲豹、熊、鱷魚、山豬與山貓等危險野生動物存在。

小男孩有個叔叔會駕船帶他橫越河川，還有其他親戚會從很遠很遠的地方開船來到這裡。他們和船上的夥伴說含糊不清的奇怪方言，船長送給舵手用金箔彌封的瓶子，裡面裝著奇特的液體，或送給他們檀香盒，當作河流之旅的紀念品。這一切豐富刺激的人事物，在小男孩心底，總會被加倍放大渲染。

但基於某些難以理解的原因，這裡只有很少人曾去過外地，看過密西西比河，或到過佛羅里達州的磷酸鹽港——費南迪納（Fernandina）。他們在河上抓蝦、捕魚、駕船，除此之外都待在家裡。曾有個叫洛克伍德的人在河上建了艘船，一心想用它航海，但他把船設計得太大了，無法在駕駛艙裡操作，在航道上也吃水過深。當地人常常用蠢蛋洛克伍德的故事，來勸告別人最好待在家裡，不要跟外地人來往。

---

4 銅足（Brass Ankle）據說是黑人與印地安人的混血，主要居住在現在的南卡羅萊納州一帶。當時美國白人用來稱呼原住民與其他族裔混血後代各部族的名稱，多半具有侮辱的意義，像是紅骨族（Redbones），紅腿族（Red Legs），銅腿族（Coppershanks）等，其中又以銅足族最常見。

5 美國印地安那州的法國後裔所說的方言。

我的親友中，有人曾離開過家，也有人跟外地人來往，但最終都還是回到了「家」。「家」，是指這個總能聞到海水鹹味的漁村。在這裡，橡樹林就是很簡單地稱為「樹林」，只要去個郵局或雜貨店，就叫「上街」，三英哩外的威明頓就算外國，那裡人說著不一樣的語言、過著不一樣的生活，常被大家當「城市佬」或「淡水魚」嘲笑。

當我初次與羅伯叔叔一起遊河、倚著導航船「奔騰號」船杆、乘坐「凡妮莎號」追逐魚群，或在緝私艇「莫多克號」上研究廉價手槍時，一定有些東西在我身上烙下了深深的刻痕。當那座漂浮海上的燈塔，悲切地嗚嗚低鳴著，提醒大船遠離危險的「煎鍋灘」時，我們就在淺灘上跳舞，或在海上緊緊追趕藍魚與鯖魚，我想，就是那些美好的回憶，讓這一切就此烙印在心底了。

所以，當亨佛萊．鮑嘉在電影裡猛踹「非洲女王號」引擎讓它運轉時，這一切與羅伯叔叔有關的回憶統統排山倒海而來。對我來說，羅伯叔叔最後戰勝的那條長河，比亨佛萊．鮑嘉征服的還要寬闊凶猛得多呢！

並且，羅伯叔叔絕對還有件事贏過亨佛萊．鮑嘉，他絕不會呆站著，眼睜睜看著凱薩琳．赫本把所有好酒扔進河裡擾亂鱷魚。如果羅伯叔叔是「非洲女王號」的機師，赫本小姐一定會與他飲酒同歡！

4 爺爺付的旅費

洶湧的浪花拍打船頭，看上去真像整片漫延的白色泡沫，老霍格島船[1]迎風前進，船身強烈顛簸，船腹嘎嘎作響。剎那間船頭沒入浪中，尾端的螺旋槳浮出水面，在浪花中痛苦地拍擊著海水。

這一夜，天色似乎比大海更漆黑，這是條通往利物浦的北航線，仰賴的是從北極圈而來的洋流，因此夜晚似乎也變得與北極一樣酷寒。守夜人費力地將船錨鐵鍊拉上，緊緊捲綁在絞盤上。他們只有兩人——平凡的水手與他的實習生。每晚八點上工做到早上八點。兩小時監視、兩小時待命，兩小時監視、兩小時待命地輪流著，每週七天刺骨的寒夜，一週接一週，沒有可休息的日子。

守夜人必須全副武裝，先穿上發臭的衛生褲，外加兩條長褲；上身兩件羊毛衫、兩件

1 老霍格島船（Hog Islander），第一次世界大戰結束時，美國賓州霍格島地方造船廠生產的貨船。它是美國第一次嘗試以標準化零組件及配置大量生產的貨船。

厚毛衣、一件羊皮外套，再加一件雨衣；頭戴編織防水毛帽，帽子上相連的耳罩可以覆蓋耳朵；腳上穿兩雙襪子，再套上一雙長及大腿的靴子。大雨滂沱而下，不但打濕他們的臉龐，更在冰凍的甲板上形成一條小河，沖上甲板木材堆時甚至激起了小小的浪花，貨物得用鍊子緊緊綁在艙口和艙壁，再用螺絲扣牢牢固定。

這個平凡的水手每個禮拜的薪水總共十元，從來沒有加班費。他每天得站著看海八小時，雙手因常浸泡在打掃用的「速淨」（Suji）肥皂水裡而潰爛；夜間還得利用自己的休息時間協助大船入港，在碼頭上將船隻四周塗上防水漆；他負責整理下甲板置物艙裡剩下的羊糞、磷酸鹽、硫磺，清理蓄水池裡噁心的污水。船公司常為了省時而藐視航海法規，所以就算船隻入海後，他還在忙著釘上艙口的條板；船在岸邊繫或解纜繩時，他也是船尾甲板上的一員；他在安特衛普港口被罷工示威者射中（罷工者不但有來福槍，還爬到了穀倉升降梯上尋找較好的射擊位置）；他吃的小麵包放在有很多蟑螂出沒的地方；他幫一個名叫史文德生的丹麥水手長工作，水手長很討厭他，所以他就更加討厭水手長；他跟其他七個人住在甲板下的小隔間裡，惱人的船引擎就在房間旁轟隆作響，他跟這七個人共用廁所，用蒸汽笛加熱的水洗澡，還時常被迫跟人在海上辯論他有權在經濟大恐慌時代裡當一個大學生——這個平凡的水手走入吵雜的人群中，從角落裡那巨大的錫製咖啡壺中倒出一杯煮過頭的苦咖啡，坐在喧鬧不休的餐桌旁長凳上，看到「深夜的晚午餐」已經被吃個精光，只好點上一根菸。他肚子真的餓扁了，忍不住心裡咒罵著——詛咒這艘船、這群人、這片海，以及把他引入這場混亂中的冒險犯難精神。

平凡的水手是一個二十出頭的年輕人。那時是一九三六年初，大學畢業後他晃蕩了九個月。這個平凡的水手就是我。

喝完咖啡，我用鍋爐艙的熱氣暖暖手，然後拿抹布與一桶「速淨」走到通道上工作，剛暖好的雙手又立刻被凍住，手指上早先被鹼水浸裂的傷口再度惡化。我努力讓自己不去想這酷寒的天氣與灼燒的鹼水，轉念思考些別的事情。我發現我總有辦法在這禁止吸菸的前甲板上控制思緒，只要想想那些愉快的事情，時間就會過得比較快。大半的時間裡我都想著爺爺——不是那個當船長時的爺爺，而是我自己的爺爺，六年前過世的爺爺。

「都是爺爺害我的。」我常大聲說。（當他們把四個人排成一班，兩人監視、兩人待命時，你會很習慣大聲說話。）「他害我來幹這鬼差事，甚至他可能連旅費都幫我先付了部分。」

他真的以某種方式付過了。爺爺有蒸汽船跟海船執照，他曾在非洲好望角[2]一帶來回航行三年。爺爺激發了我對航海的興趣，他告訴我很多跑船辛苦的情形，像船上的伙食很差啦，但船員比食物更糟糕之類的事，但我拒絕相信「航海」會是這麼一件不浪漫的事。我暗暗在心裡下了決定：「畢業後，我一定要去航海，我要親眼看看這個世界。」

「你不會喜歡的。」爺爺曾經這麼說過：「但你可能要親身體驗以後才會相信。在沒真的去做之前，我想你都不會開心的。」

「喔，我的老天爺！」我一邊用「速淨」在洗衣板上刷洗一條褲腿（同時也洗掉了我一層手皮），心裡一邊想：「爺爺沒告訴我這些，他沒有告訴我，同伴們會為了叫醒我而踹我的肚皮，也沒有告訴我，我會很想用繩子勒死我的方頭老闆史文德生。」

但爺爺最終還是拯救了我，讓我不致因謀殺被絞死，因為每當這難以壓抑的瘋狂念頭浮現時，我總是可以想些其他的事來控制思緒。我腦中總會湧現所有我們一起做過的開心事，像第一次用槍，還有聖誕節時滿屋的餅乾香。我想到第一次用雙管槍獵鵪鶉與鹿，學著搭好一個帳篷，想到獵鳥犬如何在金雀花叢中偵察鵪鶉群；想到卡羅萊納安靜的沼澤，想到秋天午後孤寂沙灘上藍魚的狼吞虎嚥；想到悅耳的風聲在舒適的小木屋外輕柔地低唱，也想到小木屋的牆板因強風與烈火而搖晃顫抖，而切片火腿正在平底鍋裡劈啪煎著。但我不會一次回憶這麼多事，我會分配好一次只回憶一件。我會說：「好，平凡人，我們今天來想些什麼呢？」我會挑定一件事，然後仔仔細細從頭到尾回想一遍。我猜監獄裡的犯人大概也會跟我做一樣的事。

有次夜晚異常寒冷，爺爺帶我到路易斯安那州一個海灣獵鴨。我們跟爺爺的朋友一塊兒住在艘大船裡，他們多半是當地的法國移民後裔凱郡人[3]，我以前從沒看過那樣兒的獵鴨場面。我們只穿一件汗衫，但就算整張臉都被曬傷，唯一擔心的也只有蚊子。我們在卡羅萊納到過很多讓人討厭的獵鴨欄，但在路易斯安那沼澤裡卻很少遇到什麼問題。只要從尾端爬進凱郡人用篙撐住的獨木舟，假鴨餌就散布在你眼前。只要一點點溼氣，凱郡人就可以在結實的土壤上撐篙，讓獨木舟前進。

我們分乘四艘獨木舟，兩人一組。我們，或者該說只有他們，撐著篙緩慢划向海灣，讓潮水推著它前行，直到一個很像水道的地方，這個小水道通往沼澤區中寬廣的水塘，曙光中，只看得到一片灰濛濛。

和我一道的凱郡人名叫皮爾，他把小舟划進一小塊長滿野蘆葦的濕地，穿著靴子跳下

2 好望角海峽（Cape of Good Hope），位於非洲西南端，西瀕大西洋，東接印度洋，在蘇伊士運河開通前，是歐洲通往亞洲的海上必經之地。好望角海域終年大風大浪，經常浪高二十公尺，是世界上最危險的航海地點之一。

3 凱郡人（Cajun），是原本居住在加拿大東南方法國殖民地阿加底亞（Acadia）地區，後來移居至美國南方路易斯安那州的法國後裔，Cajun 之名即從 Acadian（阿加底亞人）音變而來。

水，把舟拖進草叢裡，打橫船篙卡進兩側蘆葦中。然後在我們四周放些野蘆葦，把人偽裝隱藏起來。這裡的水大約只有一根指頭深，他徒步涉水，把假鴨餌扔得到處都是。我聽得見池塘另一頭別艘獨木舟傳來的聲音，當他們划過淤泥，船篙被水百合根部纏住時，從靜謐的水面飄來凱郡人的那些：「我的老天」，還有他們在水面上拋擲假鴨餌的聲響。一切安排妥當，就是全面靜默，直到天邊出現一抹粉紅。

全世界最令人振奮的聲音，就是野鴨打破清晨寂靜的鼓翅聲，當牠們成群飛過頭頂時，模糊的身影在低矮的灰色雲層上留下印記，讓你完全忘記糾纏不休的蚊子。傾聽小水鴨在水面轉身時帶起的微弱嘩啦聲，在假鴨餌旁降落時輕拍水面的微響，還有游泳時汩汩的撥水聲真是折磨人呀！一隻公鴨像挑戰世界般用尾巴滑過水面，牠翅膀拍水的一陣亂響，幾乎是這微亮天色下最讓人心癢難搔的聲音。

「應該是鵝吧。」我輕聲對皮爾說。

「不，老兄，不是鵝。」他也輕聲回我。「那是隻大公長尾鳧，但幾乎像鵝一樣大。你看，這裡又飛來了幾隻。」

一群長尾鳧飛來，低空迴旋著，我舉起槍，但皮爾用手臂碰碰我。「等等，還不要開槍。」他說。「牠們要再飛一圈，才會停到假鴨餌裡。」

皮爾是對的。牠們飛走，繞了一圈，才完美地降落在水面上收攏翅膀。當一隻大公梟正要收腿的那一剎那，我射中了牠的腳，然後又立刻朝另一隻快速爬升的長尾梟開槍。我瞄準牠衝向天際的長喙後又補上了一槍！喔，我幾乎不能呼吸了！小舟上半分鐘內發出的三顆子彈射中的是所有鴨類中最美麗的一種，牠們有黃褐色的頭，身上穿著漂亮的灰色人字呢外衣，肚皮朝上，露出雪白的胸毛，此時衰弱地在淺水灘上掙扎著。皮爾對這個成績似乎很滿意，雖然他什麼都沒說，只點點頭。他手上有槍，但並沒有發射。

別的獵鴨欄中也傳來咻咻槍響，一隻隻野鴨從空中摔落。你可以聽見牠們中彈的聲音，還有整個獵鴨聯隊接二連三射擊的呼哨。天色已經亮了，太陽火紅地掛在天際，微風吹來，水面泛起陣陣漣漪，水百合的葉子隨著這首自然界的小步舞曲優雅擺動。灰色雲端上，整行整行的鴨隊呼嘯而過，有綠頭鴨也有長尾梟，飛得更高的藍雁排成巨大的V字型，掠過時還發出悲淒的哀鳴。

小水鴨飛得低低地，皮爾又碰了碰我的手臂：「小水鴨飛過時，射隻大點兒的。牠們個頭雖然不大，但拿來當早餐剛剛好，也很適合做頓美味的午餐，就用這小水鴨來加點菜吧。」

當一群鼓動著綠翅膀的鴨兒低低掠過水面時，我用雙管槍對準牠們的頸部射去，輕輕鬆鬆就射中好幾隻，真的一點兒也不誇張。

皮爾笑了，露出他的金牙。「砰砰！」他說：「現在最好忘了那些小水鴨吧，只挑大隻的射擊就好。我們的廚師一定會很開心。」

「誰是廚師？」我問。

「廚師？」他拍了拍胸膛。「我就是廚師，廚師就是我。」

皮爾柔聲呷呷呼喚，一群綠頭鴨低頭轉身，先環伺一圈偵查一番。皮爾又叫喚了一次。牠們形成一個優美的弧線從我們身後掠過，又再繞了回來，對著假鴨餌張望。我低下頭，把槍舉高，打開保險栓……

駕駛台上傳來刺耳的哨音，一下子把我從路易斯安那抓了回來，回到這艘「日舞號」大船上裝滿「速淨」的水桶裡，此時船隻正從薩凡納[4]往北航向歐洲的港口。我飛快跑向駕駛臺，我的夥伴從梯子上彎腰往下看著我。

「我們要改變航線了。」他說：「快去清理通風機。」

「是，是。」我回答，然後立刻跑向通風機，這樣海水溼氣才不致損壞甲板底層的貨物艙。貨物裡有羊糞肥、硫磺、磷酸鹽、鐵釘，還有足以讓德國人發動戰爭的廢鐵。大船轉向，巨浪惡狠狠地撞擊甲板，雖然通風機一小時前才清理過，但現在看上去還是很快就會生鏽。當在溼冷天氣中與卡住的通風機搏鬥時，我想，在路易斯安那獵鴨與現下這種工作相比，真是美好太多了，所以我還是先保留我的回憶，等到日出前兩小時，待在那迎著風、被海水無情虐待的船頭上，心裡只能不停罵髒話時，再繼續回想吧。

船首處氣溫更低、風勢更大，改變航向後也更為潮濕。我必須用錨鍊繫牢自己，才不會被水沖到十英呎下的甲板，衝進木材堆中。說實話，我也不明白他們要我監視什麼東西，因為這樣的夜晚能見度很低，就算是「瑪麗皇后號」這種大船，也要直到面前五十碼時才能看見。離日出還有好幾小時，這是夜晚退去前最冷也最痛苦的時段，灰色的天與灰色的海合而為一，除了自己以外，大西洋上別無他人。

這是可以重溫回憶的時候了，我讓自己回到那長滿蘆葦的溫暖路易斯安那菲利伯特海灣。太陽出來了，蚊子四散而去，點綴著水百合的清水塘邊，爺爺的槍正連續發射著。天空滿是大個兒的野鴨，更高處還有幾萬隻大雁飛過。我用手套背面抹去臉頰上一加侖重的大西洋冰海水，神遊到當時的路易斯安那去。

4 薩凡納（Savannah），美國喬治亞州東南方的城市，是該州最古老的一個城市，十九世紀初起即為美國南方重要的港口。

不知為何，通常我並不會把一場精彩的獵鴨與溫暖的天氣、舒服的環境聯想在一塊兒。但這次爺爺帶我去路易斯安那打獵，卻是我最美好的經驗。我們住在一艘凱郡人的捕蠔大船上，船隻停靠在堤岸邊，再撐著獨木舟去打獵。總共有八個人，爺爺、我還有兩個他的朋友，加上四個擔任嚮導的凱郡人、廚師及助理槍手。

我覺得凱郡人還不錯。他們本來是法國人，西元十八世紀中期被英國人從阿加底亞驅逐出境（爺爺告訴我阿加底亞就是現在加拿大的新斯科細亞省），他們現在還是說著法式英文，外來的人聽起來會覺得很有趣。他們是很好的獵人、捕獸人、漁夫，連在沼澤地也是一把好手。穿著及臀長靴的凱郡人走在沼澤裡就像走在陸地上一般的人行道一樣，而我們卻總陷在汙泥裡動彈不得。

和我同一艘獨木舟的夥伴皮爾，個子小小的，深黃的皮膚，滿頭黑色濃髮，有張帶點狡獪的臉。他不太開槍，只有在一大群野鴨飛進假鴨餌中時，我才會聽到他拉推槍栓老式獵槍砰砰作響的聲音。只是在你射中三隻的時間裡，皮爾早用他那一拉一推式的老爺槍打死了五隻，動作比我們用自動槍還快。

長尾鳧飛走，綠頭鴨降臨。凱郡人叫綠頭鴨為法國鴨，可能因為牠們黃色的鳥喙、平凡的大黃腳、綠色的頭和藍紫色羽毛的翅膀與高盧人喜歡的豔麗彩色一樣。雖然一群野鴨飛過，但我們對小鴨及沒啥用處的鴨不太感興趣。就算沒有沼澤區漁獵法規的限制，我們也不想理會這些寬嘴、金眼的鴨。沼澤對管理員來說實在太深遠了。而且不管怎麼說，管理員也不愛跟凱郡人打交道，尤其是他們以壞脾氣聞名，再加上他們住在充滿瘴氣的濕地與沼澤，容易在路易斯安那沼澤迷失方向的一般人根本難以應付。

那天早上，法國鴨被假鴨餌騙得團團轉。有太多野鴨可以打了，所以偶有失誤是可以允許的。十點鐘前水塘四周已經布滿死鴨，風也已經往下風岸吹了。我們通常都會損失一些野鴨——像浣熊或水貂這些竊盜者，總喜歡把沼澤地當自己的。那天，我們就看見一隻水貂躡手躡腳地跑出泥地，叼住一隻鴨的脖子，在沼澤中消失。

皮爾指著天空中孤單單的小黑點時，幾乎都到可以收工撿鴨的時候了。那小黑點淒涼地叫著，看起來似乎失去了方向。「這是隻失去了媽媽的小幼雁。」皮爾輕聲說：「你看著，我來當媽媽，把牠叫下來。小雁的肉很嫩，不像牠爸爸那麼硬。」

引誘迷路小野雁是凱郡人最拿手的小把戲之一。雖然我後來又看了好幾百次這種戲法，但第一次的印象總是最深刻的。皮爾叫下來的那隻小野雁在空中環繞了三圈，近得幾乎已經可以拿根棍子就把牠敲死了，但我還是用槍處決了牠。牠砰然墜落，我發誓這小雁絕對沒有我早些時射下的長尾鳧大。

「砰砰！」皮爾又說：「我保證，煮熟牠後你一定會很開心。我們這就出去撿鴨然後回船吧。」其他的獨木舟也紛紛從不同的埋伏處划了出來。皮爾說：「今天已經斬獲了一大群野鴨啦，下午我們從淺灘上獵野雁，我可以再教你一些招數，怎麼樣？」

撐篙真是非常不容易——至少對我來說是如此，在這個瘦長的黃褐色獨木舟上我連想站起來都很困難——但皮爾撐起船篙，穩穩當當地站好，把這艘載著小男孩、假鴨餌、槍，還有一堆死鴨的小舟沿著河口划出去，同時還得對付潮浪，卻一滴汗都不用流，輕鬆自在。我們停在大船旁，一看手錶，剛好十點半。

爺爺開玩笑地問：「這次獵鴨的感覺如何？」他不像在問我，反倒像是跟自己說話。「差點沒凍死，對不對？你餓了吧？」

「我可以吃掉整整一隻麝鼠。」我回答，感覺已經變成半個凱郡人啦。「我們中午吃什麼？」爺爺對皮爾使個眼色。「嗯，我想野鴨在晚餐之前都還無法吃到。現在也只有三明治、咖啡、雞蛋之類的東西。午餐能吃些什麼得看你啦，除非你想留在船上，清理這五十隻鴨的內臟。這些人處理鴨的方式其實不怎麼難。教教他吧，迪帝。」這是另個凱郡人的名字，他幫爺爺划獨木舟。

迪帝撿起一隻鴨，用他的刀撐開野鴨的肛門，彎起一根手指插進鴨肚，猛力一拉，就把整個內臟都掏乾淨了。他聳聳肩，把內臟丟在一旁，用鴨子羽毛把手指擦乾淨。

「知道怎麼做，就一點都不難啦，對不對？大部分的事都是這樣的。」爺爺說：「好啦，如果你跟皮爾可以去獵些主菜的話，我就去準備午餐其他的部分啦。喔，不，皮爾是廚師，他得留在船上，你跟安納托去吧。不過，首先——迪帝，那黃色的東西哪兒去啦？」

迪帝咧開嘴笑了，趕緊跑下樓抱了半加侖淺黃色的液體回來。「這是凱郡人的柳橙酒。」爺爺說：「喝一點吧，但可別上癮啦。這酒是他們自己釀的，喝太多腦袋可是會炸開的喲。」

迪帝用咖啡杯倒了些給我嘗嘗。喝起來淡淡的，所以我索性就乾杯了。不明液體沿著食道一路灼燒，我的眼睛一定瞪得大大的，還開始全身冒汗。

爺爺說：「我就告訴你嘛，那玩意兒很烈的。現在跟安納托上船吧。不管你知不知道，但現在你要去釣魚了。我還有別的活兒要做。來吧，迪帝，放下酒桶開工吧！」

安納托和我往河灣處漂行了幾百碼，獨木舟划到一個小溪口處，那裡有張看起來像蓋在溪上，又直又大的椅子。這裡是人工挖掘的，寬十二英呎，在沼澤裡曲折蜿蜒，看不見盡頭，湍急的水流在小溪匯入河灣處拼命打漩。安納托把船篙往下捅，幾乎整根船篙都快沒入水中才碰到泥土。

「你上岸吧！」他說：「來，拎著船篙跟魚串。」他遞給我一根輕巧的棍子，上面懸著釣線圈與掛著鉛錘的鉤子。「在這兒等著，我去找些釣餌。」他讓獨木舟在水上漂著，然後張開漁網，消失在河流轉彎處，但我可以聽見撒網的聲音，一次、兩次、三次。過了一會，他回來倒出漁網裡的東西，只見整艘獨木舟都是活蹦亂跳的小蝦。他裝滿四分之三桶的蝦子，然後遞給我。

「我們要釣什麼？」我問。我爬到一個橫木平台上，很明顯地，那是用來當座椅的。

「紅鼓魚[5]。」他說：「河灣裡可以釣到最好的魚。你只消把蝦子掛上魚鉤，讓牠隨水流漂浮，就能釣到魚。不過也許會釣到鱒魚，也或許什麼都沒有。我大概一個小時後回來，聽見沒？」然後他就划著獨木舟到河轉彎處那裡去了。

我把餌掛上魚鉤，甩出魚線，舒舒服服地坐上木板，兩腳架在平台四周粗糙的欄杆上，仰頭對太陽微笑，一手伸進口袋摸出一包菸。我已經抽了一年菸啦——我是說合法的——但不知為何，我在鴨欄裡就絕不會抽菸。剛剛點上一根菸，突然有陣光影撞上了我的小蝦，我猜，這傢伙正往密西西比河游去。胡亂拉扯了一陣——我可不想搞砸了我們的午餐——我快又用力地把牠拉起，是一隻大紅鼓魚，三或四磅重，緊緊被魚鉤鉤住，在平台下使勁掙扎著。

我沒帶魚網或魚叉，所以爬下平台的橫木階梯，左手拉住緊繃著魚線的釣竿，手臂勾住橫木支撐自己的身體。我讓魚游到可以用魚鉤戳到的地方，順利將牠拉出水面。再爬回平台把牠掛在魚串上，然後放回水中，牠看起來似乎開心了不少。

陽光變得非常熾烈，所以我把上衣給脫了。幾乎讓人感到肩膀上的雀斑爆裂，那是以前舊水泡結疤後變成的棕色斑點。鼻子跟額頭已經曬紅。我又在魚鉤上掛了一隻蝦，一次又一次反覆釣起魚。大約一小時後，安納托回來了，那時魚串上已經掛了六、七隻大紅鼓魚在游動，當然，我也錯失了相當的數量。

安納托說：「這當午餐已綽綽有餘了。走吧，我們回船上。還有很多其他東西可吃呢。如果皮爾不把米煮爛的話，今天我們就有什錦飯可以吃囉，不然至少我們還有魚呢。」

我爬下平台，把魚串放進船裡，大紅鼓魚在安納托的戰利品上面啪啦啪啦地跳著。安納托的漁獲是一大堆淡水螯蝦、一堆大蝦，還有兩大堆蛤蜊。

我們回到大船把魚清理乾淨，爺爺已在船上了。他坐在客艙頂上剝鮮蠔，生蠔堆成一座山，到他下巴那麼高。

「哇，收穫真是豐富呀！」他叼著菸斗微笑。「快拿起鉗子，嘗幾口生蠔吧。」

5 鼓魚（drum），石首魚科的英文俗名，因為魚鰾磨擦會發出聲音，故名鼓魚。

「噢，不！」迪帝的聲音從船尾傳來，他在那裡清理野鴨內臟。「我們的確有很多生蠔，但都是別人的生蠔，你不會認為這些是野生的吧，哼？偷吃這些蠔很不好喔，會讓你坐牢耶。」

「被絞死也甘願啦！」爺爺說得很開心。「來，小鬼，吃一打這些不合法的玩意兒吧，這可以讓你撐到用餐時間，不然還得等好一陣子才有得吃呢。我們要準備食材了。皮爾現在只用那些米亂搞了一道，然後喝掉了一夸脫他們的黃色柳橙毒藥。」

剛出水的蠔肉洗淨後生吃，不用胡椒、鹽或醬汁就好吃得不得了。河灣裡一定有幾十億萬隻養殖生蠔，因為沿路兩旁都是壓碎的殼，船隻停靠處更有一大堆褪色的蠔殼，看起來像一座座的白色小山。

「你來，試試這些蛤蜊。」安納托說，他在我的錫盤裡倒了一打肥鼓鼓的蛤蜊，深黃色的肉球鑲上一圈紫色邊。「我覺得比生蠔棒多了，多加點鹽，知道嗎？」

的確，蛤蜊吃起來比生蠔更對味。我們各忙各的，我清理所有的魚隻，也幫忙清完野鴨內臟。安納托把他大部分的蛤蜊倒在爺爺面前那堆逐漸變少的生蠔上，然後開始準備干貝。有人把準備好的生鮮送去料理，很快地，甲板上開始傳來陣陣香氣，非常醉人的香味……

天色已經全亮，大浪打來，海水幾乎覆蓋住整個船身，甲板上的木材鬆脫，上面全都是水。船橋上的鐘敲了八響，我也輕敲回去，「天色亮了，長官！」根本不用這樣喊叫，因為夜航燈跟桅頂燈都已完全熄滅了，實習生從駕駛室的梯子踉蹌地走下來。我敲完鐘，看看手錶，然後走過那些鬆脫、繫不住的木材，爬上駕駛艙旁的梯子，越過中央的甲板，回到溫暖的鍋爐艙旁。

我脫掉身上濕透的衣物，走向船尾喧鬧的人群想吃點早餐。桌上有沒發透的小麵包、炸醃肉，還有恐怖的炒蛋，但至少咖啡是新煮的。只是不管我們吃什麼，都不合我胃口——自從在陽光普照的路易斯安那菲利伯特海灣那裡，吃過美味的午餐之後。

我惹上船長晚午餐的那個麻煩，並不全然是我的錯。我是有錯，因為我真的是小偷，但我想爺爺也有錯，因為他實在不該帶我去路易斯安那獵鴨，而那八聲晨鐘也不該打斷我的回憶，讓我來吃這頓糟糕的早餐。史密提是「日舞號」上的二廚，一個魁梧的黑人，任何東西他都可以煮熟，但就像老吉他民謠唱的：「豆子很硬肉很肥，喔，老天，我實在吃不下去。」這同樣可以用來描述早餐的炒蛋，因為它們看上去就像從射死最後一隻多多鳥[6]的老

6 多多鳥（Dodo bird），西印度洋模里斯島上的一種鳥類，不會飛，重可達十二公斤，在十五世紀歐洲人登上該島後，兩百年之內就已全被捕殺滅絕。

槍管裡提煉出來的。

這就是我在船上工作的那些日子裡，很典型的一天。我根本無法讓自己睡在船尾艙下的牛仔床單上，因為當凍壞了的可憐水手努力讓老舊的「日舞號」在航道上保持前進時，駕駛艙引擎會發出極大的噪音。我只得起床午餐——我們有咖哩，但可能是用船上的老鼠肉做的，晚餐更糟。這三頓飯我都得看著水手長史文德生噘著嘴抽菸，煙霧上升飄過他斜睨的雙眼。當船長與大副二副們都在海灘上餓肚子時，他繼續徒勞無功地工作著——忙著招募大學生擔任水手。

那天晚上，我又回到船頭望著漆黑的夜，忍受全身又濕又凍。休息時身體才剛暖和一點，我就覺得餓了。晚午餐吃得不夠飽，粗硬的冷麵包、濕冷的義大利香腸、像木乃伊一樣乾硬的燻香腸，還有連老鼠都不想吃的起司。但更糟的是，現在除了麵包屑以外，什麼都不剩，因為能幹的水手們已經把它們吃光了。我的肚子嗚嗚痛哭，心裡一直想著路易斯安那的午餐，這讓我不可避免地想起了長官的晚午餐。

我猜想船長應該待在他的房間裡，所以我躡手躡腳地來到食物儲藏室，打開了冰櫃，我靈魂與胃袋所追尋的美味就在那裡，我熱切地吃著——兩手抓滿了食物。當我聽到熟悉的腳步聲時，這頓偷吃的饗宴正進行到用過濾式銀壺所煮的新鮮咖啡。船長氣炸了，不管是出於直覺還是因為挨餓，他衝向儲藏室。我揍了他一拳，他飛出門外，摔在一個小鬍子旁，然後為了很愚蠢的理由，我拿著咖啡壺衝了出去。一場追逐就這麼開始了，比起啟斯東警察[7]或是里茲兄弟[8]也好不到哪裡去。

我手裡還握著那個咖啡壺呢。穿著拖鞋的船長看了一眼被洗劫過的冰箱——門還開著呢，咖啡壺被偷走了，但壺的支架還好端端留在在那裡。他大聲喊叫，聲音就像愛爾蘭女妖預告死亡的呼喊一樣，跟在我後頭衝了出去。我們倆在下船艙兜著圈子跑來跑去，從船首到船尾，從船尾到船頭，船長不時被絆倒，一面大聲咒罵一面吹哨要求支援，聽起來就像印地安阿帕契族占領了要塞，要把敵人的頭皮一塊一塊剝下來。

我很年輕、步伐又穩健，對我來說，船艙就像自己的手指一樣熟悉，逃起來根本輕而易舉，但對船長來說，因為他總是待在指揮室裡，所以在這兒就像超越障礙訓練場一樣舉步維艱。他先是摔倒在貨艙，腿上的疼痛讓他大聲哀嚎，又在潮溼的甲板上滑倒，撞到艙板，接著在梯子上一腳踩空，但他還是繼續用力吹哨呼叫支援。

---

7 啟斯東警察（Keystone Cops），一九一四年到一九二〇年代初美國默片中搞笑幽默的蠢警察，他們總是在追捕犯人的過程中犯錯，不是纏在曬衣繩上，就是和自己人相撞，令看的人捧腹大笑。

8 里茲兄弟（Ritz brothers），一九三〇年代美國的喜劇演員。

好吧，他找到幫手了。他對著失職的大副發飆，對膳食部門、甲板工作人員還有黑人船員們發怒，當然還有我。我撐得真夠久，先是扔掉他的咖啡壺，以免被抓到證據，之後混進睡眼惺忪的人群中，用他們當做保護。我讓自己忙著其他的事，像清理通風口，胡亂在艙板上塗抹「速淨」，當船長召集所有人想揪出小偷時，你可能看到金絲雀的羽毛從我唇上飛走。

船上總共超過三十個人，想在三十多人中揪出偷了晚午餐的兇手是很困難的，除非你有洗胃器。很幸運地，「日舞號」上並沒有洗胃器，雖然如果船長下令船上木匠緊急製造一個食物探測器放在船底污水泵中的話，我很有可能會被懷疑。船長大聲咆哮，發誓如果小偷被他逮到的話，一定會送去警局，而且，靠岸後他也不會發錢給小偷，不會再讓他上船。最後船長終於沒聲音啦，他再一次用嘶啞的嗓子詛咒小偷，發誓一定會報復，然後才全身疲軟地叫大家解散。大家都回去睡覺，而我又回到船首監視海面，報告要撞上海豚了，或大聲回報長官夜航燈與桅頂燈都還正常亮著。

在這場鬧劇之後，我有點沒法專心回想菲利伯特海灣的午餐，因為我被船長美味的食物餵得很飽，而且這是我在這艘從薩凡納出發的「日舞號」老船上，第一次也是唯一的一次，戰勝了神聖的船長。

我在風中對無限遙遠的爺爺大聲嚷著：「這下你可滿意了吧，你可能會害我被吊死在船桁端上，這下你知道讓我品嘗路易斯安那食物的下場了吧。」

那天在海灣裡，我們清理完野鴨、生蠔、魚、蝦和干貝等新鮮食材後，這一早上的收獲被送進船上的廚房裡，皮爾正是那裡的主廚。雖然我吃了一堆生蠔與蛤蜊，但肚子裡還有很多空間留給皮爾鍋裡煮的東西，他正煮著豐盛的大餐，大鐵鍋大到足以放進整隻豬。

那是加巴拉亞什錦飯[9]——或者叫皮拉夫、佩羅、皮羅、派拉，隨便你怎麼叫——總之主要成分就是飯跟紅椒。在飯裡加了蝦、生蠔、蛤蜊、淡水螯蝦、豬肉香腸、魚肉厚片、雞高湯，所有東西一起煮，煮到它們融合成一道美妙的佳餚。皮爾已經先用番紅花把米煮成黃色，海鮮湯汁與雞湯完美結合，讓米粒在湯汁收乾後，依然保有足夠的溼度，大片大片的魚肉與干貝不但沒有失去它們的原味，還成了米飯上的金磚。

用來搭配的是一大塊外皮堅硬的法國麵包，以及一加侖自釀紅酒，我們煮了一大壺路易斯安那菊苣咖啡，很濃的咖啡，沒法一口氣喝完。即使老人家本來就預估我這個年輕人可以跟大蟒蛇吃得一樣多，但我還是無法回憶我到底吃下了多少食物。我捧著一大盆食物，浸潤

9 加巴拉亞什錦飯（Jambalaya），美國路易斯安那州法國後裔和西班牙後裔的食物，用一個大鐵鍋把米飯和所有的食材煮在一起，類似西班牙海鮮飯。

在陽光下，聽著沼澤裡的鳥鳴，看魚兒在波光粼粼的水面上跳躍，嗅著一大堆腐敗蠔殼與沼澤泥地的香味。

皮爾帶著高盧人的驕傲看著大家吃光他的傑作，雖然還是現出了一點兒羞怯。他大聲宣布：「那只是中午點心罷了。去睡個午覺，然後獵野雁。我呢，就不去了，我要留在船上好好做頓晚餐，獵野雁的人已夠多啦。」

爺爺說他要去艙裡小睡四十分鐘，大家都覺得這真是個好主意。我留在甲板上，躺在船艙頂上呼呼大睡。三點左右，爺爺從艙裡探出頭來告訴我，如果想射到野雁，最好還是多帶些二號和四號子彈再出發。

「我已經射中過一隻野雁了。」我說：「用獵鴨的彈藥就射到了。」

「你射的不過是剛生的幼雁。」爺爺說：「我說的是真正成熟的成雁，包括加拿大野雁。你不會想用六號小子彈搞砸的，獵鹿子彈對真正的野雁一點兒都不嫌大，它們才能奪走領頭公雁的力量。」

凱郡人開始打包準備出發，包括把一大包蘆葦塞進一艘船身很寬、吃水很淺的小船裡。小船和救生艇差不多大，略寬些，附一個小引擎，一直漂在我們的大船後面。

安納托說：「獵雁不用划獨木舟。只消用這小船沿著海灣走，然後停在長堤上跨過爛泥就行了，我們要從大草原邊上開槍。」

我們沿著海灣行駛了十幾英哩，滿天都是野雁，牠們一整群一整群棲息在有水的柔軟草地上，那裡一棵樹也沒有，凱郡人稱之為大草原，類似沼澤地，但長滿了整片青綠色的草。隔段距離就能看見正在覓食的野雁，有些是藍色的，但大部分都是白的，看起來很像牠們的羽毛顏色會隨年齡改變。過一會兒，一群排成V字型、體型更大的灰色野雁加入，牠們是加拿大野雁。只是我在船裡找了半天也沒看見假餌，終於鼓起勇氣問個明白。

迪帝笑了，他說：「這些是聰明的野雁呀，牠們愛讀書呢。我們只消用廢報紙，捲成一條丟在草原上，野雁就會飛下來讀新聞，這時就可以射死牠們啦，砰砰！」

我看了看爺爺。「你記得我們上次做假鴨餌時，你說它們看起來不像鴨子嗎？」爺爺說：「當時我告訴你，你看可能不像，但在野鴨看來可就像啦。一樣的道理，把報紙捲起來，像柱子一樣插在雁群前面，對天空飛翔的野雁來說，看起來就像是群覓食中的野雁。只要方法用對，笨瓜頭老公雁就會領著牠那一群飛來啦。」

引擎轟隆響著，我們又往前航行了一段路，海灣兩旁全是野雁，邊揮動翅膀邊發出吵雜無比的鳴叫聲，滿天幾千幾百隻野雁的噪音真是不可思議。

迪帝終於駕著小船找到了一個好地方，引擎熄火，船篙撐到一塊潮濕的草皮，宣布地面夠硬，可以讓我們在上面行走了。他把船篙深深插進草地裡，繫艇索繞在船篙上，然後讓小船順潮水往前漂，直到擱淺在岸上。

迪帝說：「好啦，可以獵雁了。」我們下了船，每人都揹上自己的槍枝，帶了幾盒子彈。我看看爺爺，他在雙管獵槍的右邊放入四號彈，左邊放入二號彈，我也照著做。也許等會兒就搞不清楚哪邊放了什麼，但至少我開始時是對的。

成群野雁聚集在遙遠的草地上，看起來像風颳起的雪堆。雁群懶散盤旋，腹部降落地面，歪著頭進食。兩個凱郡人安納托跟法蘭可斯一圈圈疊起蘆葦，略略修補這個之前就用過的獵雁欄。獵雁欄裡一條長長的厚木板架在鋸木架上。

安納托說：「最好不要直接坐在這大草地上，屁股都弄濕啦！草地看起來乾，但下面可有一大堆水哩。」這是我第一回注意到小腿以下都泥濘不堪。只要用力踩地，水就從污泥底下滲出，整片草地都是這樣。

當安納托跟法蘭可斯修補獵雁欄時，迪帝帶著報紙出去，他用報紙折了些看起來像雁的東西——有些翅膀朝上，報紙捲曲像伸長的脖子掃瞄著天空，也有些像彎下脖子在爛泥地上覓食。我想，從天上往下看，尤其對野雁來說，它們看起來真像是覓食的雁。

安納托說：「這些假餌很不錯，但還不算最好的。只要射中幾隻野雁，快跑出去，把死雁插在木棍上，就成了引誘活雁最好的餌啦。大雁一定會成群結隊地飛來！」

迪帝安排好報紙，看了看四周，似乎很滿意的樣子，然後快跑回到雁欄。我們成排坐在十六呎長的木板上，每人面前都有一盒打開的子彈。

「誰來當野雁？」迪帝問到。「就是你啦，法蘭可斯，把野雁叫來吧。」

法蘭可斯不屑用雁哨呼叫。他兩手圈在嘴前，欺哄誘騙，吸引一大群白色野雁的注意。牠們盤旋了三圈，沒發現獵雁欄與假餌，安心地飛下地來想吃點晚餐。依照慣例，我選了一隻最大、最老、最強壯、灰斑最多的公雁下手，我眼睛緊緊盯住，給了牠兩槍，但牠只看了我一眼，就迅速飛到其他地方去了。我重新上膛時聽見其他人射中的野雁重重摔落濕地的聲音。一隻受傷的雁想逃跑，努力起身抖動著頭，我補上一槍解除牠的痛苦。心想：「總是得在這獵雁團裡有點貢獻。」

死雁躺了一地。爺爺翹了翹鬍子，說他一箭雙鵰，一張自鳴得意的臉。七個獵人射死六隻雁，如果爺爺射中兩隻，我一隻也沒射中，表示剩下的五人裡射中了四隻，那一定還有另一個獵人也沒射中，我算了一下，心裡好過了一點。

法蘭可斯又開始模倣野雁咕嚕嚕的低鳴，沒多久另一群雁飛來。我又犯了一樣的錯誤，讓雙管槍同時朝雁群發射，這次只打落了一大堆羽毛，四周被射中的野雁碰碰用力摔落，總共十四隻，除了我以外，大家都有進步。

迪帝舉起手：「現在我們有真雁當餌了。安納托，幫忙一下吧。」

他們迅速跑出雁欄，蹲低身體，把十四個報紙折的假餌換成十四隻死雁。分岔的木棍架住雁頸，翅膀用木板撐住或彎折，有些脖子彎曲，有些伸長，看上去更像覓食的野雁群，天上的大雁更無法分辨死活。

回到雁欄，迪帝瞇眼看向地平線，一群排成V字的鳥朝我們這邊飛來，遠遠看上去就更大更黑，「那可是加拿大人喔。」迪帝用法文說。「這法國品種比你棒。」他對法蘭可斯說：「我來叫叫這些加拿大來的法國親戚吧！」

他稍微改了點音色，然後開始對牠們說話。這些法裔加拿大雁聽到呼喚暫停了一會，領頭的公雁低頭看一眼地面，好像很滿意，決定低飛降落。這些加拿大野雁——體型碩大，灰色的身軀，黑色的頭，頸子上有一圈白色——一邊猛烈盤旋，一邊慢慢降低高度，然後垂直降落，就像一整連飛機大隊。當牠們落地的時候，我匆忙從一個槍管射出四號子彈，然後又慌張地從另一個槍管射出二號子彈。

老天，這次我不想再失手了。我依然鎖定一隻大公雁，當子彈射中牠時，幾乎都飛到我槍管前面啦，突然間，牠停止、抖動、墜落。一看到牠墜落，我立刻轉向牠的另一位男性友人，牠正慌張地想攀高升空呢，我用槍緊緊跟著這隻大雁，引領牠有點過遠，只得趕快向頭頸部射出所有子彈，牠像顆大石頭般重重摔落，雖然我的槍管並沒有真的冒煙開花，但我覺得有！這些都是我的雁。其他人有藍色的雁、白色的雁，但只有我是整袋公雁，整袋藍色的野雁。專家都是這樣，只獵加拿大野雁！

爺爺看著我咧嘴笑了。他聳聳肩喃喃自語：「牠們死定了」，接著我就看見滿是死雁的地上又加了兩隻加拿大母雁，正好躺在我的公雁旁。

爺爺說：「我只是個業餘獵人啦，不是什麼英雄。孩子，我們射夠了，撿一撿準備回去吧。」

我想我們射的雁真的夠多了，多到讓我們每個人都得走上兩趟才能搬上小船。迪帝不害臊地說：「看起來真像是我們製造了一場暴風雪，只有一兩點髒污的雪花。」

我的大公雁重達十四磅，這真是一隻很大的公雁……

從再一次值完班和一樣恐怖的早餐到現在，大概又過了十幾分鐘，當我又一次坐在桌前時，我的思緒又回到皮爾的晚餐上。當我們載著滿船野雁勝利歸來時，廚房裡已經香味四溢啦。

我們大吃剖半的烤蠔，帶點紅色的淡水螯蝦濃湯，摻有雪利酒的濃稠湯汁中，有很多很多整隻的螯蝦。我們大啖和培根一起烤的小野鴨，像小雞一樣小小的，用手指就可以輕易扯斷。每人都有一整隻長尾鳧，肚子裡還塞了紅蘿蔔、洋蔥、馬鈴薯、蘋果、鼠尾草一塊兒烤熟。還有法國麵包跟萵苣沙拉，淋上用小蝦、雪利酒和奶油做醬汁的紅馬哈魚當小菜，天知道皮爾從哪裡弄來奶油的，大概他搶劫了一隻牛吧！我們最後還喝了點咖啡。

皮爾宣布：「明天我們要吃烤野雁，還有我的拿手絕活——新鮮雁肝。」

德國漢堡也有很好的烤野雁，可能也可以買到很好的野雁肝腸，只要錢夠多，也能嘗到從法國史特拉斯堡來的肥鵝肝餅。當我們靠岸時，船長已經忘記偷吃晚午餐的事件，付了我們所有人薪水。因為路易斯安那的回憶一直縈繞在心頭，我上岸後用一禮拜的薪水吃了一頓大餐。

那時我領悟到，就算戰爭的發生不可避免，德國也一定會戰敗。因為他們根本不懂皮爾的野雁啊！

5 海邊小屋

好吧，我一直沒和你說過那年春天發生的事。那年我跟爺爺決定重建被颶風侵襲過幾次的釣魚小木屋。這小屋其實不值一提——僅僅是釣魚時使用的小屋罷了。那是一個體積4×4及2×4的小屋，屋頂用塗上焦油的防水紙鋪成，牆壁是不太平整、有無數刮痕的木板。每個人都使用過它、把它搞得一塌糊塗，所以即使天氣晴朗時，裡面看起來還是像剛被龍捲風掃過一樣。

爺爺常常抱怨：「這就是對每個來這裡的人——像是湯姆、迪克、哈瑞——都很友善帶來的麻煩。他們可是會把免費馬騎到死的那種人。」這個地方通常看起來像流浪漢的窩巢——有老舊的錫罐、咖啡粉、胡椒，生鏽的器材到處亂扔，又髒又爛的床墊，連燈罩都被煙燻成了黑色。

最近的幾場颶風終於決定了它的命運。小屋從外面看起來，就像被強風摧殘過的鳥巢——屋頂的防水紙板裂成了碎片，牆板垮在一旁，門外積起了高高的沙堆。

爺爺說：「我們把還能用的東西撿起來，然後燒掉小屋吧。它聞起來跟烏龜穴一樣臭。

從這些稻草束看來，最後幾個人並不是用它來釣魚的。我們搬到另外一邊去，重新蓋一個合適的小木屋，之後得上鎖，貼上一個私人財產的標誌，讓海防隊的人巡邏時順便看管一下。我真不想這樣做，但現在看來，如果想保有一個永久的舒適小屋，只好自私一點了。二十年前，甚至是十年前，你可以就讓門開著，把糧食都放在櫃子裡。有人會進來，但只會用他們需要的東西，也會保持空間乾淨，之後你還會發現他們把用掉的東西又都補了回來哩。

「看來，時代真是很不一樣了。這就是為什麼你到我這把年紀時，就不會再有那種獵人或漁夫共用的東西啦。所有物品都會標明所有人，加上鎖，這些規定是為了保護農夫，他們實在厭倦透了有人隨便宰殺他們飼養的豬，或不小心燒掉他的牧場，還有在他的私人土地上亂丟錫罐跟垃圾。」爺爺繼續說：「我很意外這群人最後竟然沒燒掉這個地方，或索性徹底毀了它，這樣還算幫了大忙呢。」

爺爺一邊大步走來走去，一邊喃喃咒罵著。爺爺真的是那種一定會把垃圾燒掉、廚餘埋掉的人，他會把場地清理得比他使用前更好更乾淨。我想我一定受到了影響，因為即使到今天，我只要看見一堆空啤酒瓶或骯髒的紙團，就會火冒三丈。

海灘上我們極目所見，都散布了颶風留下的殘骸。風從後方的加勒比海吹來，鑽進樹叢的縫隙中，經過哈特勒斯角[1]，一路往北吹去，凡是沒被牢牢固定住的東西都會被狂風捲走。海灘上散落的東西大部分都是垃圾，但還是有不少可以回收利用的。我們通常稱哈特勒斯角跟馬頭鎮[2]附近地區為「傷心之家」，那裡曾有海盜專靠打撈失事貨船上的物品維生，船隻失事，有時是人為的，有時則純屬意外。爺爺說馬頭鎮的名字來自一個原住民可愛的壞習慣，他們在暴風雨來臨時，會在馬脖子上掛一盞燈，然後牽著馬在海灘上走來走去。在風雨中痛苦掙扎的船隻就會誤把這馬脖子上的燈當成了港口信號燈，奮力破浪前行，然後就觸礁失事了，等到風平浪靜後，這些故意製造船難的人才划著小船出去，像禿鷹般，狠心地把失事船隻的物品打撈得一乾二淨。那是很久以前的事了，但這個故事就這麼流傳了下來。

這裡的沙子很硬，所以我們可以把底盤很高的老福特車開到沙灘上來，我們開著車在沙灘上尋找可用的建材。找到的東西可多了，小塊的木材、塗了焦油的木樁，這應該是一些漁民的小碼頭被風吹剩下的，還有一大堆可以當屋頂的材料：厚板、樑柱、橫桿，以及天知道我們用不用得到的東西，像樓梯層板、破損的桌椅，甚至還有一個老舊馬桶座墊。

大部分東西都不太完整，但也足夠讓我們開始動工了。爺爺的車尾有一捆麻繩，我們很

---

1 哈特勒斯角（Cape Hatteras），美國北卡羅萊納州外灘群島哈特勒斯島上狹長、彎曲的沙洲形成的岬角。長一百一十三公里。淺灘外的暗流對大西洋航行一直構成威脅。

2 馬頭鎮（Nags Head），位於北卡羅萊納州東部的一個小鎮。

快挑出所需的材料，然後一樣一樣一塊一塊地運到蓋新房子的地點，這時老福特已經轟隆作響，一副快斷氣的樣子了。我從來沒見過這種老福特車，它不停咯啦咯啦作響，車身晃動得很厲害，發出的噪音像咖啡磨豆機一樣吵，但是卻可以開著它到一整群馬匹都到不了的地方。

我們整個周末都在新地點周圍按照建造順序組裝跟堆砌材料。新地點選在沙灘上第一排沙丘的後方，附近長滿了海燕麥草，是個適合當作永久地的好位置。

爺爺說：「就蓋在這兒吧，這裡有點像沙丘間的小凹谷，可以避開風的吹襲，也不用擔心暴風雨帶來的大浪，我們先打幾個樁架起來。」

「為什麼要架在樁上？」我問。「看起來好像是架在空中一樣，這樣不是更容易被大風吹翻嗎？盡量緊靠著地面豈不是更好？」

爺爺說：「我雖然不是工程師，但我知道在風大的海岸上蓋房子的道理。最容易被大風破壞的就是緊緊釘在基盤上的東西，風會把它整個連根拔起，一塊兒吹走。我通常不大批評聖經，但那個關於一個人用石頭蓋房子和一個人用沙蓋房子的故事，不適用在卡羅萊納的海灘上。原理其實很簡單，你知道為什麼通常大樹會被風吹斷，但是柔軟的小樹卻得以倖存嗎？柔軟的小樹幹會隨強風擺動，但堅硬的大樹或是砌好的磚牆卻是想辦法站得更穩，然後反擊回去，結果前者最後還是好端端的，後者卻徹底垮掉了。

「還有另一個要把房子架在高樁上的原因。這可以讓風有很多空間從底下鑽過去，再大的力量也會因此改道通過。房子在強風來襲時會有一點搖晃、一點彎曲，但是風會從四周、上面、底下通過。木板釘的屋頂可能被吹走幾片，但卻不可能在暴風雨過後來這裡時發現整個屋頂都被風吹跑啦。」

我說：「聽起來還蠻有道理的。」

「還有一件你不會注意到的事，從我們的角度來看，它可以讓你更省事，你知道我的意思嗎？」他想要我繼續問下去。

「不知道。」我說。

「嗯，讓我告訴你吧，在釣魚或打獵時，有一半、甚至是一半以上的事，在房子底下做比在房子裡面做更好。船可以拖到這個地方修理或上漆。烈日高照時，屋子底下比較涼快。你也可以在這裡整理釣具、修補魚網，清理釣到的魚而不會把屋子裡弄得一團亂。可以存放魚竿、船跟船槳，也可以把狗綁在屋子底下，東海岸跟太平洋沿岸的漁夫們，在屋子底下的時間比耽在屋子裡的多多了呢。」

「但離開的時候不能只把船跟器材就這樣丟著呀，東西要怎麼才不會被偷走呢？」我問。

爺爺笑了：「簡單，這太容易了。我們要做一片格子柵欄，每個方格大概六吋平方，繞著木樁圍住，再裝上一個很重的格子門鎖住。我發現，如果一個人想就近使用別人的東西時，發現他需要破壞門跟鎖，就會多考慮一下。這附近沒這麼多壞人啦，只是有很多粗心的人，東西如果不上鎖，隨意放置，就會亂用。但敲壞別人的鎖，或拆掉周圍的柵欄，這可是破壞、私闖，甚至是搶劫的罪呢，這樣就夠嚇阻很多夜盜者啦！」

「好吧。」我說。「這說得通，你說服我啦。但那讓風從屋子底下吹過，好分散力量的功能就沒啦。」

「風會從格子柵欄的洞眼裡鑽過去呀。柵欄也是有彈性的，就算風吹壞了一兩根框架有什麼關係呢？很容易就可以修補的。這樣一來，你擁有的其實不只是一間房子，而是兩間。一間是可供炎熱時工作的陰涼之處，一間是在寒冷或刮風下雨時可用來煮飯睡覺的地方，非常溫暖舒適。而這些都在同一個地方呀！」

我不知道爺爺從哪裡得來這些點子的，除了他年輕的時候去過很多地方，還有他總把鼻子埋在那些重到舉不起來的書裡之外。但我必須承認，大部分這些他自學的道理，都有相當的實用性，而且最後也都證明了它們行得通。

暑假剛過一個多禮拜，所以我們可以整天蓋房子。我們帶了一個小帳篷到島上，還有一些煮飯的器材和漁網、魚竿之類的工具，就住在鎮外。這時正當大海龜的產卵期，如果在月夜的海灘上行走，想弄點早餐吃的新鮮海龜蛋，真是一點也不困難，只要沿著母海龜上岸產卵時留在潮濕沙上的足跡就可以了。小溪裡魚蝦多到吃不完，偶爾，泥坑裡還會出現小鼓魚、藍魚或吃沙蚤的維吉尼亞鯡。在大沙洲外，往北的海上才有較大的魚蝦，我們有時也出海釣魚。此外還有煙燻火腿、鮭魚、沙丁魚罐頭和一些蔬菜罐頭，吃得相當不錯。

喔，我的老天，我們一直工作，不停工作。爺爺花言巧語了半天，讓人送來一大堆我們在海灘上找不到的必需品，包括：屋頂用的杉木板、用做格子柵欄的耐重木條、塗在木樁上的焦油、屋內的家具等等。你會以為我們在蓋什麼印度的泰姬瑪哈陵，但爺爺說：「我敢說，我們花的時間一定比他們蓋金字塔少多了。」

我們把樁腳打得很深，先挖了個洞，然後倒進一點水泥，在沙上固定底部，然後在樁上蓋一個平台當作房屋的地板。我們有些不錯的松木條作階梯，爺爺把它們刨得又平又亮。爺爺說，他的腳不必光腳踩到木刺就已經夠痛了。

我們豎起六英呎高的牆，向海的那一面留了一扇大窗戶，兩側牆面都留了像船上方形舷窗一樣的窗口。我們架上一根木樑，然後鋪上杉木板，把屋頂釘得比樑柱約高一呎。爺爺撕開一個破爛的彈簧床墊，抽掉裡面的填充物，然後推到樑柱與屋頂中間卡住，他說這樣可以隔熱，小屋裡會比較涼快。

我們把室內空間分成兩部分，一部分是廚房加客廳，另一部分爺爺稱為「後備球員練習室」，也就是臥房啦。爺爺很不喜歡在同一個地方睡覺跟工作。

他做了一個折疊餐桌——我覺得這個很炫——釘在牆上，要用時放平，不用時就收起來，可以節省很多空間。他沿牆架了一排儲藏物品的櫃子，存放像罐頭食品、咖啡、糖、鹽、胡椒、芥末、番茄醬這類露營用的東西。又釘了一個儲藏盒，專門放置容易腐爛的食物，盒子左右兩邊綁了線，剛好可以從舷窗那裡掛在屋外吹風。我們安裝了一座有兩口爐盤的爐灶，倒進油，爐灶夠熱後底部火焰會上上下下地跳動，整個房間都會變得很溫暖。一會兒後，爺爺拿來兩張竹編搖椅，還有一對廚房用椅，毫無疑問是從奶奶那兒偷來的。他在房間裡做了很多置物櫃，用來收拾杯盤、鍋子等，然後釘了一個跟屋子一樣高的書架。我們把防風燈掛在樑柱上，這就是廚房加餐廳了。

臥室比較簡單，包括四張床——兩面牆各有一張雙層舖。下舖床底下各有兩個儲物櫃收衣服，在房間另一端，有一根橫木可以用來掛衣架。小屋裡沒有自來水，但爺爺在廚房裡裝了一個有排水管的水槽，可以用來洗碗跟洗臉。

幾乎用了整個夏天，我們才把這個簡陋的小屋蓋起來，做好門跟窗，以及屋子底下的格子柵欄。我們在往樹叢方向大約兩百碼的地方，挖了一小口井，又放了一個用繩子拉的老式水泵來舀水，雖然是鹹水，但還是很方便。爺爺又做了一個小小的蓄水池，用屋頂邊緣的排水管引水到池裡，他認為我們能收集到足夠的雨水當成飲用水。我們最後一個任務，是到樹叢裡挖兩個很深的洞，裝上防臭彎管當成馬桶。當我們把席爾斯百貨的五金型錄掛到釘子上的時候，總算是完工了。

爺爺把床墊丟上雙層床，把杯子掛上掛鉤，把盤子放上盤架後，說：「小屋雖然不怎麼好看，卻很堅固，可以應付各種天候，但更重要的是，它是我們的。任何親自動手做的東西，都比找別人幫忙做的更有意義。」

我摸摸被太陽曬紅的鼻子，手掌上的水泡都已經變成老繭了。在我的眼光看來，這是我見過最美麗的釣魚小屋，每樣東西都整整齊齊，呈現出大家所謂的布里斯托時尚風格。在爺爺過世以前，我們在這個小屋子裡共度了數不盡的歡樂時光。

距離我們搭蓋小屋的日子，已經過了幾乎三十年了，從那時候算起，已有過很多颶風侵襲——艾莉絲、意森、海倫颶風……，我已數不清究竟有過多少個颶風。但我可以打賭，除非有人故意拆了它，否則最美好的部分一定依舊豎立在那兒。很顯然地，還沒有任何一個颶風可以讓它鞠躬下台。

6 不怕迷路

我跟爺爺坐在沙灘上，海水在腳邊輕拍，我們的面前是用浮木生的火，即使這時正是溫暖的八月底，烤起火來還是覺得非常舒服，而且凝視美麗的火焰也讓人心情愉悅。你知道那些浮木被鹹鹹的海水浸泡後燒起來像什麼嗎？魔幻般的淡藍色火焰在木頭上舞動，就像酒精燈燃燒時那樣。有時候你甚至看不清火焰燃燒，因為在夜空下，藍光顯得非常微弱。

一大群中型的藍魚在火焰旁的淺水中游動，看起來像整片銀白，旁邊還有幾隻很大的小鼓魚。一群未成長的東北部魚種（要到九月才會變成成魚）一陣喧嘩，把別的魚也引到了泥沼中，牠們在那兒盡情吃著小魚跟沙蚤。我們開心地欣賞著這些覓食的魚群，一直要到漲潮牠們才會匆匆忙忙地游離。一輪小小的明月從地平線上緩緩升起，海水隨時都有可能開始退潮，我們想在退潮時釣一小時魚再收拾東西，回到一英哩外海灘上的小屋裡。

「真希望我們帶了手推車來。」爺爺說，一邊在釣具箱裡翻找著他的「抗海蛇藥水」。找到後拔開瓶塞，滴了幾滴在鬍子附近。「你等下一定會很累，因為得把所有魚都搬回小屋去。我會幫你忙，但是我太老又太衰弱了，而且也不想像個魚販一樣抬著一堆魚走來走去，所以如果你必須走上兩趟，也不要覺得意外喔。」

他「哼」地一聲笑笑自己開的玩笑。但我可笑不出來，我知道他一定會幫我把魚扛回小屋去，但我懷疑是誰要做後續的工作，像秤重或是清理內臟這類的事，我相信這絕不會是由那個留著鬍子、還從工具箱裡拿出「抗海蛇藥水」的人來做。

我們靜靜坐了一會兒，等候潮汐的變化，爺爺點起他的菸斗，為了避免被月亮逼瘋，他還喝了一口「抗月亮瘋藥水」，然後突然丟了一個問題給我：「你長大以後想做什麼？你已經過了想當警察、消防隊或是牛仔的年齡啦，你最想做什麼呢？」

「不知道。」我說。「賺錢，我想要有很多錢。」

「你還蠻誠實的嘛！」爺爺說，用菸斗管磨磨下巴。「我不會看不起你的願望，但你要怎麼樣才能有錢呢？」

「總有辦法的，我不知道，但自然會找到方法的。我絕對不會去偷竊，如果這是你的擔憂，大可以放心。」

「我才不擔心你去偷錢哩，你當不了一個好小偷的。你太喜歡跟別人講自己的事，小偷都把事情放心裡的，他們才不那麼常開口。但是小偷應該也不會開心，因為只要他花偷來的錢，或者大吹大擂，就會立刻被別人發現。最後律師拿走所有的錢，他只能蹲在監牢裡挖牆洞。你有了錢要幹嘛？」他不客氣地問我。

「我現在還不太知道，但很多我想做的事情都需要花錢。」

「像些什麼事？」

「嗯，旅行呀，這是其中之一。我想親眼看看書上讀過的地方，還有那些你告訴過我的事。我想去非洲跟印度打獵。我想買車、買獵槍、買好衣服跟房子。如果我有小孩的話，想送他們去念大學，我希望不虞匱乏，這通通都要靠錢解決。」

「沒錯，這話沒錯。」爺爺說。「但還是有別的辦法，讓你不用擔心錢就可以變得富有。我還不知道你以後會不會有錢呢，但你以後如果真有了很多錢，就會發現自己只會擔心如何守住那些錢，完全無暇做真正想做的事。你認識什麼有錢人嗎？」

「沒有直接認識的，但曾看到過一些。那些人時常開著豪華遊艇。」

「見鬼的遊艇！」爺爺不屑地嘲笑著。「他們從中午就開始喝酒，忙著處理第三段婚姻，一天到晚只曉得擔心華爾街的情勢，即使打扮得像高級官員，戴船長帽搭乘豪華遊艇，卻甚至不曉得要如何把船從碼頭開到檢疫站去，他們不過就只會在清澈的水面上開個一英哩罷了！」

「好吧，但那些擁有棉花田的人呢，他們也很有錢呀。」

「沒錯，他們是很有錢。我就是跟他們其中一位一起長大的。以前我們年輕時會一起釣魚或打獵，那時他還很窮。他對魚竿或獵槍的狂熱程度比你還嚴重，但我打賭自從他有了錢以後，已經有四十年沒開過一槍，或把一個魚餌放在鉤上了。他甚至不住在農場裡，因為沒有時間。有回我在城裡看見他，走過去打了聲招呼，問問他什麼時候我們再去他農場獵獵那些大火雞呀。他眼睛一亮，但馬上又直直地朝下盯著人行道。『奈德，我很想這樣做，但我好像從來就沒時間，你記得有一回，我們……』他說著說著看了看手錶，『喔，老天，我有個總經理會議在等著。』還沒說完就急忙離去，看起來真像後面有隻獵犬在追他。我根本沒機會聽到他究竟想起了什麼。你還認識其他有錢人嗎？」

「沒有。」我說，開始沮喪了起來。

「我覺得你大錯特錯了。」爺爺輕聲說。「你已經認識了兩個有錢人，就是你跟我，我們現在就很有錢了，比那些見鬼的遊艇主人和棉花田主人都有錢。你真是他媽的富有，我也是。」

「怎樣才叫做富有？」

爺爺愉快地說：「富有不是指追著你沒有的東西跑，富有是指有時間做你想做的事，是有威士忌可以喝，有食物足夠吃，頭上有屋頂遮著，有根釣竿，有一把獵槍，還有一塊錢可以買一盒子彈。富有是不欠人任何錢，並且不預支你沒有的財富。」

「那還是需要錢呀！」我不服氣地說：「至少需要一點點錢。」

爺爺開心地說：「真是見鬼了，任何有腿有手的人都能賺點錢！你想想湯姆跟彼得，他們在鯡魚季釣魚，冬天到了就釀酒，用陷阱捕捉野生動物，有空就去打打獵，大都只喝自己釀的酒，但靠賣魚跟獵物，偶爾當當嚮導賺錢。他們靠獵槍過活，食物儲藏間裡總有滿滿的野味——雖然很多是不合法的——還有很多別人搞丟的豬。太太們則種點蔬菜，芥藍菜種得還真不錯，喝碗玉米粥也花不了多少錢。他們的後院裡有一大群獵犬，而且也有時間可以訓練牠們。我說他們就彎富有的了，你覺得呢？」

「你這樣講當然沒錯，但是他們永遠去不了非洲，也買不起大車。」

「他們甚至不想離開自己住的郡哩！」爺爺說。

「但重點是，他們不想去非洲是因為他們沒有適合獵獅子的槍。他們不想要大車是因為大車開不進沼澤。他們有所有他們想要的東西，包括堅強的內心與站著睡覺的本事。很多有錢的城市佬寧願花幾百萬交換一個強盜的內臟讓他們可以吃一大堆豬肉跟芥藍菜，讓他們可以和吃玉米的人一起玩樂，然後跟一群獵犬一起在院子裡睡上十小時。你知道如果我生在不同的時代，我想做什麼嗎？」

「不知道，做什麼？」

「類似古時候的湯姆跟彼得。有點像是大家說的拓荒者[1]，像路易斯跟克拉克[2]，或稍晚的齊特・卡森[3]與吉姆・布里傑[4]，或那些蓄著老山羊鬍的人。這些人探索並開發了密西西比河以西的大陸，有很多文獻討論他們的事蹟。老天，他們才是領袖級的人物，當初他們認為如果能從蘇族部落活著回來，就是很幸運的事了，但他們在溪畔捕捉海狸，爬過白人翻越不了的高山，航行過白人前所未見的河川。他們是比商人薩布利特[5]還厲害的人物，他們

1 拓荒者（mountain man），或譯山區人、山裡人，指美國拓荒史上最先為了獵取毛皮而前往北美落磯山脈的西部探險者。

2 瑪利威瑟・路易斯（Meriwether Lewis, 1774-1809）&威廉・克拉克（William Clark, 1770-1838），美國拓荒史上最著名的西部探險家，於一八〇四至一八〇六年率隊西行，穿越路易斯安那到達西太平洋地區，沿途記錄了許多動、植物及印地安人的資料。他們的隊伍是第一支抵達美國大陸西岸的白人探險隊，此行也被稱為「西部發現之旅」。

3 齊特・卡森（Kit Carson, 1809-1868），美國重要西部拓荒者，活躍於一八二〇年代以後。

4 吉姆・布里傑（Jim Bridger, 1804-1881），美國最早的一批拓荒者之一，他的足跡遍及加拿大邊界、密蘇里河流域科羅拉多—新墨西哥邊界、愛達荷和猶他等廣闊地區，一般認為他是到達大鹽湖的第一個白人，也是第一個探測黃石地區天然噴泉及景色的人。他與印地安人的關係一向很好，曾娶過三個印地安妻子，也主張不可對印地安人採高壓政策。他的事蹟，已收錄在美國歷史名人堂之中，並有多處山脈及森林以他為名。

5 威廉・薩布利特（William Sublette, 1799-1845），美國拓荒時代知名的探險家兼毛皮交易商，早期的美洲拓荒，多半是依賴這些以毛皮交易及設陷阱為業的拓荒者開拓出來的。

領隊開拓了一條通往西部的道路，雖然也在本是原住民生活的地區留了下許多白骨，但他們發現了奧勒岡州與加州。

「他們都是有錢人——但不是有錢在他們的貂皮外套上，他們回到東部的文明世界後因賭博跟酗酒揮霍掉了所有財富——而是有錢在他們的自給自足。他們看不起後來駕著圓頂敞篷馬車來的商人或是城市人，因為拓荒者是自成一族的。你有興趣聽聽這些故事嗎？」

我只是點點頭，爺爺又夢囈似地講述著，他描繪的方式很生動，讓我很容易就能想像。

爺爺坐在藍色火焰前繼續說：「拓荒者應該是最能自給自足的一群人。在丹尼爾・布恩[6]讓肯塔基來福槍變成一個傳奇之後，他們大部分都用小口徑的長筒來福槍，槍上有一個打火的火帽，而不是打火石。

「這些傢伙把印地安人會的東西都學來，並且做重要的改良。他們可以像印地安人一樣扔擲斧頭或小刀，甚至做得更好。他們採行印地安人的作風，騎馬不用馬鞍，只靠一個編織線圈套在馬的下顎控制方向。他們穿皮褲、留長髮，還在野牛躲藏的洞穴裡過冬，自己生火與縫製皮革，不管是他們的外觀還是氣味，都跟印地安人一模一樣。

「如果他們和當地部族關係良好的話，也有些人會娶妻——適合的克勞族、黑腳族、蕭松尼族或其他族人——這些胖胖的、褐色皮膚的小女人會煮飯、縫製短靴，軟化鹿皮來做衣服，還會挖掘海狸或水牛避冬的洞穴，在寒冷的夜晚與他們同寢溫暖他們的身軀，即便這些女士有時身上有些跳蚤。那時候男人娶印地安妻子並不覺得羞恥——這是後來那些穿棉、毛、亞麻織品而不穿鹿皮自以為文明的東部人想出來的。但是有些更粗野的拓荒者認為，一個有妻室並和印地安人生下混血小孩的男人，有點軟弱跟娘娘腔。

「這些孤單的男人都往西部及西北部去，說好聽是去尋找水牛跟海狸，但其實只是想隨意流浪，不被任何法律規定束縛。這些傢伙，一心想在清晨時分在白人從未到過的地方醒來，然後在平原上望著視線所及的範圍裡那幾百萬隻水牛，再划小船沿溪而下，從每個精心搭設的陷阱裡揪出一隻隻落網的海狸。

「當狩獵成果豐碩時，他們靠肉食維生，但除了水牛的背峰、牛舌、肋排，還有他們稱做血腸[7]的東西外，他們不吃太多新鮮肉，其他部位都留給野狼吃，或者如果有妻子在身邊，就會做些薄薄的肉乾，她們會在肉乾中加入一些乾燥過的梅子，這樣冬天就可以依靠這些過活，天冷時還能掛在樹上風乾貯存。通常他們出門遊蕩並不需要準備太多東西，水牛肉

6 丹尼爾．布恩（Daniel Boone, 1734-1820），美國西部拓荒史中的先驅之一，曾徒步穿越阿帕拉契山脈，發現了現今為肯塔基州的大片林地。

7 血腸（boudin），一種用碎肉、血，脂肪及其他成份灌成的香腸，是路易斯安那州法裔人士的典型菜餚。

乾可以生火加熱食用，肉乾吃完了可以找些根菜類植物或草原松鼠、熊、山羊及任何可以用槍射死的動物來吃，這包括馬匹和印地安犬。就算沒有根菜類、野莓或松鼠，他們還是可以用鹿皮代替，有很多人最後吃掉了自己備用的皮靴。

「只要人可以站立、騎馬或生火的地方，都可以稱之為家。他不用繳稅，平時看不見任何一個白人，也不需要遵守法律，一點錢都不用花。如果他的槍壞了，可以用牛角或木頭削成弓箭，可以從他的獵裝上取下皮革為弓上弦，可以用敲碎的打火石把箭頭磨利。他只有兩種敵人──印地安人跟天氣。印地安人可以剝掉他的頭皮，而天氣可以先讓他挨餓再讓他受凍。但他從來不會迷路，因為他根本不在乎人在哪裡，他總是在探險，所以不會有迷路的困擾。

「他們是骯髒齷齪、不懷好意、自私刻薄、反社會的人，甚至有時候殘暴不堪、無藥可救，必須接受些文明教育。他們只要來到交易的驛站，就會用捕海狸換來的錢買點濃烈的威士忌，有妻子的人就買點飾品給她們。

「他們賭博，打架時刀棍齊飛，飲酒狂歡時一不小心就把對方給殺了。有人情緒高漲時，會發出狂吼讓自己像頭野蠻的黑熊，吞噬其他不管會走、會爬、還是會飛的雙腳及四腳動物。

「但當他們回到平原上或是高山裡時，他們擁有整片天空、森林與水源，他們是上帝所創造最自由、最獨立的生物，從這點看來，他們可真是富有哇！」

爺爺停頓了下來，望著大海。已經開始退潮了，月亮高高掛在天上。月光下，可以看見潮水退去後留下的一片褐色沙灘。

「我有點忘形了。」爺爺有點不好意思地說。「我可能會是個糟糕的拓荒者，碰到的第一個壯碩凱歐瓦人就可以把我的頭皮當成戰利品。但能想想這些事情也不錯，尤其當一輩子也不可能親身經歷的時候。那就是為什麼要有書的原因呀！人可以從過去的事情中變得富有，讀書可以讓你跟德瑞克司令[8]一起抵抗西班牙艦隊，或是跟吉姆·布里傑一起對付印地安人。海水退了，我們開始釣魚吧！」

我們走到水邊，踩進冰涼的海水裡，走到深及大腿處站好，然後把釣線拋了出去。我們同時有魚上鉤，從魚竿彎曲的弧度看來，上鉤的都是好魚。我們趕緊往後退，捲起魚線，魚鉤那一端，憤怒的藍魚正努力掙扎著想脫逃。爺爺這時轉過頭問我：「你長大後還想變有錢嗎？」

「我想。」我頑固地回答。「如果我有錢，最起碼就可以雇人來搬運跟清理魚獲。」

我們奮力把魚往海灘上拉，一如往昔，爺爺的魚總是比我的大。基於這一點，至少他可以當個還不錯的拓荒者。

8 德瑞克（Drake, Sir Francis, 1540-1596），十六世紀著名的英國艦隊指揮官，曾率領英國艦隊打敗西班牙無敵艦隊。

7 膨脹的謊話

有一天，當我努力解釋自己翹課的原因時，爺爺這樣和我說：「我最不能容忍的就是騙子了。他們就像農場裡偷蛋的狗一樣討厭，只要一離開視線就不值得信任。」

「是的，爺爺。」我說，我的謊言爺爺輕而易舉就戳破了。

爺爺嚼了嚼他的鬍子又說：「但是，事情總有些例外。」

「是的，爺爺。」我滿懷希望地說。

「即使是值得信賴的獵人或漁夫，我還是連五分錢都不會託給他。」爺爺繼續說：「一個不騙人的獵人，或不扭曲事實的漁夫，反而可能在牲口交易時耍點小花招，或者因超支喪失抵押權，也可能從零錢盒裡偷拿郵票。他會偷馬匹，也可能用腳踹狗。他也可能有張又小、又緊、又尖酸的嘴，把錢裝在小零錢包裡看得牢牢地。」

他點起菸斗，然後問了我一個問題：「你上次釣到的那隻鼓魚有多重？」

「三十五磅。」我說。

爺爺帶著勝利的微笑。他說：「我後來偷偷又量了一次，是三十二磅重。你看，你自然而然就會說謊，我覺得這件事令人敬佩。如果是我，我會說四十磅。你還年輕，不知道一個廉價的小謊言，跟一個強有力又誇張的好謊言，差別在哪裡。如果你得說謊，就說個好聽的謊。我有跟你講過愛爾伍德、克貝特，和一隻母鹿的故事嗎？」

「愛爾伍德跟克貝特是住在綠沼澤區的兩兄弟，就像我的朋友湯姆跟彼得這些人一樣，以釀造跟販售私酒而聞名，即使奧斯陸郡的漁獵法規並不允許私釀酒。他們有一間儲藏室，一整年都有滿滿的肉，裡面還有個不常見到的小屠宰場。法律規定一年只能獵兩隻鹿，但有一年聖誕節前我問愛爾伍德今年獵了多少鹿，他搔搔頭回答我：『我十月時買了一盒子彈，裡面有二十五顆，我現在還剩兩顆，這樣說來我一定射了二十三隻鹿。喔不！該死，我忘了，我有次花了兩顆子彈才射死一隻鹿。』」

爺爺繼續說：「有一次跟這些男孩一起在沃卡莫[1]附近打獵，我在等著射鹿的空檔中聽到了槍響。毫無疑問，那是愛爾伍德的，他是那附近唯一有單管點32口徑來福槍的人。我聽到槍響後就趕緊走過去，想幫他剝鹿皮和清理內臟，這差不多得走上個半英哩遠。但當我走

1 沃卡莫（Waccamaw），位於北卡和南卡交界附近的湖泊區。

近時，聽到有人講話的聲音，是一個漁獵管理員在跟愛爾伍德說話。

「管理員說：『愛爾伍德，你射死了這隻母鹿。』

「『什麼母鹿？』愛爾伍德回答。

「『這隻母鹿呀，我走過來的時候，你才把牠拖進樹叢裡用東西掩蓋住。』

「『我從來沒射過母鹿。』

「『你一定射了。』管理員說。『牠的脖子裡有顆子彈，而且那枝架在腳架上的槍是點32來福槍。這隻鹿在這，子彈在這，你在這，而你是這附近唯一有點32來福槍的傢伙，並且獵鹿時總是瞄準鹿脖子。所以我說你射了這隻母鹿，愛爾伍德。』

「愛爾伍德放另一顆子彈到來福槍裡，然後扣了一下扳機，發出喀啦的一響。他說：『管理員，任何一個說我射死母鹿的人一定是隻偷蛋的狗，我若在森林裡看見偷蛋的狗，都一定會把牠射死。』

「管理員看看愛爾伍德，又看看槍，然後再看看死鹿。他慢慢地後退，然後清清喉嚨說：『我想你沒有射死母鹿，但今天天氣真不錯，不是嗎？』你知道愛爾伍德的灰眼珠看起來很冷漠，他直直地盯著管理員好一會兒，終於回答：『天氣真好！管理員，祝你有美好的一天。』

「管理員說：『祝你有美好的一天。』然後他消失在樹林中。愛爾伍德拿出他的小刀開始清理鹿的內臟。」

爺爺對我說：「這就是我說的，我絕不允許的謊言，因為愛爾伍德一開始就錯了，他用武力支撐他的謊言。這就是你讀過的各種戰爭的由來。一個傢伙說了個謊，如果被拆穿，他就要開槍，讓你屈服在他的威嚇下。這裡面還有另一個教訓：虛張聲勢一點用都沒有，除非你敢真的開槍。我相信愛爾伍德是有可能真的殺了那個管理員的，因為他們的脾氣真的很火爆。」

爺爺拿起塞成一團的菸葉，削下一些薄片握在手上。他倒出菸渣，然後把菸草薄片小心地塞進菸斗裡點燃。

「談起說實話，我還真有件事可以說說。」爺爺曖昧地說。

「很多狡猾鬼逃避說實話用的是這些方式：比如不開口說任何話，或找點推拖之辭，或說個善意的小謊言。這種謊言叫外交手腕，世界各地很多政治人物或外交人員都這樣運用。在家裡就簡單點，我的意思是，如果你媽媽問我你有沒有翹課，事實上我知道你有，但我只會說：『我不知道，我最近很少看見他。』這會讓你在家裡少點麻煩。如果我多嘴地主動告訴你媽媽你翹課，那我就變成了個愛管閒事的老人，但我還是很有技巧地說了實話，讓我免於負責，還依然保持高貴。你知道這中間的不同了嗎？」

「我知道了。」我說。「這是失去一個禮拜的零用錢，跟一掌打在屁股上的不同。」

「我覺得你挨這下打也不委屈。」爺爺說。

「我知道你從哪裡學來這句話的。」我有點驕傲地說。「那是《湯姆歷險記》裡波麗阿姨跟湯姆說的話，湯姆不覺得自己有錯，阿姨就說：『我覺得你挨這下打也不委屈』。」

爺爺驚奇地看著我。他搖搖頭：「真不敢相信教育已經發揮了影響力啦，這是個徵兆，已經顯現出來啦。我講到哪裡啦？」

「不同的表達方法。」我說。

爺爺說：「好吧，現在我們來講講有運動家精神的騙子。他不是真騙子，他有點像藝術家，比如畫家。攝影師跟畫家的差別，在攝影師是使用器材精確掌握事物原本的面貌，如果鼻子上有顆瘤，照相機會記錄下這個瘤。但畫家只描繪印象——他自己的印象，或對他來說物體看起來像什麼。如果畫家畫一個他很愛的女人，或者為了錢而畫，哪怕這女人的鼻子上有顆瘤或長了很多雀斑，也沒有法律規定畫家要忠實記錄下她的瘤或雀斑。他可以耍點藝術家的手段，因為繪畫在誠實上不值錢，跟說話一樣。」

爺爺打個呵欠搔了搔癢，又繼續說：「有很多好事兒，都是關於打獵或釣魚的。你可以光只看到小刀柄就記起什麼時候日出，露水可以保持多久，露營地是什麼樣兒，食物吃起來如何，獵犬叫起來是什麼聲音，何時日落，何時月昇，貓頭鷹怎麼叫，這一切的聲音、景象、味道跟感覺。當你釣到鱒魚、捕到鱸魚、射中鹿或一槍射下兩隻鳥兒，那是勝利的一刻。但別的事兒說起來就掃興了。當鳥兒裝進袋裡，魚躺在簍子裡，鹿的內臟清乾淨掛在樹上，冒險就結束了。有點兒傷心不是嗎，因為所有的期待都消失了，結果已經出爐，活動就落幕了。這就到了謊話出現的時候。

「說它是謊話也不對，它不是，真的。你需要誠實的布才能刺繡。沒有布，也沒法刺繡。你坐在爐火前回憶，然後欺騙自己，那頭鹿有十八個斑點而不是十二個，你射了三十隻鴨子不是十五隻，你只用了實際上一半的子彈，而且釣到的每條魚都重得足以列入世界紀錄。

「這是非常健康的事情。當你長大，就不會再相信童話故事了，但每個男人也只不過是有一把老骨頭、禿頭、房屋貸款跟消化不良的小男孩。他還是需要逗自己開心，而這些漁獵回憶中誇張的想像，只不過是衰老的小男孩講給自己聽的奇幻冒險故事，用來驅趕心中的妖魔鬼怪。沒有這些故事潤飾的人生，就只剩下早上起床，晚上睡覺，一整天搖搖欲墜，擔憂沒錢繳帳單了。」他輕聲地說：「當你老了以後，就了解我在說什麼了。」

我問爺爺：「這種情況會從什麼時候開始，又到什麼時候結束呢？何時不會再需要誇張的故事？」

爺爺回答：「有人可能會變本加厲。我認識很多懶蟲，他們自以為什麼事都沒做錯，而且一點也不懶惰，只是這個世界虧欠了他們。我也知道一些酒鬼，他們喝了太多酒整天醉醺醺的，但卻埋怨這個世界是怎麼了，為什麼老闆看不起他們，老婆不喜歡他們。這就到了不能再說謊的時候啦。

「但是一點點的自我催眠有助消化，能幫助睡眠，還能增進對話樂趣。若有人告訴自己，如果狗兒那天有健康的好鼻子，風向對的方向吹，或若他跟對了足跡，獵物袋裡就應當有豐碩的戰利品之類的事，這並不會傷害一個人，漸漸地，他會相信當初事情真的就是這樣而開心，那麼，是自我催眠或謊言就不重要了。一切都是事實，因為你每天都這樣想，自然就把它變成了事實。」

當然，我現在知道爺爺是對的了，大部分都是對的。我參加過戰爭，也寫了很多不錯的作品。我在世界各地旅行、釣魚和打獵。我發現我並不試圖扯大謊，但都會稍加潤飾。真實的故事很少平鋪直敘記錄下來就能顯得完美，都需要這裡添點東西，那裡加點裝飾才能完美。

我最近在非洲射中了一隻豹。我對自己說：「這真是了不起的成績啊！」我認識最厲害的六個白人獵人，為了獵到一隻好豹，都至少花了兩三年的時間才終於如願。豹子通常白天都不出現的，我其實是憑好運而不是實力讓牠白天從樹林裡現身，之後精準地射中牠的肩膀，這讓我歡欣鼓舞地慶祝了足足一個禮拜呢！

在我心裡，那隻豹已經變成了一個傳奇。我在心裡做了為了誘捕牠根本沒做的事——幾乎就要做了，只要我當時想得到方法的話。這隻豹已經多長了一呎長，而且多重了三十磅。我們最多只追蹤牠一百碼，但這段距離變成了半英呎，其他的困難點，像補放誘餌豬，甚至樹林裡的蜜蜂，都已經被我飛快地加以誇大了。

我的朋友在最近的非洲狩獵之旅中，在非常離奇的情況下射中了另一隻豹，一隻很大的母豹。當時這隻豹像在獵食般大聲咆哮、快速移動，但他卻準確地射中了牠。從那天起，我已經聽了五十遍這個故事（是我誇大了，事實上應該是二十二次）。但是故事隨他講述的次數不停改變。現在他說這隻是公豹而不是母豹，尺寸、吼聲、兇殘的程度都放大了兩倍。有一天我們一起到肯亞首都奈洛比的一個動物標本店，看見一隻體型和中型老虎一樣大的公豹。

「我敢說我的豹比這還大一點，你覺得呢？」朋友真心地說。

「我覺得你的豹要大多了。」我也真心地說，捏造的罪要加一等。

思緒再回到爺爺的身上。當我還是個小男孩的時候，有次我跟他說，如果可能的話，想去非洲打獵。

「我真希望能活著親眼看見。」爺爺說。「但很可能是看不到了。不過我現在就可以跟你打個賭：等你到了談論跟回憶這件事的時候，所有的獅子都會跟大象一樣大，所有的大象都跟房子一樣大，當晚上上床睡覺時，你會計算著所發出的彈藥，然後發現連一發子彈都沒有浪費掉。」

奇怪的是，爺爺說的還真對。有一天我用點318獵槍射中了一隻北美水牛和站在牠身後的另一隻。不，還是我用的是點300的馬格南步槍？這麼風光的事在非洲傳奇獵人哈利．席比[2]身上曾經發生過嗎？

2 哈利．席比（Harry Selby, 1925-2018），他是持續狩獵生涯最久，德行最受人尊敬的白人職業獵人。一九四五年第一次到非洲狩獵後自此每年不曾間斷，直到二〇〇〇年因膝關節手術失敗才放棄到非洲狩獵。魯瓦克的第一次非洲探險就是由他帶領，也曾帶領海明威的非洲之行，他的故事在魯瓦克筆下成為一則傳奇。

8 男孩與小刀

每一次我看報紙，讀到有個青少年做了什麼，又有另一個青少年做了什麼，還有些更瘋狂的年輕小鬼純為了好玩就射殺或痛毆別人的新聞時，我的心就彷彿糾結在一起，更讓我回想起年輕時認識的同伴。當年，「青少年」一詞單純就是指十二到二十歲的孩子，但現在，「青少年」好像變成跟麻煩與犯罪自然聯想在一起的詞彙了。

現在一聽到「青少年」這個字眼，就幾乎讓我立刻聯想到彈簧刀、小手槍、幫派、造反、暴力、心理障礙等等。我們對某些青少年案例的過度強調忽略了一個不爭的事實，就是還有上千萬個穿著牛仔褲、和朋友一起玩樂的好孩子，了解很多大自然的事，懂得升火、駕駛汽艇或是抓魚。

爺爺曾和我談論過什麼是青少年，他說他們正值氣血方剛的年齡，除非把他們的精力耗盡，不然就會爆炸。他說：「問題就在怎麼把他們旺盛的精力，從打破玻璃或偷竊車輛這些禍害，轉移到正當的活動上。」講到轉移目標，爺爺實在是位大師，他知道怎麼讓一個青少年可以不必搗蛋、不找麻煩，卻弄到精疲力盡地回家。

我想今天，甚或是三十年之前，就應該把對危險武器（包括刀子與手槍）的興趣與知識，在公開而安全周密的監督下拿出來討論，這才是嚇阻錯誤使用最健康正確的好方法。也許這不適用於某些大城市的社會結構，但這些地方政府也從來沒好好這樣思考過。

當我還是六歲小男孩時就擁有屬於自己的刀子。爺爺說：「刀是工具，也是危險的東西。帶著它時要收好，不能露在外面。切東西時要朝自己的反方向切。保持刀刃銳利，因為一把鈍刀無法發揮應有的功用，注意，切削時刀口一定要朝外。」

三十五年後，我的左手拇指上留有兩道明顯的疤痕。在那兩道傷口之後，我得到了教訓，從此不再有機會留下疤痕。

我們都帶著刀——從只值二十五毛錢的廉價摺疊小刀到真正危險鋒利的刀子——為剝除動物毛皮或清理漁獲，釣具箱裡還有些特製的鋸齒狀、用來刮魚鱗的刀。當再長大些後，我們會驕傲地在腰間掛上帶刀鞘的刀，當作一種拓荒者的象徵。我寧可不穿褲子出門，也不能不帶把小刀。

在那個武器用途並不複雜的年代，刀子只用來削東西、劈竹條做箭、修理釣絲上的魚鉤、開罐頭、剪指甲（也不是很常這樣用啦）等等，以我為例，有一回我還用刀在我的腳上進行了一個傷口緊急手術。所以幾乎可以斷言，如果詢問一個野外活動專家，在野外哪樣東西一定是他最後才會放棄的，答案一定是刀子。

除開射擊，只要有片鋒利的刃，沒有什麼事是你不能完成的。甚至可以做出一把不錯的刀子代替品。南非的波爾人[1]為取得獸皮、獸肉、獸脂殺死斑馬或其他野生動物的方法，是騎馬追趕這些動物，用刀刺進牠們背脊隆起的部位，危險的是所騎的馬可能會一腳踩進大坑洞裡。

用刀可以製作弓箭，也可以用刀打造獨木舟，或蓋一個棲身之所——只要用刀砍斷小樹，然後把衣服或樹皮裁成條狀，再把樹枝條和葉子綁在一起就行了——不管是用松枝還是棕櫚葉皆可。

我認為石頭磨成的刀是人類史上第一個重要的工具。只要砍斷小樹，把表面削到光滑，然後把石刀綁在尾端就成了武器，可以直直地扔出去。這樣看來，這就好像是石器時代的手槍。

當我在新幾內亞時，一位現代「石器時代」的紳士——他以前是食人族，送給我一柄很好的斧頭。斧刃部分是用綠岩做的，鋒利得足以砍倒樹木、劈開敵人頭骨，刺殺野豬，或蓋上

1 波爾人（Boer），居住在南非境內的荷蘭、法國及德國白人移民後裔形成的混合民族。Boer 一詞來自荷蘭文農民的意思。但現在多已用 Afrikaner（阿非利卡人）一詞代替波爾人。

一棟房子。斧柄頂端有個弧形，像很大的T字，是用一株硬木的樹根或樹枝做成的。綠岩的斧刃是由一位勇士利用河邊沙石跟湍急的水流磨製成的，它和T字型的橫木綁在一起，正好可以和垂直的部分達到平衡。這兩部分用棕櫚樹皮編織的草繩緊緊綁著，形成平行花紋似的裝飾。這位只能在一九三〇年代中期才發現得到的現代石器時代人，完全靠這把斧頭維生。

我要說的重點是，這把斧頭是用刀子做成的。

就我所知，最偉大的現代弓箭手是新幾內亞高地上的酷酷酷族[2]。他們用黑棕櫚樹做五呎長的弓，箭上不裝羽毛、沒有刻凹痕，甚至沒有箭頭——只用火燒硬。他們可能只因為聽到一句髒話就會致人於死地，當他們因某個理由而開戰時，場面真是令人毛骨悚然。我就親眼看過一個小黑人在第一個人還沒跌落地面之前，就已經連續推倒了第四個人，動作之快，令人目瞪口呆。

我有一根新幾內亞的矛和一面用樹根做成的盾。那面盾可以擋下子彈，除非子彈恰巧正中中心才有可能失誤；那根矛可以整個刺穿人體脆弱的部分。長矛甚至沒有尖頭，只是一根用火烘烤過的硬木。我還見過用烘過藤條做成的小刀，可以完美地切割任何東西。

我還是要強調，不管用木頭還是石頭做的刀，都可以拿來製作各種武器或工具。

所以我了解刀子這個東西，是用來當一扇門把野狼擋在外面保護自己，而不是拿來為著好玩而行刺陌生人。在我記憶中，小時候我們也會像一般孩童一樣打架，但從來沒人用刀去攻擊別人。

我對槍枝一樣心存敬重。我們大概在六歲時開始使用壓縮式空氣槍，等到七八歲時就開始使用點22口徑的單管槍，到了八九歲時，就用口徑二十毫米的大獵槍了。我之前應該就已提過武器照顧跟使用的方法，爺爺曾藉一根結實強韌的木條讓我留下極為深刻的印象。有段很短的時日，我們雖尊敬這些危險的武器，但也會把這強大的武力用在玩樂上。我想起這輩子被揍得最慘的一次，就是被爺爺抓到我跟表弟們玩「牛仔與印地安人」遊戲時，用空氣槍彼此對射，我的屁股因此痛了好幾天，那當然不是BB彈造成的。

「尊敬會讓你死亡的東西」，這個觀念一直深深灌輸在我們腦海裡。每年夏天，許多內陸居民到海邊戲水，總有人被海水沖走、溺水受傷或死亡，因為海邊潮汐及主島嶼區內兩個海灣裡的海浪是非常恐怖的。這裡沒有所謂的暗流，但海浪從大海流進海灣後，聽令灣內的風與潮汐漲退，總會讓那些自作聰明又不敢承認自己膽小的人們死於非命。

我的家族好幾代以來都以討海為生，而爺爺給我最深刻的印象，就是當我還是個只會捏著鼻子用兩腳跳進水裡的小孩時，就很慎重地告訴我，「海」這個寬闊的藍色大玩意兒會

2 酷酷酷酷族（kukukuku）是居住在巴布亞紐幾內亞約二千公尺高地上的的火耕民族。

「殺人」，所以你得每分每秒都保持高度警戒。

「要恐懼它。」爺爺說。「大海可是他媽的比你所能看見的大得多了，比你想像的頑固N倍，狡猾N倍。」

也許我說得還不夠清楚，我真正想說的是，那些在我青少年時期可以合法擁有的致命武器，現在都變成「壞孩子」暗中私藏的東西。信任會讓人有榮譽感，我的親友們以前週六到郊外野餐時都會帶著幾乎足以征服這個國家的武力——來福槍、獵槍、刀子、童軍斧頭，但他們不會被當成危及社區或傷害無辜的恐怖份子。

毫無疑問，我們當時未受到小兒心理醫師、電視及革新教育制度的影響。因為我們整天都待在外面，所以也很少被父母監督，只要找到藉口，我們都盡量不去參加主日課程，我們認識的人也都很粗俗——像水手、流氓等，而且我們大部分都來自於中下或下層階級的家庭。

但我們為什麼都沒有人坐牢呢？我承認我曾經侵入人家的西瓜田，而且很小就學會嚼菸草，我還有一次用照明燈獵鹿，差點給自己帶來了大麻煩。但如果你還記得我跟我的夥伴們身上配著恐怖的致命武器，這些事情想起來實在是微不足道的罪行。如果提到種族問題，上帝知道這裡帶武器的有色人種也夠多的。

我們從來不一大群人一起出去，通常三或四個同齡的男孩會一起釣魚或打獵，當再長大一點、精力比較旺盛之後，我們也一起約會，但我們從來不互毆。我認識私釀與販售烈酒的人，但他們也從沒教過我污穢骯髒和敗俗的事，老天知道，我們的青春期還正值經濟大恐慌時代呢。

這些道德感不是刻意裝出來的。我認識一群現在的孩子們，行為舉止和外表都很普通，就和我們差不多，他們是有些狀況需要幫助才能度過這個階段，但他們都是很乖巧的孩子，不會隨便為了好玩就殺人。

……這一切都讓我回想到一件事，有年暑假，他們在芝加哥戲院前捕捉約翰．狄林格[3]，人們竟然在這高犯罪率地區為這位「勇敢的羅賓漢」大聲歡呼，為那個紅衣女士[4]及一大堆沒有道理的事情歡呼。你會以為這個惡棍是大衛．克羅科特和麥可．芬柯[5]的合體，加上和同時代的其他罪犯——佛洛德男孩、馬巴克及他們的黨羽[6]——混合在一起變成的高貴的丹尼爾．布恩，在堡壘裡對抗入侵的印地安人。

我不太記得這堆亂七八糟的事了。但某個關於爺爺和我的記憶還是很鮮明——某次我做錯事時他給我的教訓。我不太記得到底犯了什麼錯，但爺爺瞇起眼瞧不起地看著我。

3 約翰．狄林格（John Dillinger, 1903-1934），美國知名的銀行搶匪，有多次越獄的紀錄。
4 與當時FBI幹員合作設下陷阱逮捕狄林格的妓女薩吉（Anna Sage），狄林格落網時薩吉身著橘紅色洋裝。
5 大衛．克羅科特（Davy Crockett, 1786-1836）、麥可．芬柯（Mike Fink, b. ?-1823），皆為美國十九世紀的西部拓荒英雄。

他說：「你以為你是誰呀？羅伊．比恩法官？佩科斯西部法律[7]？還是你自己定有自己的法律？」

「誰？什麼？我沒有。」我說。

「你對自己民族傳統的漠視真是太可悲了。」爺爺說著，看起來更輕視我了。「我不期望你聽過袭昆．慕瑞塔[8]或比利小子[9]甚或傑西．詹姆士[10]。」

「我聽過傑西．詹姆士。」我回答：「他是個無法無天的傢伙。劫富濟貧，但最後是懦弱膽怯的風氣制止了他。」

「噢，我的老天。」爺爺說，皺皺眉頭。「懦弱膽怯的風氣？你知道懦弱這個詞是什麼意思嗎？」

我說：「不知道，我只是在哪裡讀過。」

「你聖誕節不是收到了一本字典嗎？」爺爺冷冷地說。「現在你得好好聽訓了。」

我只得乖乖坐下來，熬過這場漫長的冬天。

「我叫你羅伊．比恩是因為有個該死的法官叫那個名字。當時西部還很荒涼，有人想利用無知的地痞流氓建造鐵路。那時有很多蓄意謀殺和傷害事件，人們說：『在佩科斯河以西就沒有法律了。』這時有一個叫羅伊．比恩的無賴，他是個神槍手、牛仔和酒館主人、酒鬼，在德州蘭特里（Langtry）開了一家店，那家店以莉麗・蘭特里[11]為名，叫做「澤西莉麗（Jersey Lily）」。羅伊接受委派負責維護和平，他在自己的酒館裡開了個法庭，並且宣布他代表佩科斯河以西的法律。從某種角度看來的確如此，因為他會在同一個地方審問你、處罰你，最後再把你吊死。他自己立法，但從來沒有公平正義可言。」

「這個惡棍在我小時候是個英雄。」爺爺從鬍子眼裡哼了一聲，接著說：「我們美國人是很奇怪的民族。一個人自己定了法律規章，大家就把他當英雄。就像比利小子，一個噁心

---

6 佛洛德男孩（Pretty Boy Floyed）、馬巴克（Ma Barker），這些人都和狄林格一樣，是美國一九二〇、三〇年代著名的罪犯，在經濟大恐慌的時代，他們因為身為「政府的敵人」而備受媒體與民眾關注。

7 羅伊・比恩法官（Roy Bean, 1825-1903），美國西部拓荒時代一個頗具爭議性的地方執法人士。他稱自己是佩科斯西部法律（The Law West of the Pecos），傳說他是在自己的沙龍裡面執法。

8 裘昆・慕瑞塔（Joaquin Murieta, 1829-1853），他是一八五〇年代加州的半傳奇性人物，被稱為是墨西哥人或智利人的羅賓漢。

9 比利小子（Billy the Kid, 1859-1881），美國著名槍手，西部傳奇人物，因槍法快又兇悍而著名。二十一歲時被警長蓋瑞特（Pat Garrett）射殺。

10 傑西・詹姆士（Jesse James, 1847-1882），美國十九世紀最著名、最具傳奇色彩的大盜，出身於密蘇里州，有人說他是劫富濟貧，有人把他視為破壞社會秩序的亂源。他的故事曾多次被搬上銀幕，電影《刺殺傑西》（*The Assassination of Jesse James*）就是他的傳記。

11 莉麗・蘭特里（Lillie Longtry, 1853-1929），英國知名女演員，後入籍美國，以美貌聞名，人稱「澤西莉麗」（Jersey Lily）也就是澤西百合的意思。

的獠牙鼠輩，他從背後射死自己的母親，甚至還不算個好殺手，最後在二十一歲時被警長蓋瑞特射殺，現在有人竟然還給他寫了首歌。」

「還有那個加州土匪裘昆．慕瑞塔。他從一八三五年到現在都還是很有名，那個最後被殺死砍下頭到市集示眾的人甚至還不能確定到底是不是真的慕瑞塔，因為大約還有五個人也叫裘昆──每個都是遊手好閒的偷牛賊，只會暗箭傷人的渾蛋，他們只是逮住了一個他們制伏得了的墨西哥人，名字看起來跟裘昆一樣罷了。」

「你可以從這些土匪英雄的故事中了解一件事。人們認為他們友善、慷慨、帥氣、開心，有紳士風度，對女人跟小孩很好，但最後他們都因為違法淪落到過著犯罪生涯，被貶入社會底層。我不知道這些人為什麼會成為傳奇，那些誠實高貴、遵守法律的人，反而沒有資格被稱頌流傳。」

「那羅賓漢呢？」我大著膽子開口問。「我讀了好多關於他的事，他如何劫富濟貧的故事。」

「無聊！」爺爺說。「從來就沒有一個攔路搶劫的人，會賞給盲乞丐一文錢。這位羅賓漢先生，他給自己找的第一個麻煩就是隨意入侵人家的私宅，既然是個賊，那還有什麼好說的呢，如果你老是把手伸進人家皮夾裡去，就會給自己惹上很大的麻煩啦！他那討人喜歡的個性是隨著時光推移，人們自己加油添醋，靠想像創造出來的。」

「你怎麼能確定這些事？」

「我是不能。」爺爺說。「但我會思考。如果一個人把自己看得比整個社會還大，剛開始也許還能保持正常，但慢慢地，就會變成一隻住在洞穴裡的老鼠。等有人認真思考過這個邏輯，英雄崇拜的迷思自然就會打破了。」

「但過去一百年來，一定有什麼人是你很欣賞的。」我問。因為我想如果爺爺對羅伊·比恩、比利小子或羅賓漢一直生氣，就會忘了我犯的錯。

爺爺笑了：「我是喜歡幾個好傢伙。先說說吉姆·包威[12]。他是個野蠻人，但並不無法無天，他在阿拉莫守衛戰[13]中死去，像所有死守堡壘的勇士一樣，死時手中還握著自己製作的刀。你一定在歷史課本裡念過這個事件，像桑塔·安納將軍、圍城等等的故事對嗎？」

「對，我們是有一篇課文講這件事。」

12 吉姆·包威（James Jim Bowie, 1796-1836），十九世紀美國重要的拓荒者、軍人，在德州獨立戰爭中扮演了重要的角色，最後死於阿拉莫守衛戰。

13 阿拉莫（Alamo）是位於現今德州聖安東尼奧附近一座由傳教站擴建而成的要塞。一八三六年德克薩斯因蓄奴問題宣布從墨西哥獨立，成立德克薩斯共和國，墨西哥將軍暨獨裁者桑塔·安納（Santa Anna, 1794-1876）率七千人前來鎮壓，並包圍這座由美國拓荒者固守的要塞。經過十三天犧牲慘重的攻城戰，墨西哥軍終於占領了阿拉莫，所有男性抵抗者全被處死。

「很好，不過課本裡沒寫多少關於包威的事，真是該死。從各方面看來，他都是一個冷靜、說話溫和的紳士，也是一個真正的野外冒險家。他出身名門，卻在鄉野裡長大。他曾為了好玩在路易斯安那州騎鱷魚，在加爾維斯敦[14]島與海盜拉費特[15]進行奴隸交易。他是安迪·傑克遜[16]管轄下的陸軍上校，他能與野生動物競逐，用長槍征服牠們，他是黑暗中偉大的決鬥者，使用的武器是自己發明的刀子。他可能是對抗印地安人中最偉大的勇士。有一次，一群印地安高曼奇族人埋伏好準備殺他，他跟十個人一起殺死對方十五人、讓三十幾個人受傷，而白人中只有一人死亡三人受傷，書裡的記載是說一百六十幾個印地安人對付十一個白人。包威在阿拉莫守衛戰時就已經生病，墨西哥人在他逃亡的路上成群結隊圍堵他，終於把他抓住。

「我沒聽過任何像吉姆·包威一樣厲害的人。他娶聖安東尼奧最美麗的女子為妻，是個西班牙女人，當墨西哥還占有德州時，他的妻子是副州長的女兒。他逃家後被阿帕契族收養，阿帕契族在商業驛站從事大量銀器交易，包威也對西班牙寶藏很有想法。

「他努力想做個好印地安人。他是個神槍手，殺死很多北美水牛，對付了很多里班的敵人，他在酋長與族人眼中很有地位，所以他們最後終於給他看了他們的寶藏。印地安人給包威看的寶藏，到底是豐富的黃金礦藏，還是一大片的天然大理石礦脈，歷史學家在這點上始終不曾達成共識。但他們的確給他看了某些東西，讓他深深著迷，所以包威終其一生都在尋找遺失的聖薩巴（San Saba）礦藏。

「有人認為他找到了，但沒有時間開採，或他在等待適當時機才開採。但後來德州獨立戰爭爆發，吉姆．包威和其他人都死在阿拉莫守衛戰裡。即使到今天，德州聖楝（Santone）附近的人，還是認為他死時已經知道聖薩巴寶藏的下落，不管是金礦還是大理石礦，而且他們也還在繼續尋找這遺失的礦脈。」

「你的吉姆．包威先生聽起來，跟那些你瞧不起的傢伙一樣粗野、不修邊幅。」我說。「我是說，他也是個殺手，一個奴隸，一個真正的粗漢子。」

爺爺說：「這可是有很大不同。包威是個紳士，而且所有關於他的傳奇都是考證過的事實，不是多愁善感、崇拜不法份子的後人誇大編纂出來的，像那個醉漢牛仔殺死了六個印地安人，讓自己變成一個壞蛋榜樣的那種故事。比利小子與詹姆士一類的人物，在自己為自

14 加爾維斯敦（Galveston），美國德州東部的一個城市，鄰近休士頓和路易斯安那州，水域面積廣大。
15 海盜拉費特（Jean Lafitte, 1776-1826），十九世紀活躍於墨西哥灣海域的海盜。
16 安德魯．傑克遜（Andrew Jackson, 1767-1845），美國第七任總統。出身南卡，但大部分時間都居住在田納西州，早年曾任軍職，對印地安人的作風強硬，有印地安人殺手之稱。

己添加光環前，都是謀殺犯或土匪強盜。有很多關於舊時代與這些莽夫的故事都是謊言，蒙蔽了那個時代的真正面目。讓事情聽起來好像所有人都得穿著靴子死去，所有人都得是大天使，其實在那個時候，他們也不過就是不學無術的莽夫，有著怯懦卑鄙的性格。」

「如果他們真的這麼不值一顧的話，要如何解釋現代人對他們的英雄式崇拜呢？」

爺爺說：「孩子，有個名叫梭羅的人曾評論過，男人總是自暴自棄。一般男人會讓自己的生活在家庭與工作間左右為難，如果昨天妻子才剛發過牢騷，今天即使一個土匪做的蠢事聽起來也會覺得很浪漫。但這些莽夫看上去很可能相當普通、骯髒，搞不好還滿身蝨子。如果他跟你住在同一個社區裡，他們喝醉的時候你只想閃得遠遠的，希望他們最好搬到別的地方去。」

我頑固地說：「不管怎樣，我還是希望可以生活在那個時代。」

爺爺說：「我敢說，你一定會是詹姆士或是比利小子手下的第一個遇害者，因為你有奉公守法的老實個性，還有你開槍的動作一定比他們慢很多。」

這個時候，一個女性的聲音從傍晚的微風中傳來，聽起來格外響亮。

「那是奶奶叫我們去吃晚餐啦，羅伊．比恩法官。」爺爺說。「我還要說件事。如果你奶奶生在那個時代，那兒就會有佩科斯西部法律啦，而且她們不會以你的名字發展出傳奇故事。她會讓一切和睦相處，連一顆子彈都不必發射。」

9 先苦後樂

那是個南方寒冷的日子，冷風使勁打在牆板上，掀起屋頂一片片綠色的木頭屋瓦。強風侵襲著這個小鎮，連房子都有點微微搖動，木蘭花絮如雪片般在風中飛舞。爺爺把他的搖椅再拉近爐火一點，寒風從煙囪呼嘯竄入，壁爐裡的灰燼像迷你龍捲風似地盤旋著。爺爺聳了聳肩，假裝他在發抖。他穿了件老舊的灰毛衣，領子高到下巴頦兒，包住了整個脖子。

爺爺說：「想完全抓住我的心其實很簡單。我並不特別喜歡什麼，除了熱烘烘的爐火、暖呼呼的床，還有能餵飽我的安靜女人。前兩樣很容易就可以獲得，但我一直還在尋找第三樣的組成部分，我指的是『安靜』啦。」

「我喜歡的東西多少有點兒粗陋，像一個洞穴，舒服又溫暖的洞穴。即使刮風下雪，躲在洞穴裡依然很安全。熊是非常聰明的動物，牠知道冬天要躲進洞穴，等春天繁花盛開時再出來活動。」爺爺「啪」地一聲，朝吱吱作響的火焰裡吐了口痰，煙囪好像又搖動了一下。

他說：「你聽聽這風聲。明天之前它就能讓這房子少掉好幾片木板，除了該死的笨蛋或飢餓的愛斯基摩人外，沒有人會在這種天氣出門。你今晚最好早點上床，孩子，不然明天我們這些該死的笨蛋出去獵鴨的時間可能就太遲了。」他笑了，又吐了口痰。「明天早上，鬧鐘吵醒你的時候，試著把自己當成飢餓的愛斯基摩人，這比當個笨蛋更有道理。」

這就是爺爺——充滿了矛盾。他前一分鐘還在稱讚爐火的溫暖，一回頭又立刻像惡魔一樣把你扔進恐怖的天氣裡。這種鬼天氣，可是連皮列[1]都想放棄他的研究呢。

爺爺喜愛的話題很多，其中之一就是講獵人和漁夫排斥舒適安逸的生活，喜愛擁抱痛苦，悲慘更能讓他們覺得快樂。他們就像那些老笑話裡一直用榔頭敲自己腦袋的紳士，因為停止敲擊後會讓他們覺得很舒服。爺爺把獵鴨人跟登山客並列為最該死的笨蛋，他說他不曾爬過山，也不想爬，因為他從未在那些高高的雲海裡遺失什麼東西。

爺爺的菸斗上結了一層霜，連鬍鬚也凍住了，他抖掉霜，鼻子跟櫻桃一般紅。木材熊熊燃燒著，狗兒在火焰的映照下看起來只像是個白點，分辨不出輪廓，這時的爺爺看起來跟鳥兒一樣快樂。

「真是可愛的一天，不是嗎？」他說，抖落外套上的積雪，在爐火前暖暖他那凍裂的雙手。「所有的徵兆都顯示，明天會更美好。」

奶奶並不同意老伴的話：「不要把雪水滴到我的地毯上。美好什麼呀？想得肺炎嗎？快把濕外套掛到後陽台去。」

爺爺笑笑：「獵鴨人就會覺得是個美好的日子啦，我還沒看過比這更適合獵鴨的日子呢。寒風吹散竹筏，冰雪讓大池塘結凍，野鴨飛得低低地，尋找沒完全結凍的小壺穴。牠們會被所有沒風的地方引誘。如果我是靠打獵維生，工作一早上就夠我賺的啦，只消悄悄走進沒結凍的地方，讓野鴨在十毫米口徑或是其他武器的槍口下亂飛，輕輕鬆鬆就可以殺死好幾百隻。」

但爺爺對這個主意似乎不太認同。他說：「還好我不是看到什麼都想射的獵人，我也沒有十毫米口徑的獵槍。但我還是要占點天氣的便宜，用我的推拉式老獵槍，從邊兒上選擇性地射擊。明天我就只獵北美灰背鴨、一些長尾鳧跟加拿大野雁。你要跟我一起去嗎？還是因為現在還不到四月，你就只想坐在這裡發抖，之後再覺得後悔莫及？」

爺爺總是認為，對某些人來說很恰當的天候，對另一個人可能是毒藥。他說：「對付天氣唯一的辦法，就是懂得它適合做些什麼，然後好好利用。不抱怨，只關注它可利用的地方，然後準備就緒。城市人的問題就是，天氣寒冷時容易凍僵，天氣變熱時容易煩躁，因為他們一年四季穿衣服的方式都一樣。愛斯基摩人知道天氣會變冷，所以用煮熟的海象或鯨魚

1 羅伯特·皮列（Robert E. Peary，1856-1920），美國北極探險家，一九〇九年抵達北極，一般認為他是第一個率領探險隊到北極的人。

脂肪保暖，建造合適的房子，只在必須外出獵海豹時才介入漫長漆黑的寒冬。非洲土人知道一整年都很炎熱，所以用香蕉葉遮蓋裸露的身體，並在棕櫚樹下尋找庇蔭。

「有時大雪會在錯誤的季節降臨，懂得穿上法蘭絨衛生褲保暖的人會高喊萬歲跑出去駕雪橇，但堅持穿著夏天內衣褲的人就只能哭泣，抱怨為什麼天氣的主宰者背叛了他。如果能夠適時調整，就沒有什麼天氣是絕對不好的，只是有些天氣真的比其他時候好而已，就像沒有真正的醜女人，只是有些女人比較漂亮罷了。」

我以前也看過爺爺用菸斗指人的動作，他完全沒有要影射奶奶的意思。

「要幾點起床？」我問。「像以前一樣，天亮之前嗎？」

「我們不用太早起。」這狡猾的老傢伙笑了笑。「早上七點以前天都是黑的，在這種寒風中，野鴨一整天都會飛來飛去。如果你能在六點半之前吃完早餐，我們就有很充裕的時間可以準備啦。記得要穿暖一點，孩子，多穿一點，還有，在咖啡煮好前，就不用急著叫我起床啦。我要穿著衛生褲睡覺，這樣就可以把溫暖留在身上。」

爺爺教了我一件事：保暖應該要從裡到外，而不是從外到裡。要從吃一頓熱騰騰的早餐開始——火腿、雞蛋、吐司、熱咖啡——然後用長衛生褲把早餐的熱量包住，接著是一件毛衣，再加上幾件法蘭絨上衣、兩雙襪了，外面再套上羊毛長褲、然後是及臀長靴，用來擋風跟防水。最後再穿上防水外套，戴上可以蓋住耳朵的帽子，這樣就不需要穿熊皮大衣啦。一旦內部的熱量開始發酵，就算是在寒風中也會流汗的。

「我知道聽起來是有點娘娘腔，」爺爺說，當我們正要解決最後一點吐司跟雞蛋的時候，「但是好的物質享受，可以讓你狩獵時有比較好的表現。去拿我們秋天在海灘上用的那個煤油暖爐，我要去拿咖啡壺。」

他走向用來裝咖啡的暖水瓶，但我覺得裡面裝的不是咖啡。聽起來不像咖啡，感覺是比咖啡淡的液體，很可能是裝了某人賣的維他命飲品，在那個時候，這可是高度違法的行為。但不管怎樣，這一切對一個小男孩來說都太特別了。

根據風向與天候，我們有兩三個地方可以選做獵鴨欄，但在這個寒風刺骨的早晨，只能選一個比較近的地方。我撐船前行，手指雖帶著手套但還是凍得僵硬，鼻水流下來滴到圍巾上。天色灰暗，沼澤區冷風寒冽，這種天候是只有鹹水沼澤才有的。昨天白天還流水潺潺的小水道，現在已經結了一層冰，我勉強小船划進水道，努力破冰前行，船底的龍骨發出了嘎嘎的爆裂聲。我們划過整個都結了冰的小水道，但划進池塘裡時，發現這裡只有邊緣處結了冰。我們靠近獵鴨欄的位置時，一大群一大群綠頭鴨匆忙起飛，發出暴躁的叫喊，船推進獵鴨欄後的凹陷處，輪到氣急敗壞的小水鴨，一邊猛力衝闖一邊嘎嘎亂叫，牠們始終飛得低低地。平時爺爺總是小心翼翼地擺放鴨餌，但今天他只把大約一打假鴨餌隨意亂扔在水面上。

他和藹地說：「今天，就算只是幾個錫罐或牛奶瓶，看起來也像鴨餌。孩子，把煤油暖爐點起來吧，然後把暖水瓶給我——是另外一個暖水瓶。」

我發誓，那天我們就算隨便用舊掃帚或彈弓，都能輕易達到法定的獵鴨數量，感覺幾乎就像那些野鴨們，自己想衝進獵鴨欄裡取暖般，你知道，加拿大野雁平常可是很謹慎的鳥類呢！而且我們在兩隊雁群中就獵足了一天的限量，甚至不用麻煩換成獵雁子彈，因為牠們實在飛得太近了。

狂嘯的風讓天空布滿了行程受阻的鳥群，牠們都在找地方棲身。那些爺爺常常使用的老詭計，甚至是我現在已具備的小伎倆，根本派不上用場。因此，我們變得非常挑剔，我決定只射北美大野鴨，爺爺只獵長尾鳧。我們對綠頭鴨嗤之以鼻——因為接近季末，我們猜想牠們會去吃魚——所以我們站起來，噓走前來尋覓小小棲身地的小水鴨、金眼鴨、闊嘴鳥和秋沙鴨。

時間流逝，我發誓我們只用了一小時，連暖水瓶裡裝的都只消化了四分之一呢，船上的獵物就已經堆到船舷了。那次之後，我只再看過這種景象一次，那是我跟老友喬伊去馬里蘭獵鴨時，喬伊是華盛頓摔角比賽的宣傳人員，我們大膽地在東海岸暴風雪中獵鴨，老天爺給我們的野鴨比雪花還多。

最後，我和爺爺熄掉了煤油爐，開開心心地划船回到溫暖的家。雪又開始下了，但風稍微小了些，天空滿是低低飛掠的野鴨，如果有人膽敢獵取超過法定限制的數量，這滿天的野鴨夠他犯下一百年的牢獄之災了。我們把船拖到屋簷下，把一堆堆的獵物和獵槍扛在肩上，爺爺有點諷刺地朝灰黑色的天空笑了笑。

「你奶奶一定不買這個帳。」他說。「但我想這是我一生中見過最美麗的一天啦。你有意見嗎？」

「沒有。」我說。「我無話可說，你可以稱它是『晴空萬里的一日』[2]。」

我不滑雪，因為我寧願得肺炎也不想摔壞我的背，但我現在可以明瞭，就算大雪阻斷了城市交通，一定還是有些人會覺得這真是個美好的一天，他可以在腳上綁好裝備，從山坡俯衝而下，直滑到雪融處。

當我越來越老，去過越來越多的地方打獵後，我越能夠了解，對於「受苦」這件事，爺爺的認知真是他媽的正確。知名戰地記者派爾[3]有次寫道，他曾因重病待在飯店房間裡，那時他相信自己比任何一個曾在飯店休養的人病得都更嚴重。很多苦行者穿著鋼毛做成的衛生

2 原文是 Bluebird day（藍鳥日），意指美麗的冬日，通常是指剛下過雪，天空晴朗無雲的宜人氣候。

衣爬山，並不停用鞭條抽打自己，我發誓我比這些苦行者到過更恐怖、更熱、更冷、更讓人頭昏眼花、更多蚊蟲叮咬、讓人更容易中暑、缺氧，或更不明事理，簡而言之就是更讓人不愉快的地方，從事過各種奇奇怪怪的室外運動。

我以前連過一個六吋深小溪上的獨木橋都會頭暈，但是現在呢，把我所有獵過的東西堆在一起，似乎足以堆成聖母峰外的一座小山。有一次我去獵松雞，我認定松雞的棲息地一定是在低地泥塘裡——或者是沼澤裡——但到最後卻發現，蘇格蘭松雞的棲息地是在山峰頂上，這就像玩撲克牌抽牌時拿到最大張牌一樣。

我把獵象當成一種藝術，這是因為我認為在平地上就能找到牠們。沒錯，你的確可以在平地上找到牠們，但卻得先爬到肯亞山上，然後再走上個一百英哩的路程，才會發現你追蹤了半天的那個大腳印的主人只剩一根劣質的象牙。

在狩獵的過程中，似乎沒有任何一種愉悅不是來自於極大的痛苦。你一定是先苦後樂。

不久前，我到阿拉斯加獵棕熊，整個過程中我似乎光只用腹部不停地在灌木叢中爬行，並努力把從不細看的山巒當作如畫般的美景，這樣我才能夠一直坐在雨中，一點兒也不舒服地任由蚊子叮咬。我是聽說過阿拉斯加的蚊子很厲害，但不相信牠們可以拉動四座馬達，喔，牠們真的可以！

我最後終於獵到了一隻熊。在牠幾乎就要攻擊到我的頭部時，我射中了牠的心臟，但牠竟然有足夠的腎上腺素，可以從我面前逃走，往山上跑了六十碼後才倒地而死，死前還發出像失控的謝爾曼坦克一樣恐怖的怒吼。後來我想想，我和嚮導被一千磅重的熊突然衝出來威脅，可能是個很蠢的死法。道理很簡單：

「魯瓦克出了什麼事？」

「喔，他被一隻熊攻擊頭部而死。大家總是說他的下場會不太好。」

但不管是誰，在說這個卑鄙的評論時，都不需要考慮這個事實：為了要能讓熊順利攻擊你的頭部，你必須先在淺水中划一公里多的船，呼吸鮭魚死屍腐爛的氣味，然後在長滿青苔、滑溜溜的石頭上再爬行個兩公里，感受你靴子踩扁腳下鮭魚肥肉那種噁心的感覺，最後才只能到達目的地的山腳下，然後為了要找到熊，還得在九呎高茂盛的叢林中攀爬上山。

遠遠看上去，熊不是熊，只是掉在破爛黃地毯上的一個黑色髒嘈，一下子就不見了。這種情況並不值得開槍，所以你必須找到方法，先戰勝養育小熊的母熊。每一隻母熊都可以把一匹馬從肩上用力甩出去，快速飛過一英哩遠。但大公熊都聚集在山上，吃著藍莓玩撲克。

3 恩斯特・派爾（Ernie Pyle, 1900-1945），二戰時美國著名的戰地記者，曾參與美軍登陸硫磺島的戰役，後來在沖繩附近的島嶼死於日軍的砲火，曾獲一九四四年的普立茲獎。

只有獵人才能了解，痛苦的藝術不在用正確的「處方」對付了四盎司小野獸或七頭大象，而在於當初是怎麼來的，現在還得怎麼回去。這就像是只有漁夫，才能了解海浪很難往同一個方向規律地移動，如果你順流而下，終究還得想辦法再逆流而上。從兔子到老虎，從鵪鶉到北美水牛，從鱸魚到金鎗魚，通通沒有「白吃的午餐」。

動物只有一個最簡單的原則：除了清晨與夜晚，牠們多半不會活動太頻繁，這表示你必須在最黑最冷的日出前夕離開帳篷，然後在更黑更冷的夜晚，一邊咒罵、一邊全身痠痛，踏著疲憊蹣跚的步子走回來。除此之外，還全身都是傷：被帶刺的植物扎傷、被石頭撞成瘀青、被蚊蟲咬傷，外加腳踝無力、嘴唇乾裂，還流著鼻水——而且，從來沒有在你去到的第一個地方，就能順利找到獵物的。

我不知道我在肯亞跟坦噶尼喀[4]、北卡羅萊納跟德州等地開了多長漫天塵埃的公路，拯救了多少拋錨的車輛，在泥濘中掙扎了多少次，用壞了多少個汽車輪軸，被多少蟲子叮咬，被多少植物刺傷，歷經了多少日曬雨淋的日子，多少次無盡的等待，更別說乾裂的嘴唇與長滿水泡的雙腳所加深的痛苦。但當我看著牆上高貴的標本，不管是白尾鹿，還是一塊精美的動物皮毛，我都不記得那些痛苦，只記得帶著戰利品回到營地時，那勝利的號角聲跟爐火前的冰馬丁尼。

但我的的確確記得，在長達二十多公里追逐大象的旅程中，我雙腳傳來的椎心疼痛。那時我們必須穿越最高最茂密的草叢，非常靠近地經過醜陋的犀牛群身邊（我希望我可以再也不用看見任何一隻），千辛萬苦才能回到火車的通鋪上，舒適地平躺下來。我邊走邊想：「現在，我們到家了。」但虐待狂約翰．蘇頓笑著說：「應該說，我們快到家了。只要再走七公里。」我做到了，老天爺知道我是怎麼做到的，但從那時起，我就再也威脅不了大象的安全了。

我所知道最會自我懲罰的獵人就是百萬富翁，他們一次又一次打獵，直到開膩了槍，直到這輩子再也不想射擊為止。他們只是想去看看，想去受苦受難。有個人才剛從歷時幾個月的旅程回來，那是神話般的獵象之旅，每頭象都有重達一百五十磅以上的象牙。我懷疑他在這趟旅程中，到底有沒有真的射殺比松雞更大的動物，因為他對純只為了聽見槍響而殺生這件事根本沒有興趣。但他一個禮拜至少花上一千美元，就為了能讓雙腳在深陷的泥沙中行走，為了穿越會割傷人的棕櫚樹林追蹤可能的象蹤，最後也只換得每日每日希望落空的挫敗感，還有經歷許多回程時所遭受的痛苦。

什麼原因讓他們想這麼做？為什麼要這麼麻煩呢？這不純然是好奇心使然而已，因為我

4 坦噶尼喀（Tanganyika），屬非洲東部國家坦尚尼亞的一個部分。

心裡馬上就可以浮現出一個人，他至少已經去非洲狩獵過八次。

結論一定還是得回到爺爺的理論上：如果沒有經過痛苦，就不會得到快樂。痛苦的時候，你會澄靜下來清洗自己身上那些來自文明規範的繁文縟節。那些讓人虛有其表的東西，像表面上塗的一層過度骯髒的假象，你真正需要的是一個刮板或是小型火焰器。你刮掉它們、擦掉它們，讓它們遠離，你的頭腦就會變得異常清楚，感官也會異常敏銳。而當你長滿水泡、口乾舌燥地返家，全身疲憊得甚至感覺不到飢餓，也沒有力氣梳洗的時候，外表虛偽的假象已經消失得無影無蹤。你已經觀察到真正的美麗，克服了辛苦挫折，重新建立起對生命的熱情，還有享受以誠實的辛勞換回的巨大成就感。

我記得有一次，在早秋淡淡的初雪之下，我帶了一個典型的城市佬到康乃狄克州進行一趟愉快的狩獵旅程，他本來並不喜歡狗、一點都不懂獵槍跟漁獵的事。在溫暖的小木屋裡，我們的夥伴關係真是棒透了，食物也很美味，連獵犬也有很好的表現，找到了一大群鳥。我們在火紅的秋天森林中，擁抱了足以稱之為完美的一天。等我們回到小木屋時，心臟跳動快速，威士忌正香醇，我們帶著一大袋的鳥兒與回憶，回到爐火溫暖的召喚下。

這位朋友堅決聲稱，他在健身俱樂部的訓練，絕對不像我們在下雪山丘裡的跋涉，能輕易解決他的胃脹氣。最後，為了向獵犬證明自己，他或多或少靠運氣射中了一些雄雉雞，並且堅持要自己把獵物辛苦扛回住處。之後他立刻就打電話給所有的熟人，那些人身在各處，包括歐洲與墨西哥，他告訴他們他是如何英勇地制服了滿天亂飛的鳥兒，講電話的時候，心情還很激動呢。

最後他終於坐了下來，心情也平靜了些。「這些活動到底有多久啦？」他問道。「我這一輩子過去都在哪裡呀？」

我不知道。也許是在某處，比第一個穴居野人第一次打死長毛象，用牠來充飢跟做衣服，然後不得不把牠的圖案畫在牆上更久以前的某處。某種發生在飢餓與痛苦過後的滿足感，與來自於人與動物、人與鳥類、人與死亡這些美感衝突的基本元素間的某樣東西，把打獵變成了一種藝術。這種藝術包括感恩與自我犧牲，包括折磨獵人的身體以自我滿足，最後可能還伴隨著一種實質的回饋——可以用來裝扮野人太太頭髮的飾品，或是一個可以當作天然犁刀的象牙。

在恐怖辛苦的勞動結束後，有一把心火，燃燒掉內在的冷漠。然後這個大人可以好好坐下來告訴野人小孩，爸爸今天用他的矛做了些什麼不錯的事。

我猜爺爺會說，那是一種可以回到穴居時代的藝術形式，但我想要的只是：在樹林裡工作了一個長日後，野人太太安靜地、準時地為我送上一碗恐龍湯或是一個雷龍漢堡，那麼，一切辛苦就都值得了。

10 八月的聖誕襪

爺爺曾說：「該死的聖誕節是個討人厭的日子，而且總是會下雨。但準備過節這檔事卻比一大群混亂的猴子更加有趣。」我有一個德州朋友也說：「最好玩的部分不是在準備好了之後，而是在準備的過程中。」

八月對其他地方來說——也許不過就是個單純的八月，但在英格蘭卻不只是這樣。很多老掉牙的文章都會說什麼八月的樹葉最為茂盛，或八月的微風最是慵懶，你可以把這些文章通通扔掉，因為在英格蘭的八月，很多人就像一把磨利的刀，比那些打閃電游擊戰的人更加忙碌。

八月中有個特別的一天，被大家直接稱為「第十二天」，就這麼簡單而已。不過沒有人會問：「什麼東西的第十二天？」因為每個人都知道，「第十二天」指的是蘇格蘭松雞季開鑼的日子。從前一年獵松雞季結束的秋天起，那些看起來膚色健康，但其實只是喝酒喝紅了臉的紳士們，就滿心期待著這一天的到來：從粗呢燈籠褲袋裡把福爾摩斯獵鹿帽拿出來，從閣樓裡把帆布綁腿鞋與方形皮製彈藥筒找出來，把射擊用的傢伙擦得閃閃發亮，還要從鋪有絨毛襯裡的盒子裡取出適合的波戴、葛林納、邱吉爾牌子彈，仔仔細細檢查一番，看看上面是不是長了斑漬。這些人忽視整個世界，只想知道石楠植物生長的狀況、松雞孵化的數量、石英礦藏是否豐富，還有納瑟[1]會不會跟所有俄國人一起被打入地獄。我蠻喜歡這個想法的。

這些回憶又重新湧現，或許是因為我想到有一次我在獵鷸鶉季開始前，把手臂弄傷了。還有一次為了前往非洲狩獵，我足足準備了十八個月，但就在動身之前，我進廚房幫忙媽媽，卻不小心弄傷了手指，這使得我在剛到非洲的前兩天，必須在身體狀況並不完美的情況下，射獵大象跟犀牛，讓原本已逐漸恢復健康的右手第二支指頭，又再次皮開肉綻，像在烤肉爐上烤過頭的香腸一樣。

對一個有著奇怪思考邏輯的小男孩來講，八月是一個大月，因為八月要準備九月的到來。九月到了，十月很快就會來，十月會是個考驗，但只要熬過了就能進入最好的十一月。在那之後，是一轉眼就溜不見的十二月跟一月，接著你只需要用橡皮擦把二月跟三月擦掉，

1 納瑟（Gamal Abdel Nasser, 1918-1970），埃及軍官、首相，後來成為埃及總統。在開羅上小學時就曾參加過多次反英示威，後來畢業於埃及皇家軍事學院，他帶領埃及自由軍發動革命、推翻帝制，成立埃及共和國，是一九五〇至七〇年代阿拉伯世界最重要的領導人之一。

美好的釣魚季節跟學校春假就在轉角處啦！

盛夏八月，把我折磨得難受死了。我對夏天的厭煩，就像是一個人吃了太多黏膩膩的甜點後，渴望嘗嘗硬火腿跟玉米粥這種鄉村食物，想聞聞木柴燃燒的味道，再感受一下海風輕拂的身心順暢；或是想折斷柿子樹枝椏，看著草地變黃，撥開樹葉尋找松鼠的蹤影。八月的夏天，就像一位美麗的女士放縱自己吃下很多甜食，最後腰間開始臃腫肥胖一樣。

喔，老天，真是受夠那些花兒了。讓我們聽聽獵犬在松樹林中叫出的歡暢吧。

爺爺說，如果你把生命囚禁在「準備的過程」中，就永遠不會感受到「結果」出現時的失望。這聽起來有點悲觀，但卻是正確無誤的——如果你能接受詩人對這粗糙、令人痛苦的現實的批判。眼裡的星星從來都不真實，但有時卻比現實的一點點砂礫要來得令人愉快。

其實不用再等太久，就到藍魚游近海岸的日子了，只要九月裡刮一場夠大的北風，就可以把牠們帶來。所以你最好趕快到閣樓或壁櫥裡，瞧瞧有什麼釣具放在裡面。藏匿釣魚器材的祕密基地裡，總有出人意料之外的惡魔入侵。他們會讓魚線纏成一團，會搞丟浮標、弄彎釣竿，並讓捲線器腐壞。八月沒有其他的價值，但它至少還是個很好的月份，用來趕走冬天裡那群弄壞釣具的頑皮小妖精。

那個屬於松鼠、沼澤雞跟鴿子的季節一眨眼就來到你身邊，但狗兒們的表現卻極度散漫。獵鳥跟獵鴨的狗或許還能再偷懶一段時日，不過一到此時最好趕快讓大型獵犬振作起來，把雜種狗、追松鼠跟兔子的獵犬訓練好。牠們一整個夏天什麼事也沒做，成天睡覺，吃得身材完全走樣。

想想看，我還真不知道有什麼生物像狗兒一樣，只要一不做事，就立刻變得毫無用處。全世界最厲害的指示犬、品種最優良的賽特犬、最盡心盡力的獵狐犬、最可靠的乞沙比克拾獵犬，在鬆懈幾個月以後，通通都變成了大笨蛋。牠們也許就像突然賺了一大筆錢的作家，好一陣子都不需要寫作，結果最後卻失去了這個用來賺錢的本領。等你終於把牠們從昏睡中喚醒，牠們會看著你，好像你要叫牠們去搶劫銀行或是登陸月球一樣。

爺爺以前總愛說：「你知道嗎，我不知道有誰是真心喜歡他們自己的工作的。我認識很多人，他們總說喜歡自己的工作，但是我不相信，看看這些狗兒就知道了。賽特犬是為了追蹤鵪鶉，拾獵犬是為了撿拾野鴨，雜種小犬是為了追逐松鼠與跳躍的野兔，但是真該死，牠們沒有一個人對自己的工作滿意。獵鳥犬想追兔子，沒用的狗卻想當獵犬。拾獵犬只想坐在獵鴨欄裡發抖，用牠們棕黃色的眼珠無辜地望著你，好像被送進冰雪的伊麗莎可憐的臉蛋[2]。每一個人或每一隻狗，背後都需要人家踢著去做該做的事情。

八月的準備任務之一，就是帶狗兒到森林裡，好好治療牠們的懶惰、叛逆，導正牠們心裡認為全世界都虧欠自己的觀念。用一根木棍隨侍在後，聽起來好像有點兒殘酷，但是一根小木棍比全世界所有傳教士加起來的說服力還驚人，它能讓一隻懶惰的狗，很快地重新對自己的工作產生興趣。

你真的必需重新了解，鶺鴒不像夜鶯一樣，是用牠們的歌聲振奮世界，當人、狗和槍，需要一份穩固的收入的時候，只要五盎司的炸藥，牠們很快就能派上用場。我的論點可能很有娛樂性，但我保證，你可以訓練一群鶺鴒使牠們舉止得宜，同時你也可以教育初生的小狗，並告訴老狗，牠們不是剛從里維耶拉談判回來的邱吉爾首相。你也能訓練北美鶺鴒讓牠們習慣在特定的時間待在特定的地點，而且總有一些鶺鴒會用小木枝留下記號，告訴你牠們過午要去別的地方。

喔，八月是很忙碌的，很大部分的時間都用在等待令人昏昏欲睡的炎熱散去，讓人心曠神怡的涼風到來。感覺上，九月似乎永遠不會到來，同一個時候，你必須跟大家一起塞爆海灘或擠滿公車，因為有個錯誤的觀念說他們是在「度假」。八月是外地人的時間，包括那些曬黑的、有粉紅雀斑的人，那些你不認識也不想認識的人。外地人從很遠的地方跑來，占據了所有本地的設施與公共場所。

炎熱的天氣襲罩，腳底下的柏油路都融化了，空氣很潮濕，光是渴望乾爽舒適秋天到來的念頭，都足以讓人痛苦萬分。狗兒的舌頭懶洋洋地垂下，熱得氣喘吁吁。大海忠心耿耿地反射璀璨的陽光，不像你那憤怒的老朋友，在海灘上橫衝直撞，訴說他心中壓抑的怒氣；海鷗熱切地呼喊，向你保證潮浪一定會帶來胖嘟嘟的藍魚與肥滋滋的銀色石斑。

我還記得，所有蒼蠅蚊子都會趕在八月裡跑進屋子來，大概是知道即將置牠們於死地的冬天快到了，所以得趕在死亡之前，用力吸盡所有的血。你只能一邊搔著蚊子叮咬的部位，一邊安慰自己勞工節一到就會颳起北風，所有的蚊子都會死去，我們又可以出門呼吸新鮮空氣了。

八月真的是聖誕前夕的夜晚。我在夜晚，看不到冒著熱氣、交通擁擠的街道，沒有在知了的叫聲中昏迷，也沒有聽見北美夜鷹的低嘆。木蘭花叢上的九官鳥天天唱著同一首歌，索然無味，我真希望牠能夠乖乖閉上嘴，牠聽起來太像夏天的聲音了，我寧可聽到火雞難聽的咯咯亂叫。

真正讓我聽得一清二楚的聲音是沼澤雞憤怒的呱呱大叫，牠笨拙地在沼澤草地上拍打著翅膀，草地幾乎被月圓與東北風引起的漲潮掩蓋了。我聽到野鴨急促地拍翅聲，牠們才剛從

---

2 伊麗莎（Eliza）是十九世紀著名小說《黑奴籲天錄》（*Uncle Tom's Cabin*）中一個逃跑女黑奴的名字，因為主人決定賣掉她的兒子，所以她決定帶著兒子逃往北方冰天雪地的俄亥俄。

加拿大飛來呢。月圓前，雁群妝點了夜空，雁鳴震動了黑夜。我一聽見獵浣熊犬身上的鈴聲從樹林裡傳來，嘴裡就忍不住開始流口水，因為當你聽見了獵犬的聲音，就表示獵野豬的季節要到了，而沾著糖霜的南瓜與飽滿的鮮蠔很快就可以大口大口送進嘴裡。

鶴鶉在夏天的啼叫聲會突然改變，之前當零散的鶴鶉在傍晚團圓時，總是發出典型的「吧—咕、吧—吧—咕」，但現在卻變成寂寞的「呼—嘻、呼—嘻」。我把手掌彎起來緊貼在耳後，仔細聆聽被樹枝摧折聲所掩蓋的白尾鹿呼吸聲，牠的脖子因為發情而鼓脹，牠的目光搜尋著方圓二十哩內的美女。

八月、八月，還是八月！金色的九月在哪裡呢，那是美好時光的開端啊！那個樹葉轉紅變黃，松木變暗，香料味瀰漫的好日子到底在哪裡呢？九月呀，你在哪裡？你清理著獵槍，聞到槍管裡的槍油味，卻不能使用它，那種感覺多讓人失望洩氣，很可能你已經不記得那種洩氣的感覺，或者你也已不記得等待十一月鶴鶉季開始前的日子有多漫長。時間拖著腳步慢慢前進，這樣的日子，對一個小男孩兒來說，彷彿永遠不會結束。然而能夠獵鶴鶉的三個月卻是一轉眼就消失不見，那個時候總感覺才剛起床天就黑了，一個禮拜就像翻個跟斗一樣一下就消失了，或像手風琴一樣一壓就變短了。這不只是小男孩才會有的感覺，好幾百年後我第一次去非洲狩獵，我發誓我才剛到那裡就結束了——幾乎結束了！

但從某方面來說，八月也可以是最好的月份。她帶著秋天將至的承諾，秋天來臨時那扣人心弦的興奮就在不遠的地方。當濃濃的秋意覆蓋大地時，你至少已經歷了熟悉的、甜蜜的等待。就算之後秋天的星期六會下雨，就算鴨群太平靜，就算獵犬的鼻子變熱，但這些事都還沒發生。你在八月經歷的是黃金季節的等待，到時野鴨會被假餌騙得團團轉，在合法的狩獵期結束前，雁群總是會飛來覓食，沒有獵犬會因為聞不到氣味而找不到鷓鴣。

到了十一月，不管你是要用一枝一千元的波蒂槍獵松雞，還是只想帶著郵購買來的點22獵槍，吹口哨叫你的黃色雜種狗去尋找鷓鴣窩，有件事情一定要記得：不管那天發生了什麼事，不管是好事或壞事，你已經在八月時預付了那一天的費用。八月像是所有月份的伴娘，一個永遠當不了新娘的伴娘。

11 告別殘酷的世界

我的義子，也是我老友的兒子馬克．羅伯特，家住肯亞的利穆魯[1]，他在院子裡搭了一個小帳篷，在小狗屋子的旁邊。馬克現在六歲了，他在帳篷裡放了他的空氣槍、煮飯的道具，還有他的守護神。但是到現在他都不敢在帳篷裡過夜，即使媽媽就在聽得見的距離內，還有他的小狗山姆（德國達克斯獵犬與長耳獵犬的混種）作伴，牠能嚇阻肉食動物靠近。

「你從來不想在草叢裡的帳篷中獨自過夜嗎？」我問小吐溫，我叫他小吐溫，因為他爸爸幫他取的名字是馬克，這應該很合理吧。

「不想。」小馬克．吐溫說。

「為什麼？」我問他。

「我太害怕了。」小馬克說，他是個很坦白的小男孩。

我很欣賞小孩子的誠實，而且這個珍貴少見的好德性，讓我想起了有一回我在北卡羅萊納南港一顆木蘭樹下紮營的經驗，那時候因為大人吵得讓我受不了，所以我決定讓自己放放假。我的帳篷跟小馬克的差不多，就搭在房子旁邊。

我想，那時候應該是因為我跟家人的想法不太一樣，所以我決定逃跑，去過跟海盜或土匪一樣的生活。我是一個激進的六歲小孩，當時愛爾蘭自治運動當紅。世界整個兒就是個錯誤，所以你可以稱呼我巴奈爾。[2]

「再見了，殘酷的世界。」我說完後，啟程開始了我的新人生。

我必須說，當我宣布我的決定時，爺爺很委婉地反對我。「你確定你要放棄我們，跑去跟印地安人一起生活嗎？」他溫和地說：「我是說，我們並不是不願意改進缺點，讓你可以至少跟我們一起生活到六年級。」爺爺總是有那些狡猾的手段，但這次比平常還狡猾，所以讓我更生氣了。

「我走了，你一定會後悔的。」我說。「不會有人在這裡幫忙生火、供你差使、清理鮮魚了。你會非常後悔的。」

---

1 利穆魯（Limuru），非洲肯亞距首都奈洛比西北方約五十公里的小鎮。

2 查爾斯．巴奈爾（Charles Parnell, 1846-1891），知名愛爾蘭民族主義者，十九世紀末愛爾蘭自治運動的領導人，他曾擔任愛爾蘭土地同盟的主席，在著名的鳳凰公園暗殺事件中，被懷疑包庇恐怖分子，兩年後證實這項指控是遭人作假，但他的政治生涯中，似乎一直重覆遭人背叛及指控。

爺爺嘆了一口氣。「這正是我所擔心的。」爺爺說：「如果我沒有你在身邊」——他指了指奶奶還有其他的大人——「他們就會叫我做你做的事。也許我應該跟你一起逃跑。」

「不行，爺爺。」我很堅定地說。我認為，即使我的年紀很小，離家出走這種事還是要一個人獨自完成的，不然就不算完成了。

「不行。」我說。那時候我還不認識狄更斯先生和他筆下的人物雪尼．卡爾頓[3]，他的名言：「我現在做的遠比我所做過的一切都美好」，還沒有進入我腦中成為可使用的字彙，但是我的想法就已經是那樣了。

「我要走了。」我說，又驕傲又惶恐。

「好吧，再見啦。」爺爺說，口氣聽起來滿是牽掛。「你帶了所有要用的東西了嗎？帶了火柴嗎？砍木材的小斧頭？可以獵鳥的來福槍？你最好帶點雞蛋跟培根，在你真正離群索居前可以裹裹腹。要小心有蛇喔，如果你不幸被牠咬了，試著把傷口割開一個十字，然後綁上止血帶，灑上一些火藥，把火點著。如果可以找到人幫你把毒汁吸出來，就一定要這樣做。一個人在野外被蛇咬是最麻煩的，因為通常被咬的部位，都沒辦法自己用嘴吸到毒汁。」

爺爺點起菸斗，看看地下又看看我。「你不會覺得舒服的。」爺爺說。「我小時候也離家出走過一次，當然，現在沒有什麼印地安人了，只有羅賓森郡還有一些和善的印地安人，但以前，這一帶有很多紅皮膚的人呢，若是有人碰到他們還可以毫髮無傷地回家幾乎是神蹟。我認識一個朋友，印地安人削下了他的頭皮，讓他很早就禿了頭，得買假髮來遮住他的恥辱。」

「現在這裡沒有印地安人了，只有一些銅足族人[4]。」我說：「但他們也不是真正的印地安人。」

「沒錯。」爺爺說：「但是你還是要小心野豬、野貓這類動物，美洲豹偶爾也會出沒。那枝空氣來福槍對付知更鳥綽綽有餘，還有上次你射死的那種九官鳥，把奶奶氣得要死的那次——但這種BB槍很難對付野豬。還有如果你被迫要吃野生植物維生，我建議你要小心有毒的菌類跟野莓，這連我也搞不清楚要怎麼分辨。那些你看起來很像白莓的東西，很可能是完全不同於平常的植物。」

「你在嘗試恐嚇我。」我說。「我要走了，再見。」

「你不介意握握手吧？」爺爺說，把手伸了出來。「我們很可能這一輩子都不會再見了

3 狄更斯作品《雙城記》中的男主角。
4 參見頁43，註4。

呢。」

我覺得自己很尊貴，握了握他的手，轉身離開前往野外的帳篷。我認為去帳棚是種遠行，我整理好我的裝備，揹起我的帆布背包，在日落前出發。

「爺爺再見。」我說，壓抑住我的眼淚。老實說，我上當了，除了離家出走，我沒有別的退路。你知道一個人在帳篷裡有多孤單嗎？即使只是在後院裡，但當夜晚降臨時，除了待在帳篷裡，哪兒也不能去，世界全展現在你眼前，而你卻沒有一個確切的目的地。

是的，就是孤獨吧。房子大概就在三十碼以外，但對我來說有一百萬英哩那麼遠，因為我的自尊把房子從視線裡移走了。屋子裡有燈光有笑聲，但我這個被放逐的人，不被允許一同分享燈火與歡笑。我困在帳篷裡，整個被寂寞包圍。

夜晚的嘈雜聲響起。精力旺盛的九官鳥喧鬧著，蟲子撞擊著帳篷，嗡嗡作響，青蛙嘓嘓高唱，北美夜鷹奏著悲傷的交響樂，吱嘎吱嘎、轟隆轟隆、劈哩啪啦的聲音響個不停，還有步伐聲悄悄貼近，貓頭鷹咕咕啼著，遠處傳來獵犬的長嚎，意味著有人即將死去。被孤單與恐懼壟罩的小男孩開始唱起悲傷的歌，抵擋夜晚這個惡魔的侵襲，直到他可以回到狐鎮的家中。

而我呢？我有嚴重的封閉空間恐懼症，伴隨著害怕與些許的罪惡感。我受困在帳篷內，海岸在遠遠的地方。我不知道該怎麼到海岸那裡去，但我知道絕對不會是在這有著各種聲響的半夜裡，另外還有很多鳥兒、蟲子和野獸都會對我不利。

我是不可以離開帳篷的，雖然我剛剛才聽到的沙沙作響一定是來自大毒蛇、青蛇或是響尾蛇，但我有男人的自尊，一旦你離家出走，就只能離開家了。我從帳篷的邊緣往外偷看，房子看起來格外明亮華麗。在房子裡才有生命，我會在帳篷裡像石頭一樣冰冷地死去。

「生個火吧！」我大聲說。但是我發現我得去房子裡搶劫木柴，那是一個開啟犯罪生涯的爛方法，而且帳棚內也沒有煙囪。

不管怎麼說，生火會有點太熱了，即使火焰可以幫忙驅離這些蚊子，牠們現在正開始一群群攻入我的帳篷裡。

我也覺得餓了。我真後悔沒理會爺爺的建議，沒有帶點雞蛋跟培根來。這個季節沒有野菜可以吃。我們在院子裡種的無花果、葡萄、胡桃，現在都還沒有結果呢！

蚊子真是非常地討厭，我的肚子咕嚕咕嚕地唱著歌，帳篷裡只有無盡的孤寂。文明世界就在三十碼外的屋子裡，但我太驕傲了，不願意妥協。貓頭鷹啼得更大聲了，夜鷹也唱起了輓歌，該死的狗兒還在不停地哭嚎。

草地上傳來輕輕的腳步聲。「你在裡面還好嗎？」爺爺輕聲說：「有沒有需要我幫忙的地方？」

「我很好。」我回答道：「不用擔心。」我一定是帶著鼻音說話的。

爺爺說：「好吧，我算是個代表，我要幫你爸爸、媽媽跟奶奶來跟你談談。他們認為也許兩邊都有錯，如果你清楚自己的立場，我們也許可以想辦法好好談判一下。」

爺爺說：「如果你不介意的話，我們希望你可以表達你的意見，告訴我們你認為什麼事情是對的，什麼是錯的。我們晚餐有蘋果派，丟掉最後一片似乎很可惜。你認為你可以停戰，回到屋裡來，然後我們明天早上吃完火腿跟玉米粥後再來討論嗎？」

即使只有六歲，我也一點都不笨。我知道我有機會就該讓步。我從帳篷裡探出頭來。我那鬆了一大口氣的靈魂只想大哭一場，但我還是讓我的聲音保持冷淡平靜。

「我願意跟你們談談。」我說，其實我只想跳到爺爺身上，緊緊抱住爺爺的脖子，痛快地放聲大哭，但我不知道老紳士那時已經把我從鉤子上放下來了，把我的自尊原封不動地還給我。

這就是為什麼我很高興我的小男孩馬克·羅伯特，很坦白地承認他害怕自己在利穆魯的帳篷裡度過一晚，這樣他就不用像我一樣，在早餐會議前，獨自經歷一個恐怖的夜晚。當房子裡溫暖的火焰就在不遠處時，再也沒有比獨自待在帳篷裡更孤單的事了，除非剛好有個馬戲團可以讓你加入，不然，我再也不建議隨便離家出走。

現在已經很少有馬戲團可以隨時讓你參加了，所以離家出走根本一點也不可行，尤其是離開的晚上家裡還有蘋果派可以吃。

想到我在帳篷裡經驗了我這一生中第一次的恐懼之旅，讓我又突然想到了我第二次的逃亡。我已經記不清楚為了什麼原因，但我像一隻生氣的母雞一樣對某事大發雷霆，大概是學校的事，或是對我的父母生氣吧，但也有可能是對天氣不滿。那時我正在讀《頑童流浪記》，主角跟奴隸吉姆一起沿河逃跑，這個故事對一個心有怨恨的年輕人來說是多麼鼓舞人心，我因此而激動了起來，熱切地想要逃家。

「什麼事情讓你這麼心煩呀？」爺爺問。「你看起來像一團即將下起滂沱大雨的烏雲。」

「是這樣沒錯。」我說：「我想我還是離家出走吧，這裡沒有人了解我。」

爺爺點起了菸斗，轉了轉眼珠。「那真是最讓人遺憾的事。」爺爺說：「我了解你的感受。如果不是因為我又老又犯風濕痛，我也想跟你一起逃家。你奶奶……」他無奈地聳聳肩。「但我太老啦，而且已經在我的世界裡爛醉了。我認為，你不應該把離家這件事看得太隨便，真正的逃亡者會把身後的橋燒掉，以示永不回頭的決心。」

我低聲咕噥著，說了些除了爺爺以外，我不在乎再也見不到熟人之類的話，但我猜我那樣說只是因為禮貌。

「離家出走要做好準備，更別說那些預防措施了。以前的印地安人總會在馬尾巴上綁上一根樹枝，以便他們遷移時，可以抹去他們的腳印。任何一個流浪者都會建議你行囊盡量簡便，但你還是要帶齊一個人在夜晚的樹林裡會用到的東西。我想，在你要永遠離開家之前，我們最好先來練習一下。你要帶走你的槍嗎？」

「我想最好帶著，我得在野外求生。我最好還要帶一點釣魚線跟魚鉤。」

爺爺看看我，他說：「你年紀還不很大，即使是二十釐米的小槍，對你來說也非常沉重。還是你計畫像哈克．芬恩那樣，偷一艘木筏，在船上待一陣子？小船沒有辦法把你帶到比威明頓更遠的地方，除非你有辦法利用退潮出航，通過那些沙洲，到達查爾斯頓的海邊。」

「我要用走的。」我回答，頑固而堅定。「你不用為我操心。」

「我沒有。」爺爺說：「我只是不想看見你因為裝備不夠完善，而被其他流浪者嘲笑。當然，你還需要兩條毯子、一把斧頭、一把小刀、一個水壺、一個小平底鍋、一個咖啡壺、一些口糧，還有一點胡椒跟鹽巴，讓你可以在野外過生活。你有任何想法嗎？知道你要往哪裡去嗎？」

「沒有。」——我比以前更頑固了。「也許是西邊吧，也許是加拿大。我不知道，我也不在乎。」

「好吧，如果是加拿大的話，你可能需要帶不只兩條毯子呢，唔，至少要六條！加拿大很冷的。你打算跟愛斯基摩人一起住，還是在印地安人部落當個捕獸人？或者你想當個牛仔？那你就要往西部去了。」

爺爺沒有露出任何一絲微笑，但我可以看得出來他又在耍激將法的老把戲，這讓我更生氣了。「我會去某個地方，可以嗎？」我說：「如果到時候我不太忙的話，我會寫封信告訴你我在哪裡落腳。」

「在北極附近通訊不太方便。」老傢伙說。「但如果你有辦法馴服一隻北美麋鹿，然後騎著牠去最近的郵局的話，我會很高興可以收到一張白樺樹皮作成的明信片。現在我們最好來幫你準備好全套裝備，因為不知道你到底要出去多久，事實上，你可能永遠不會回來了。」

「首先，我們要列一張清單，我來看看有沒有辦法幫你把所有需要的東西準備好，以便你快點出發上路。我還可以再多做一點呢，等你要出發時，我可以開著老福特送你一程，這可以用來掩護你，別人不會知道你要逃家了，在你逃得遠遠的之前，他們只會以為我們是像以往一樣一起去打獵或釣魚。」爺爺望著天又說：「你知道的，我會很想念你。雖然你也會犯錯，但你實在是一個釣魚跟打獵的好夥伴。我得在附近活動好一陣子，才能再找到另一個好男孩了。」

我假裝沒聽見，因為這些話讓我很傷心，我只是裝作無所謂。

「好吧。」爺爺說：「沒有比現在更適合逃家的時機了。下午就嫌太晚了，明天又有可能會下雨或是下雪。你得把握這個機會。你現在趕快去收東西吧，別忘了把你的毯子捲起來綁緊，才塞得進背包裡。你還需要一條結實的皮帶，才能掛上你的斧頭、小刀、水壺、小鍋子。這些東西不用包裹得很好，不然會太大一包。當然囉，你還得揹著你的槍還有乾淨的內衣褲，還有一點兒醃豬肉、麵粉、糖、鹽跟咖啡。你不能沒有這些基本的食物就上路，不能沒準備好就出發。快去準備吧！」

唉，好吧，我的眼眶都濕了。我當時體重大約九十磅，槍重六磅，爺爺把裝了衣物跟毯子的背包掛在我的背上，把彈藥包綑在我身上，然後把東西掛在第一次世界大戰時用的腰帶上，加起來我一定超過了兩百磅。雖然是冬天，但那天天氣還算熱，爺爺還是讓我穿上了我的厚呢料外套，因為他說你永遠也沒法掌握何時會突然變冷，當你一個人在森林裡，沒有別人可以照顧你的時候，得個肺炎連烏腳族的勇士也很難處理呢！

「因為肺炎的緣故，我們的軍隊比過去失去了更多的印地安士兵。」他一邊說，一邊流著汗，叮鈴噹啷地幫我把所有東西搬到老福特車上。「看來大部分的印地安人都因肺部虛弱而受苦。當大雪紛飛，獵不到水牛時，肺炎、白喉真是恐怖呀，那更別提飢餓了。如果我是你——在你大致決定這一生要做什麼時——我會去墨西哥這種地方，因為在那裡，你總是可以用各種爬蟲動物當食物，只要阿茲提克人不把你殺了獻給他們的神，你就可以安睡一整夜。」

當他講述著這些苦難時，連一次也沒有眨眼，冷漠嚴苛得就像傳道士一樣。大部分的時候，他只要眨眨眼，就會有驚喜，但這次沒有，沒有眨眼，什麼都沒有。

他得幫助我爬上車，那個時候的車子底盤很高，小男孩的腿又短又胖，並且此時這個男孩並不像個小男孩，反倒像個移動的五金行。我坐下時身上的東西發出各種聲響，除了我的臉跟腳，全身都被裝備所遮蓋，不知怎的，我覺得我實在不太像《皮襪子故事集》[5]裡的英雄。

5《皮襪子故事集》（*Leatherstocking Tale*），由美國作家庫柏（James Fenimore Cooper）所著一系列以歐洲移民、美國原住民等民族題材為主的冒險小說。

爺爺發動了老福特，我在車裡氣喘吁吁，老福特也氣喘吁吁。在我們前進的路途中，爺爺滔滔不絕地說著話。他指了指右邊的玉米田，田邊挺立著一顆松樹，然後嘆了口氣。

「我們跟狗兒們在那裡度過很多美好的時光，不是嗎？」他像是在跟自己說話。「當獵鵪鶉的季節開始時，我一定會很想念你，我甚至可能不想去打獵了。一個人打獵一點也不好玩，但不管我之前說過什麼，我想我已經太老了，沒力氣再去找一個好男孩作伴。我想我只能放棄打獵了。我老了，不能一個人在樹林裡，如果我跌進坑裡或是摔斷了腿，沒人能跑去找人幫忙。一個人在樹林裡是非常孤單的，尤其是如果你惹上了什麼麻煩，唉……」他的聲音逐漸變小。

我們大概開了五英哩，然後他把老福特停在一條小溪旁。「你知道你現在在哪裡吧？這裡有很充沛的水源，我跟霍華德先生第一次帶你去獵鹿的營地就在那邊，不超過一英哩就到了。我想關於露營的事，我已經教過你很多啦，不要在莎草叢附近生火，還要為其他人留下乾淨的營地，但他們可沒你那麼幸運，可以離家出走。」

他下了車，打開車門，協助我下了車。我身上的東西實在太重了，根本撐不住也站不穩，他拍拍我的背。

「再見啦，孩子。」爺爺說：「祝你好運。有空的時候，寫封信給我，只要我沒死，都會一直在這裡。不用擔心我及其他人，我們會過得好好的。」

他又拍了一下我的背，然後回到車上，把車開出馬路旁邊一點，以便有足夠的空間掉頭，迴轉後，直直地開回了鎮上。天色突然暗了，我可以看見爺爺把車燈打開，尾燈看起來像是惡魔的紅眼睛。

天已經黑了，我站在路的中間，望著尾燈逐漸消失。我曾經孤單過，但卻從來沒有這麼孤單。我懷疑爺爺是不是故意忘記叫我要帶手電筒，因為突然間天色漆黑得像在頭上蓋了條黑毛毯，什麼也看不見，沒有月亮，我根本找不到營地。在這樣的情況下，帶著爺爺綁在我身上的裝備要穿過草叢，根本就是不可能的任務。

我相信，這是第一次，我了解到世界有多大，月亮原來會缺席，孤單的人有多孤單，更別提永遠有多遠了，這是一個一直困擾著我的問題。

除了盡力解決我自己找來的麻煩以外，沒有什麼別的事可做。我離開主要道路，走了幾百碼遠，找到了一小塊光禿禿的空地，把身上一百磅重的行李卸下來，詛咒自己跟爺爺，竟然忘了準備手電筒。我點了幾根火柴，在地上摸到幾顆松果，燃起了小火。在微弱的火光中，我撿到幾根枯枝，還找到了一棵大松樹，讓我可以削下一點樹皮點火，終於，火焰大一點了，讓我可以看得見周圍，可以再多撿一些大一點的枯木，然後，我想，我交到了人類的第一個朋友——火。

我拿起我的小斧頭，在四周尋找長些的小松樹苗，砍下足夠鋪成床墊的枝葉，然後用一張毯子鋪在松枝上，四角用石頭壓住，再拿出另一張毯子來蓋。至少，我有火，還有可以睡覺的地方。

突然，一陣胃痙攣提醒了我，我還沒有吃東西。行李裡有大約半磅的肉，需要處理過才能吃。我把燻豬肉放進小平底鍋裡煎，看見肉的油脂流了出來，心裡覺得很惋惜，我用力嚼著肥肉，安撫那咕嚕咕嚕叫著的胃。

星星已經升起了，我躺在床上，松枝並不如記憶中有彈性，好幾根粗硬的木頭頂著我的背。貓頭鷹哀鳴著，在沒有同伴的情況下，這一大堆夜晚的噪音聽起來真是恐怖極了。露水滴了下來，毯子不夠暖，我的臉也都濕了。火焰閃爍不定，讓我產生了很多毛骨悚然的幻想。我是個大男孩了，我大到足以用槍了，我大到足以離家出走，到西部或是加拿大去了，但我還沒有大到不會哭泣。我一邊哭，一邊努力睡去。天剛破曉，一台老爺車轟隆隆的聲響把我從惡夢中吵醒。

幾分鐘以後，我聽見草叢間傳來的腳步聲，穿插著幾聲咒罵。是爺爺，他站在我身邊，低頭看著這個孤獨的小男孩。

「我本來沒有要回來的。」他說：「但是昨晚我幫忙你下車的時候，弄掉了我最心愛的菸斗。你看見了嗎？」

「沒有。」我回答，從我那一點也不舒服的床上爬起來。「但是如果你需要，我可以幫你找。」

「好吧。」爺爺說。「現在還有一點黑，你的手電筒在哪裡？」

「我們——我，忘了帶了。」我說。

爺爺說：「唉，用我的好了。下一次你逃家的時候，一定要確定你帶齊了裝備。」

當然他沒有搞丟菸斗，他也沒有堅持要我把所有裝備自己揹回去。

「我跟你奶奶說你跟其他男孩子一起去露營了。」爺爺說：「如果我是你，我會把嘴巴閉得緊緊的。」

「是的，爺爺。」我說。

這是我第一次把這件事說出來。但既然他們都已經過世了，現在說出來也沒什麼關係了吧。

12 下雨的星期六

大雨傾盆而下，敲打在玻璃窗上，疾風呼嘯搖晃著整個房屋，門板格格作響，窗戶也因此用力顫抖著。風從煙囪竄了進來，揚起了灰燼，壁爐裡燒出的煙縷，彎彎曲曲地飄散在房裡，腳下更升起了一陣陣寒意。

「又是星期六。」我對爺爺說：「為什麼每逢星期六就下雨？」

我的聲音聽起來十分苦澀。高高在上的老天爺又背叛了我。今天是星期六，獵鳥的季節在本周內就要展開了，我早已去過爸爸工作的批發店，買了許多子彈，現在，我的心都飛到鄉間去了。大豆如銀絲般光滑的豆莢，毫無生氣地垂掛在莖梗上，黑眼豌豆被冰霜徹底擊潰，還有可口飽滿的花生，原本長在潮濕的紅土上，現在無助地躺了滿地，鳥兒們在休耕的土地上享受著意外的盛宴。

如果不是這場雨——這場可惡的傾盆大雨——我現在應該在森林裡才對。只要把狗兒放出去，我就可以在那裡撿拾滿手的板栗，還有塞了滿嘴的白莓。獵鵪鶉的季節已經開始了，獵鴿子的季節還沒結束，秋天的採收已經完成，鳥兒出沒的地點都很固定。你只需向弗蘭克揮揮手，向山迪吹個口哨，或是向山姆點點頭，馬上就可以知道在哪兒可以尋獲鳥兒。都是這場雨！我還要等多久才可以跑出去向祂抱怨？

我向爺爺說：「我整個禮拜都在上學，星期一到星期五，每天都到學校學些沒有人在說的拉丁文，還有我永遠都搞不懂的代數，又得讀愚蠢的喬塞──聽人跑來說：『四月時分，甜蜜的陣雨飄落』，然後愛瑪老師威脅要把我的英文當掉，瑞秋老師抱怨我對十字軍東征的伊斯蘭教徒缺乏興趣。整個禮拜太陽都金光閃爍，星期五天空晴朗無雲，夕陽豔紅美麗，所以我準備了滿口袋的子彈跟三隻獵犬，但看看現在，下雨了！『甜蜜的陣雨飄落』，真是老套，總是在我放假的時候下雨！」

「來！來！」爺爺說：「冷靜點，你又不是諾亞，也還不需要個方舟。以前下過雨，以後也會下雨。你要我怎麼做呢？叫老天爺不要再下雨了，好讓這位地球上的小寶貝可以去獵鳥？我還以為你已經長大了呢。」

「哼，這不公平呀，我不在乎整個星期一到星期五，或者星期天也下雨，即使下雪降霜也無所謂。但是星期六是我唯一放假的日子，星期六就是不應該下雨的啦！」

爺爺睡眼惺忪地看著我，用指頭揉揉鼻子，對我說：「孩子，等你跟我一樣老的時候，你就知道，星期六總是會下雨的。這是生命中的悲劇，星期六是為下雨而生的，就像工作是因為有事要做，哭泣之後才會有歡笑一樣。相信我，從現在起，到你死去時，幾乎總是有禮拜六會下雨。相信我，就連諾亞也沒轍，他那時還有上帝跟一大堆動物的支援呢！當他鬆開鴿子的……」

我還是很生氣，我應該在其他任何什麼地方，這樣才能專心聆聽爺爺的老哲理，光是聽到「鴿子」這個詞都讓我像滾水一樣沸騰。我想到玉米都還在田裡，還有那些大豆、花生、黑眼豌豆，以及那些我不能去獵的鴿子，都讓我不想接受這根遞過來的和平橄欖枝。大雨還是滂沱而下，我忍不住想：還有多久才會到下個禮拜六呀？

爺爺喜歡看我暴躁的樣子，他還喜歡故意讓我持續暴躁，他有一大堆用來激怒我的論調，還會裝模作樣，像學校裡的老處女老師一樣，用娘娘腔的聲音跟我說話。

他幾乎像在唱歌一樣地說：「記住啦，四月雨帶來五月花。這雨不是為我下的，是為紫羅蘭下的，雨不會隨便亂下，它是為了紫羅蘭、黃水仙，也許還有喇叭花下的！」

然後他竊笑了一下，我猜是「喇叭花」這詞讓他覺得很好笑。接著他說：「好吧，讓你開心點吧，告訴你，我跟你一樣討厭下雨，因為我還有你不能體會的關節痛。但如果你覺得你已經大到可以稱呼自己是男人了，你最好記住一件事情：怨恨你無能為力的事情，一點用處也沒有。這世上有很多事，是沒法照你心意進行的。有些事情，像潮汐、風、雨，就算你想破頭，也沒有辦法控制它們。等你年老以後，有個觀念應該可以幫得上你的忙，記住，如果你沒辦法打敗它，就加入它吧——至少別試著掙扎。」

我不會說，某天當我被困死在爐火邊時，突然就對這樣的天意不再抓狂，不再嚷嚷獵鳥的事。我就像小狗一樣焦慮，爺爺建議我去看書，我也看了，但就是沒辦法專心，即使我看的書是一位叫塞盧斯[1]的人寫的，他是一個博學多聞的獵人。

星期天也沒好到哪裡去。我在日出後帶著狗兒們出去，當然我沒有帶槍（星期天是不准用槍的日子），卻發現了我應該在昨天發現的鵪鶉，還驚動了一大群鴿子，牠們足以填滿過去或未來的諾亞方舟。我保證接下來一週，只要是上學的日子，天天都會陽光普照！但顯然有人為我討價還價了一番，所以週六的大雨延續到了週日。而且雨下得實在太大了，所以我也不用進城去上主日學。

「你可以把它當成獎金。」爺爺說：「這樣你明白事情都會有最好的結果了吧！」

我本來同意爺爺的話。在這天以前，我的血液裡流的都是對萬物的貪念。我到這個我

1 塞盧斯（Frederick C. Selous, 1851-1971），英國的獵人與探險家。他書寫的非洲經驗，增進了世人對羅德西亞（辛巴威共和國的舊稱）的了解。

曾在這兒獵過浣熊的小屋來，打算幫自己做個記號，像在樹上刻了「我在此殺了熊」的布恩[2]一樣。我真羨慕那些不用去學校學習怎麼拼「kill」跟「bear」，卻可以天天打獵的人。至少，我認為，他比喬塞的詩句：「甜美的四月陣雨，滲進焦乾的樹根」，拼錯的字少多了。喬塞說：「流暢地沁入每條葉脈，賜予花朵新生的力量」[3]我打賭布恩只是喝多了濃烈的甜酒，才跑到外面去找野熊的。

無論如何我還是順利從正規教育中全身而退了，並且跑去做其他的事情，雖然有些人說，連我自己也不明白是怎麼做到的。直到很多很多年後的某一天，我在東非的坦噶尼喀，和法蘭克．包曼先生在野外的硬石路上被大雨困住了，才想起了下雨的星期六、諾亞方舟還有坎特伯里故事等這些回憶。相信我，在北卡羅萊納的布朗斯威克郡因雨受困是一回事，但是在黑暗的非洲大陸被雨困住又是另一回事。

法蘭克．包曼是一個職業獵人，是個脾氣有點暴躁的紳士，來自澳洲，他在那裡打了一陣子獵，之後跑到非洲來工作，他懂得人不能做超越自己本身能力的事的道理，但他還是不太同意這個說法。在非洲斯華西里語[4]叫做「shauri a Mungu」，意思就是上帝的旨意，法蘭克很喜歡爭論這一點。

法蘭克跟我跑到坦噶尼喀一個叫作新幾達的地方去打獵，我們想射獵大羚羊，一種公認比鶴鶉或鴿子大的動物。我們有幾種不同但一樣破爛的交通工具：吉普車，它終究還是因為一場自己釀成的悲劇而遭解聘，一輛很大的英國卡車，每次發動，都覺得它幾乎就要起火燃燒。

經過上帝巧妙的安排，我射中了一隻羚角又大又漂亮的傢伙，同一時間，有片烏雲飄來，提醒我們，如果不打算在新幾達附近度過雨季，最好就是收拾收拾，盡速離開這個鬼地方。根據一些人的說法，如果整個非洲大陸是一片大肉排，我們要去的地方，只不過距離一小塊皮那麼遠罷了。

在到達我們的應許之地前有一些障礙。一個是直上山頭的滑溜溜黏土坡，如果爬不上這個坡，就得不到入山的許可。就算得到許可，也順利爬了上去，你還得再爬下來，山腳下是一片沙漠等著你。這片沙漠覆蓋了一整層的黑棉土與火山灰，而你那快樂的車輪軸可是正好深陷其中。整個塞倫蓋提[5]只有六十五英哩寬，但是我聽說有個東非最厲害的獵人，花了不

---

2 丹尼爾・布恩（Daniel Boone, 1734-1820），美國歷史上重要的拓荒者，他在美國很多地方都留下了記號，最著名的就是在現今田納西州的樹上刻下了「D. Boon Cilled a. Bar（killed a bear 殺了熊之意）on tree in the year 1760」，參見頁 89，註 6。

3 這些詩句全出自英國作家喬塞的《坎特伯里故事集》。

4 斯華西里（Swahili）語是非洲東南岸廣泛使用的一種語言。尤其是肯亞及坦尚尼亞的官方語言。

愉快的整整三個禮拜，純粹只是在這裡一次次地陷入泥沼中動彈不得，氣得抓狂跳腳。

這種酸雨季就是你的致命大敵。這個敵人更特別的是，可以看見他躲在巨大的烏雲中，在你身後火速地追趕著。如果你的車不幸爆胎，或引擎熄火，這片烏雲就會那麼剛好停在你頭上，讓卡車四周的土壤全部變成黏答答的爛泥，然後一眨眼，就那麼該死的一眨眼，你只能無助地陷落其中，彷彿有人把你的車輪偷走了一樣。

在這裡可供生火的木材真是少之又少。此時你孤立無援，更淒慘的是，你現在不能射擊，不管是為了防禦保護自己，或為了找食物，都不可以射擊，因為這裡是國家公園。這個野生獵食者的天堂裡沒有你的位置。你不可以射擊，就算餓死也不行。六十隻獅子就在遠方，埋著頭盡情享用著牠們的黑色獵物，對你的誠實完全嗤之以鼻。那個強鹼性的湖看在口乾舌燥的人眼中也是極盡諷刺。

毫無疑問，最後一個山丘在你身後，你才剛剛從黏答答的紅土坡那裡滑下來，滑到更為黏稠的黑棉土上，迎面而來的卻是這片烏雲，盤旋著、糾纏著，比剛剛更陰險，還有什麼更大的威脅？大雨？老天！曾經在北卡羅萊納布朗斯威克郡被星期六的大雨困住的人，根本不懂什麼叫「大雨」。

我跟包曼老兄算是很幸運的，是真的很幸運。我們倒退著從山坡上滑下來，卡車在原地轉了幾圈，在大雨傾洩而下之前，成功穿越了塞倫蓋提。我可以原諒包曼對我的不滿，因為如果不是我執意多待一天獵珠雞，我們就可以早點從新幾達離開，那麼一切就會順利很多；但是包曼還是一定會對一件事實咆哮，那就是因為卡車不停地熄火，我們得不停地派人回去拿汽車零件。包曼不停地咒罵基普西吉族的駕駛，因為在暴風雨緊追我們的時候，他還毫無根據地使用過分誇大的情報，像是在海拔三千六百多公尺的高處，在卡車引擎錯誤的一邊丟擲沙子。

在非洲，與大雨競逐，是一件讓人心不甘情不願外加毫無回饋的舉動。穿越沙漠時，曾一度覺得我們就快走完了，但又會突然出現指示，讓我們知道還有很長的路要走，在覺得即將到達之時，可又會發現其實還早得很呢！

我們做到了！我們順利趕到了一條叫做格魯梅蒂河[6]的河邊時，雨水開始滴落，一滴落在眼前，一滴又落在身後。我們差點就過不了河，河水一下子暴漲了起來，身後的主流暴漲，眼前的支流也暴漲。諾亞老兄呀，你把方舟最後停泊在亞拉臘山時，絕對不可能比我跟法蘭克更孤立無援。驚險又幸運的是，在豪雨來襲前，當地人奮力搭好了帳篷，還在四周挖

5 塞倫蓋提（Serengeti），位於非洲坦尚尼亞北部。
6 格魯梅蒂（Grummetri）河，坦尚尼亞北部的一條河流，向東流入維多利亞湖。

好了排水道。更幸運的，「shauri a Mungu」，我的手指按下了扳機，意外殺死了一隻黑斑羚做為我們的食糧。當我扣扳機的時候，雨已經下得很急了，汽車擋風玻璃上的雨刷快速擺動，我根本沒有辦法瞄準清楚。

我們撿起這隻倒楣的牲畜，很費力地在泥地上把牠拖回我們的營地。沒有什麼東西比真真實實的火更重要了，木材濕透，大雨傾盆，向兩旁流洩。毛姆[7]曾過寫一部叫《雨》作品，歷經一個禮拜的豪雨之後，我告訴你，我可以寫一整個系列的實境小說，叫做「雨」。

但包曼老兄跟我還是度過了很愉快的時光，我們也沒有射殺彼此。廚師生起了一點微弱得可憐卻足夠使用的火，料理新鮮的黑斑羚給我們吃，直到羚肉吃光，他才用非洲大斧劈開了罐頭，我覺得鹽醃過的鹿鞭也不是真的那麼難以下嚥。我又多學了六、七個斯華西里語的單字，並且用生鏽的打字機寫了點東西——總有一天我一定得寫下的東西，就算晴空萬里也得寫的東西。收音機不能用了，但根本也沒人在意。

包曼那時才剛從北澳洲的獵鱷之旅回來，我沒多久前也才去西班牙獵鴨和印度獵老虎，我們就這樣在帳篷裡坐了一個禮拜，吹噓彼此的經歷。

大雨打在帳篷上，就像巨人用他的手掌擊打著一般，當雨水像小溪一樣沿著帳篷流下，遇到地面的水流濺起時，你可以聽見巨大的滴水聲。（我還可以告訴你更多關於非洲下雨的事。在肯亞北邊境的魯加，雨季時，我見過大樹掉落的枝葉在河床堤岸上堆起來有足足三十或四十呎高，整個北邊省境從伊西約洛[8]到衣索比亞，通通禁止進入。）

大雨終於停了，太陽露出笑容，河水退卻，我們又可以發動車子了，我竟然感到有點遺憾和不捨。我跟法蘭克都學到怎麼控制脾氣，也都學到了「不要跟『政府』抗爭」。

我想有時我在發完脾氣以後，會傾向遵守波麗安娜原則[9]，但至少釣魚跟打獵這兩件事情，我知道如果管天氣的「大老闆」不賞臉，你再怎麼樂觀也沒有用。在那個濕透的帳篷裡，每樣東西都又冰冷又潮濕——衣服、器材、所有東西——真是對一個人的耐性、靈魂，以及罵髒話能力最好的試煉。最好的答案（我相信爺爺在我很小的時候就已經灌輸給我了），

---

7 毛姆（Somerset Maugham, 1874-1965），二十世紀最重要的英國小說家及劇作家之一，一八七四年出生於法國巴黎。著有《人性枷鎖》（*Of Human Bondage*）、《刀鋒》（*The Razor's Edge*）等書。

8 伊西約洛（Isiolo），肯亞東部省的一個城鎮。

9 波麗安娜（Pollyanna），這個字眼來自美國作家埃莉諾·霍奇曼·波特（Eleanor Hodgman Porter）一九一三年創作的系列兒童文學作品《波麗安娜》，這系列作品在美國家喻戶曉，一九六〇年代還被迪士尼改編成電影。女主角波麗安娜是個孤兒，只能和冷漠孤僻的姨媽同住，但她總是能在遇到困難與障礙的時候，保持樂觀，發現快樂，並享受快樂，甚至感染所有身邊的人。Pollyanna 在字典裡有極度樂觀、盲目樂觀的意思。

早已被巧妙地轉化為一個睿智的忠告，送給一個剛加入外籍兵團的新人。老兵會這樣告訴新兵：「當事情很糟糕時，試著不要把事情弄得更糟，因為可能已經夠糟了。」

如果這篇故事裡蘊涵著什麼寓意，那就是太陽會用很多不同的方法現身，絕不會只有一種。在接下來的六個禮拜裡，我沒獲得更多好運或得到更多樂趣，但在這場非洲狩獵之旅結束時，也沒有更苦澀的災難來破壞告別的時刻。我猜爺爺會說這不過是成長的一部分，或說，我只是剛好習慣在濕答答的星期六裡成長罷了。

13 狗兒的麻煩

爺爺曾說：「狗兒的麻煩，其實來自於人。」爺爺和我一起完整地經驗過所有跟狗兒有關的事情——小狗就跟小男孩一樣，偶爾必須動用棍子來讓牠學會正確的行為舉止；如果不糾正小狗的錯誤，牠會累積更多的錯誤；一隻狗在初生的頭幾個月需要何種溫暖的關愛，之後又需要何種適當而嚴厲的管教。獵狐犬、獵鵪鶉犬、拾獵物犬等等不同的獵犬我都懂——我想我該有一張馴狗學位證書。

我還小的時候就學會了一件事：當大人們打定主意非要說些什麼，還希望你回應時，你必須正確地出牌。沒有大人能一直喃喃自語地說著智慧之語。他們需要你適時提問，然後才可以滔滔不絕地說個不停。

「是的，爺爺。」我說：「這個問題我已經想了半天了，正如我常說的——好吧，你考倒我了。為什麼狗兒的麻煩來自於人？」還沒開槍我就投降了。

爺爺說：「馬兒使人們高貴，如果你貶低馬兒，就是貶低人類。同樣的道理也適用於狗兒。某方面說起來人類的痲煩也來自於狗兒。」

從某種角度說起來，爺爺是對的。

直至今日，每次我看見一隻有著像小蟲一樣的眼睛、尖臉蛋的長耳獵犬，歇斯底里地搖著耳朵；每次我看見愛爾蘭賽特獵犬，穿著紅色大衣，擺出一臉愚蠢的樣子；每次我看見可利牧羊犬，繁殖時跑去找個用碎布跟碎石鋪成的床墊時，我都會想起我年幼時養的小狗。我也會想到人們是怎樣墮落的。

還有，每次有被人「馴服」的德國牧羊犬本能地從我這兒咬走一塊肉排，每次達克斯獵犬跟我爭吵誰才有權利坐沙發，每次我遇見傻呼呼的法國獅子狗，也都會讓我想到我還沒長大時養過的那些狗兒，那時候你通常可以靠品種分辨出狗兒具備的才能。

我知道現在的我聽起來一定很像爺爺，感嘆著有些事已經不像過去一樣啦，但我向約翰保證我是對的。比方說，今日的長耳獵犬，在實際的功能上還比不過一隻小蟲。牠們只會亂叫亂跳，踩到自己的耳朵，張著又笨又大的眼睛，如果有隻兔子對著牠們叫，牠們一定會嚇得歇斯底里直打轉。

長耳獵犬被人們毀了，跟愛爾蘭賽特獵犬的狀況一模一樣。賽特獵犬被人們恣意妄為地變成沒用的狗種，好像只不過是裝飾品罷了。即使我已經這麼老了，我還是記得當我們用賽特獵犬尋找鳥群時，我們根本不在乎牠的尾巴毛茸茸或是身上有一團團的毛球。牠會為你做事，如果偶爾牠嚇跑了一群鳥，或忘了要尊敬指示犬時，就用棍子從屁股教訓一下牠那愛爾蘭的自負。但現在除了用來紀念穿著紅外套的艾洛．佛林[1]外，牠什麼都不是。

我有一隻名叫米基的長耳獵犬，是我這一生中見過最全能的獵犬。牠是土黃色的，耳朵不太長，牠的頭跟雪茄盒一樣方方的，腦筋非常好；鼻子嘴巴部分跟拳師犬一樣大大圓圓的。牠會追兔子也懂得偵查鹿蹤，野鴨碰到牠就死定了，牠還有專門搜尋鶴鶉的超級雷達，當你獵鴿子時，牠會靜靜地坐著，但牠一樣可以把靈活的松鼠、袋貂、浣熊都趕上樹。如果世界上真有萬能的母狗，老米基絕對是其中之一。

米基在一個粗心的摩托車輪下光榮地死去，差不多就在牠過世的那段時間，獵犬開始變得很受歡迎，育種者開始大量繁殖。二十年後，他們徹底毀了這種健壯的狗兒，把牠們變成了像甲蟲一樣的笨蛋，如果離開主人的膝蓋，哪兒也去不了，就跟哈巴狗或獅子狗一樣。除了獅子狗自成一格的討厭性格外，獵犬根本跟牠們一模一樣，只會哀哀叫，除了會叫還是只會叫。

---

1 艾洛．佛林（Errol Flynn, 1909-1959），出生於澳洲的知名好萊塢男演員，以扮演英雄人物走紅於美國三、四〇年代，代表作為《俠盜羅賓漢》。

在愛爾蘭賽特犬變成時尚寵兒前，我們也有一隻這種狗，牠們只在經過一個漫長的夏天後，才需要再特訓一番，否則在野外的表現真是可圈可點。牠們也許有點喜怒無常，也不如烈威靈賽特犬或英格蘭犬始終如一的穩定，但是牠們常有靈光乍現的時刻，可以讓牠們在某個午後發現所有的鳥兒，就像大部分的紅髮人一樣，牠們刻意表現得很情緒化。

不管你贊成還是反對，我還是想請所有人聽聽這句話：我不相信現在還有優秀獨立的愛爾蘭賽特犬，或是全能的長耳獵犬。史賓格獵犬看起來還不太想接受新面貌，所以還可以獨立工作，為你找到野鴨或野雁。但是長耳獵犬——我甚至在去年的蘇格蘭及西班牙獵松雞季節，都沒有看見工作中的長耳獵犬。這二十年裡，我看見的任何一隻跟米基一樣的狗，都是被狗鍊拴著的。

法國獅子狗本來是一種耳長毛美的狗種，也是最優秀的獵犬之一。牠們從德國流傳到法國，最風光的年代，可以追溯至獵人把牠們的毛剃成不同的樣式以茲區別，就像你會幫乳牛掛上不同的名牌一樣。在法國，狗兒只是有著從鼻頭擴散出去猶如獅子般的鬃毛，但到了英國就乾脆直接變成了獅子，這大概是因為孩子們的話語跨越海峽後被扭曲了吧。

如果不去多想，我會大膽地說，在二十多年前，不管在不在牠的領域裡，法國獅子狗都是所有的狗裡面最聰明的。但是經過與人類的相處——去過太多次美容院，等媽媽餵女兒吃飯等了太久，太多次為了縮小牠們的尺寸所進行的品種改良——已經把獅子狗變成了笨蛋。體型小的獅子狗變成了只會亂叫的討厭鬼，就像遇到森林大火時的母狐狸一樣神經兮兮；體型大的獅子狗也忘記了牠們應該在泥煤田裡追趕黑色雄松雞。

不過我現在這個說法一定不會引起嚴重的抗議：這十年來，我養了一隻成功繁殖的標準法國母獅子狗，牠是我這輩子見過最愚蠢的狗，我可以說，這絕對是長久以來跟牠主人相處的結果。

根據爺爺的論調，狗兒是被人寵壞了。我認識一隻可利牧羊犬，牠的一生就因為被取名為萊西而徹底毀了。事實上萊西是隻公狗，一點也不想被叫做萊西，因為被轉變為一隻指示犬，整個神經系統都被搞亂了。別告訴我狗兒沒有精神壓力，我曾經有一隻阿湯的指示犬，牠的叫聲從來沒有改變過，女生都不喜歡牠，我的老天，牠最後自殺了。

有些人可以成功抗拒狗兒的奉承，但我決定不跟那些人深交。怕狗與不愛狗的人最不合我胃口，這點連狗兒也知道。

現在我最想念的狗——已經很少見到的狗——是真正的哈克伯利．芬恩[2]，萬能梗犬和

2 哈克伯利．芬恩，美國知名作家馬克．吐溫經典作品《頑童流浪記》主角。

獵狐犬的混種狗，表皮像鞋刷，尾巴的毛捲捲的。這種過時的老狗就像從這片土地上消失了一樣。雜種狗有著街頭流浪兒的聰明機靈，以及溫和的性格，對任何獵場都精通熟練，非常厲害。曾經伴隨我打過最多獵的是一隻半胡狼品種的狗傑克，牠比任何一隻我認識的純種狗都厲害。

爺爺是對的。人的麻煩是狗，狗的麻煩是人。但不知怎的，任何一方似乎都無法失去彼此，這樣才能夠稱之為生活。

像是狗兒山姆，雖然打獵時牠完全派不上用場，但這卻鞏固了牠在屋子裡最全能的地位。山姆是我義子的狗，義子的父親把牠取名為「可怕的廢物山姆」，我為此相當生氣。牠一點也不可怕。山姆是長耳獵犬跟達克斯獵犬的混血，因此牠也具備了兩者的優點。牠有長耳獵犬的長毛，毛色是黑色加黃褐，牠還有長耳獵犬的耳朵跟尾巴，但嘴巴跟鼻子和達克斯獵犬一樣，腹部也相同。

山姆是我見過最全能的普通狗。牠體型夠小，所以不會在搖尾巴時不小心打破桌上的玻璃杯，但又不會太小，讓人不小心就踩到牠。牠對在花圃裡找蜥蜴這件事很執著，但並不會因此弄傷花朵。

山姆喜歡貓科——牠有三個玩伴辛巴（獅子）、喬（美洲豹）和莎麻里（黑豹）。牠們都跟山姆差不多大，或是再大一點點，山姆討厭陌生人但很喜歡朋友。有時候牠會喝光一整杯琴酒（這會讓牠不停打噴嚏），但是牠從來不喝威士忌或啤酒。

正如我說過的，我現在已經不太注意達克斯獵犬或長耳獵犬了，但是就山姆的例子來說，這兩種品種混合後製造了一種可愛的廢物，跟另一個例子裡艾倫．史密斯想擁有的全能動物「變身小貓狗」一樣。

在深夜的啤酒催化下（合眾國際社〔United Press〕那時候付的薪水不多，絕不夠讓它的僕役們喝得起威士忌），作家史密斯夢想擁有一隻可愛的生物，一半是狗一半是貓。在地板上跳起時是貓，落下後就變成了狗，讓牠再跳一次，又變回了小貓。

史密斯很怪異，竟以他的夢為榮。但他犯了個錯誤，把這個夢告訴了另一個合眾國際社的奴隸——他的同事亨利．麥克雷默，結果亨利立刻把這個夢占為己有，到處宣稱這個「變身小貓狗」的點子，會是所有寵物問題的解決之道。這使得史密斯跟麥克雷默因此失和，但夢又沒有版權，兩個人一年多沒說話，雙方都很堅持自己擁有「變身小貓狗」的所有權。

我有點認為山姆就像「變身小貓狗」，可惜我沒有自己發明牠。但如果別人想從我身邊把牠帶走，我一定不會給他好臉色看——很簡單就是因為感同身受，如此而已。

多年來，因為養狗的緣故，我的回憶大部分都是美好的，鮮少有不好之處。在我很小的時候，我們有很稀有的純種賽特犬跟指示犬，但只要有機會，我都在後巷跟流浪狗和奇怪的雜種動物一起鬼混。

傑克有十足的街頭頑童智慧，就像阿拉伯小孩或是年輕的巴黎人一樣，沒有一隻狗兒可以像牠一樣聰明，從牠的氣味可以判斷，牠是狐狸犬、胡狼、浣熊、臭鼬的混種。牠全身都是髒髒的暗黃色，尾巴長長地捲曲在背上，幾乎都可以碰到脖子了，牠的專長是獵松鼠，但如果有需要，牠也可以勇猛地對野熊吼叫，如果沒有正牌獵犬在身邊時，牠也能夠追查鹿蹤；即使再痛恨冰冷的水，牠還是可以銜回中彈的野鴨，並且找到一整群鵪鶉。

牠徹頭徹尾是個狩獵專家，你沒辦法讓牠進屋子裡來，也沒辦法把牠跟牠那又冷又有害的垃圾錫盤分開。傑克完全沒有種族歧視：牠討厭人，不管黑人白人都一樣，牠會一視同仁地咬傷他。牠可沒空跟人玩，牠只跟獵人來往，牠擁戴的是獵槍。

傑克是一隻很難介紹的好雜種狗。而我在孩提時代的好友古德曼有另一隻雜種狗，我也無法用言語形容牠。牠感覺很像是獵犬與公牛的混種，鬼才知道還有什麼東西入侵了牠的染色體。我記不得這隻野獸的名字，但是我記得牠有如獵犬般精明、牛頭犬般堅持、拾物犬般靈敏，有一天，在古德曼的農場裡，我們在這個不知血統為何的傢伙努力下，開心地獵了鵪鶉、鴿子、兔子、浣熊、鼩、雄鹿，牠還懂得這些討厭男孩之所以打獵的樂趣何在咧！這個狠角色已經過世很久了，但是牠代表了狗的力量。

在所有的雜種狗中最厲害的，也許算是一隻晚年時被命名為邦佐的狗。這隻狗基本上是牛頭犬的雜種狗，一隻眼睛是紅的，一隻眼睛是黑的。牠這一生都獨自過活，直到有一天，牠偶然來到了肯亞奈洛比諾福克飯店的陽台上，那裡有一個告示說明了所有的狗都禁止進入。

牠全身都是傷痕，飢腸轆轆。牠的肋骨已經像洗衣板一樣清楚，全身有好幾處長了疥癬。飯店經理那天本來心情不太好，正當門房想把這隻狗踢回街上去時，經理卻大聲說了聲：「不」，然後把這隻動物帶回了他的房子。

幾天以後，邦佐看起來明顯地好了許多。牠的疥癬都沒了（用硫磺跟油燒掉了），肚子的皺紋也撫平多了，沒多久牠就掌管了這間飯店。長久以來持續變差的服務品質進步了，因為如果服務生耽誤了餵食的時間，邦佐會咬他們。邦佐也提升了公共關係，因為牠有準確的直覺，可以辨別出窮人富人，牠有時會站在櫃台旁邊，拒絕讓可疑的人入住，牠還曾讓一對毛毛黨員[3]受困在後院。

3 毛毛黨（Mau Mau），一九五二年至一九六〇年非洲肯亞曾出現一波反抗英國殖民勢力的民族主義軍事運動。這個運動最後失敗，但結果卻加速了肯亞的獨立運動。

當邦佐的勢力提升時，飯店經理也跟著受惠。經理找到了一個好助手，管理飯店更得心應手，很快他就變成整個飯店集團的總經理了。

邦佐只有一個缺點，牠好女色。牠有時會突然消失不見，然後滿身傷痕地回來，看起來像剛經歷了一場愛的戰鬥。牠對異性的興趣最後終於害了牠，有天牠的老闆不在，飯店襄理就趁機毀了牠。不過有件事特別值得注意，這位襄理很快就捲款潛逃了，這號問題人物，邦佐一定早就盯上了！

但邦佐的照片直到今日還掛在接待辦公室裡，沒多遠的地方掛的就是那個告示牌「嚴禁任何狗兒進入」，因為在任何人心中，都不會再有另一隻邦佐了。

關於「男孩與狗」的話題長期以來已被大家討論過度了，但是我並不主張禁止。我觀察我那年幼的義子跟山姆，有一個想法，就是小孩子在早期人格養成的階段，最好是跟雜種狗一起相處，這樣反而比跟那些頂著冠軍狗頭銜的高傲傢伙混在一起更好。

在流著鼻水的小孩跟小動物之間，有一份難以理解的友好關係，就像《湯姆歷險記》裡的湯姆與《頑童流浪記》的哈克伯利．芬恩的關係一樣，這些小淘氣們分享著屬於他們的小世界。我的小鬼頭正在學習怎麼清理跟保養武器，用ＢＢ槍射擊，還有學習認識鄉野與河流。不知怎的，山姆更適合參與這個學習的過程，牠是一個勇敢的爬蟲類獵人，又愛囉哩囉嗦，比西敏肯內俱樂部狗展[4]任何一個類別中最優良的狗兒都更適合。

小男孩是最厲害的小野獸，需要小心教育，讓他們了解長大成人後的責任。而雜種狗——這種「媽媽，我可以把牠留下嗎？」的狗兒——正好可以填補從嬰兒時期到小男孩時期的缺口，因為小鬼就是小鬼，不管是人還是狗。

爺爺以前總喜歡這麼說：「沒有什麼不同啦！小男孩跟小狗都需要在固定的時間裡緩慢前進。他們都需要如廁訓練，用一根小棍子在後面讓他們學會該有的行為。蓖麻油跟白樺茶都會讓任何一個小男孩或小狗受驚。每個人都會碰到一個時間點，必須學會到處亂跑與緊跟在大人身後的不同。」

我從觀察小馬克跟他的狗兒山姆中得到了許多樂趣。透過父母親熱切的感知與訓練，他們都學會了到處亂跑與緊跟在大人身後的不同。我認為在這個學習的過程中，因為有山姆的陪伴，小馬克很快就會長大，大到可以擁有純種狗了！

---

4 西敏肯內俱樂部（Westminster Kennel Club），美國第一個舉辦純種狗比賽的組織，一八七七年開辦第一屆狗展至今，已有一百多年的歷史了。

14 遊俠騎士

有一天我看到一則關於離婚的故事，憤恨不平的先生稱他妻子的外遇對象為「甜心老爹」，而妻子的辯護律師則稱這位外遇對象是「在她先生罪有應得的時候，適時出現保護她的遊俠騎士」。

我立刻大聲笑了出來。上一次我聽見遊俠騎士這個詞被亂用，是爺爺搞的。爺爺總是用很諷刺的方式，來處理人們常見的誤用。從那次之後，我還沒對「騎士風度」有過類似的感受。

有一天，正如你所能想像的五月天——又冷又濕。爺爺不想出門，但我很想。「我想做點什麼。」我抱怨：「現在已經過了打獵季節了，天氣冷又下雨也不適合釣魚，玩足球時間有點晚了，打籃球又嫌太濕。」

爺爺說：「那你可以去唸書呀。我最後一次看你成績單時，老師在上面也寫著你應該更用功一點，難道你想要無知地長大嗎？」

「我才不在乎。」我回答爺爺，聽起來像隻頑固的公山羊。「現在已經沒有什麼可以讓小男孩完成的事了。你無法逃家和印地安人一起生活，或者加入馬戲團，當個牛仔，或是成為穿上盔甲的騎士，或任何有趣的事情——讓你有理由離開家。」

「我覺得你需要清除寄生蟲的音波設備。」爺爺說。「你整個神經都在抽動，就像嘴巴被膠帶纏起來的獵犬一樣。但你竟然提到了當不成盔甲騎士，這真奇怪。我以為長久以來你一直在練習當個盔甲騎士呢。」

「我怎麼當得了盔甲騎士呢？」我問，感覺爺爺話中有詐。「現在已經沒有這樣的工作了。」

「喔，這我就不知道了。」爺爺說。「你總讓我覺得你是個天生的騎士，或攔路搶劫的土匪。他們是差不多的人，也許稱呼他們流浪漢，意思也差不多。你來舉例說說看，你想像中的遊俠騎士是什麼樣子呀？」

我又上當了，我就知道這背後一定藏有一大套道德勸說。就像碰到響尾蛇一樣，我知道誰會被牠咬到，一定不會是爺爺的啦。我以前就受過這種罪，但我好像永遠也學不會把嘴巴閉緊一點。

「嗯，遊俠騎士就是行俠仗義的英雄。他身穿鎧甲，騎著馬，住在城堡裡，城堡的城門可以升降開關，還有吊橋跟防守要塞的衛兵。他有劍與矛，他騎著馬在莊園四周巡邏，矯正錯誤的事，拯救女人，殺死離經叛道的野蠻人，也殺死火龍跟巨人等等。」

「無庸置疑，就像有點介於童子軍跟威廉．哈特[1]之間的人物嘛。」爺爺喃喃自語著，然後對我說：「我的僕人呀，再丟一些木材到爐火裡去吧。我想想看能不能讓你真正了解什麼才叫作騎士。現在的年輕人真是太無知了。」

「首先，騎士（chevalier）與騎士精神（chivalry）都不像是你說的那樣。他們來自於一個跟馬有關的法文字——cheval。你可以用chivalry這個字來說出租馬車公司的馬夫就像說騎士一樣。但chivalry這個字，後來就被搞混了，可以用來指任何不會走動的東西。

「而騎士（knight）這個字剛開始是指小男孩或男僕，後來變成擁有狩獵執照的騎馬人。他們可以攜帶武器——大部分的普通人都不可以——這給了他們優越感，即使他們穿著鎧甲時，需要五六個矮胖農夫的協助，才上得了馬。一旦從馬上跌下來，他們就只能躺在那裡又踢又罵，還得等到有人來幫忙才能站得起來。他們身上穿的鐵盔甲，比一個人的體重還重。」

爺爺繼續解釋，一般的騎士除了在地方上有戰爭時受聘為士兵以外，平常什麼也不做，沒戰爭的時候，他們就只能在城堡附近閒混，跟女生調調情，喝著他們稱做「月光」的蜂蜜酒，一天就要醉上兩三回，沒事淨扯些誇耀自己英勇事蹟的大話，像是對抗薩拉森人[2]啦，或是修理隔壁鄰居之類的。

遊俠騎士（knight-errant）也不比騎士好到哪裡去。當國王厭倦了聽騎士用他的長矛殺了多少頭龍，或是用他的劍擊退多少異教徒之類的鬼話；當國王受夠了那些騎士成天在城堡附近遊手好閒，喝光所有的好酒，親吻最美的女人之後，就會要他們穿上那一身生鐵，然後下令放下城堡吊橋，客氣地「建議」他們出去旅行，也許西奧伯爾德大王[3]，還有那些路途中的平民百姓們，還沒聽過關於包霍特騎士[4]，《布爾芬奇神話筆記》裡最新又好聽的騎士故事。

爺爺喝了一口蜂蜜酒暖暖身，這種飲料有點類似神經鎮定劑，是用蜂蜜跟大麥發酵做成的，很適合用來揭發真相，他又繼續說：「遊俠騎士根本就不比流浪漢好到哪裡去。他跟他

---

1 威廉．哈特（William S. Hart, 1864-1946），美國默片時代的電影演員、導演及製作人。成名作為《娶印地安女人做老婆的人》，此後成為西部片的重要演員，在好萊塢以扮演堅毅、沉默寡言的西部人而聞名。
2 薩拉森人（Saracens），中世紀基督教世界用語，指所有信奉伊斯蘭教的民族。包括阿拉伯人、突厥人等等。
3 西奧伯爾德大王（King Theobald），西方中世紀王國的國王。
4 包霍特騎士（Sir Bohort），著名騎士傳奇《布爾芬奇神話筆記》（*Bulfinch's Mythology : The Age of Chivalry*）中的主要角色之一。

的隨從——如果他帶有隨從的話——成天在莊園裡遊蕩，在這裡討點施捨，在那裡偷隻小豬或親吻美麗的擠奶女工，然後再去騙頓飯吃，晚上就在城堡或教堂裡生個火，拿張床墊就睡在那裡，甚至有時候，他們還睡在馬路邊，或是豬舍穀倉裡。

「他們身上有長年在城堡內外蓄積的一大堆跳蚤，你可以和任何人打賭，一般遊俠騎士都髒得要命。你想想這會有多好笑，一大堆跳蚤跟蝨子藏在那層鐵製的襯衣下，除非藍斯洛騎士[5]有根焊接用的燒融器可以把鐵皮熔化，不然他根本就沒辦法抓癢啦。」

爺爺繼續說，城堡裡根本就缺乏中央暖氣、室內廁所和舒適的享受。城堡四面通風，又很吵雜，還有一大堆在城堡監獄裡死掉的鬼魂到處兜來兜去。

爺爺說：「充其量，騎士不過是一群焦躁不安的人，只要不是釘死、拿不走，或太燙的東西，他們通通都會偷走。他們如果不是長期說謊的大騙子，就是長久被震顫性譫妄[6]所苦，因為他們總是看見湖裡伸出一隻舉著劍的手，或看見在迷霧中升起的女子，或者看見邪惡的巫師把人變成了獨角獸等等的事情。他們一定聞起來臭氣沖天，因為我相信他們兩年才洗一次澡，必須等到鎧甲生鏽，不得不脫下來換一套的時候。這樣你還要當騎士嗎？」

「聽你這麼一說，我還真是沒有興趣了。」我回答。「不過以前要怎樣才能當個騎士呢？」我才說完就知道我應該從舌根把自己的舌頭咬斷，因為我看見爺爺一副就是等著我發問的樣子。爺爺舔舔上顎，用大拇指跟食指捻捻他的鬍子，回答我的問題。

「嗯，分好的或壞的血統囉，一個想當騎士的人，得在七歲的時候就懂得勇往直前。他得把一切快樂留在家裡，然後搬去主人的城堡。我的老天，那真像著了魔似的！他們稱這個小男孩為侍童，但根本就當成僕人使喚。這個侍童得站在桌旁侍候，擦亮所有金屬用具，清理廚餘桶。他只能吃主人沒丟去餵狗的食物，他得砍柴挑水，如果他不向每個人鞠躬，就會挨一頓毒打。他每天都得去上主日學，據說這能讓他學會規矩。

「當有空的時候，他必須學唱歌跳舞，彈豎琴，還有呢，他還要學習獵野豬、騎馬，以及跟獵鷹和獵豬犬一起工作。他還要跟其他的侍童練摔角，用木棍代替矛來練習打鬥。

「長到十四歲，他就可以晉身為紳士了，這個時候，真正辛苦的工作才正要開始。他必須學會在馬匹狂奔的時候用長矛叉中牠，必須穿上連身工作服與全套盔甲，躍過溪流、攀登高牆，還有其他諸如此類繁重費力的工作。通常他們會損失很多紳士，因為如果有一個人試著躍過深淵卻沒有成功，他就會很快沉入河底；如果有一個人爬牆踩空了一步，你就會聽見

5 藍斯洛騎士（Sir Lancelot），亞瑟王傳奇中圓桌武士團的成員之一。

6 震顫性譫妄，D.T.'s，Delirium tremens 的簡寫，又稱酒精戒斷譫妄，通常在停止喝酒後十二至四十八小時發生，包含意識、認知及知覺之障礙，輕則顫抖、虛弱、盜汗，重則出現可怕的幻想、焦慮、意識混亂、失眠。

哐啷一聲，然後有人就得去找屍體。除了國王以外，城堡裡最重要的人就是鐵匠，他忙得要死，因為從死掉紳士身上脫下來的盔甲都摔壞了，要靠他不斷修復上面的凹痕。

「這些例行工作占據了紳士們大部分的時間，他二十一歲時，如果還沒有嚴重受傷，就要開始學習鞠躬、親吻手背等禮儀，在鋼盔上綁上手帕，還有和女孩們調情。終於，他成為騎士了。他們會用劍在他的肩膀上擊三次，然後給他頂帽子，告訴他：『你走吧，去當個遊俠騎士吧，去屠龍或做任何什麼事吧，別回來了，因為我們已經浪費很多金錢跟時間來教育你了。』」

爺爺停了下來，用腳尖撥弄了一下爐火。他坐著，凝視閃爍不定的火焰。終於，他又問：「你還是想當騎士嗎？」

「不想了。聽起來要做很多辛苦的事，但又得不到相對的報酬。現在你已經把騎士華麗的羽毛都剪掉了，也許我該忘了這件事，去找找別的工作來做。」

「我就希望你這麼想。」爺爺說。「當你跟我一樣老的時候，你就會知道，把華麗的羽毛剪掉以後，底下除了辛苦的努力以外，其他什麼都沒有，所以你最好還是專心在你所擁有的事物上，不要整天作夢，想當個印地安人、牛仔，或是馴獸師。狗兒、船、獵槍、釣具還有書本——沒錯，我就是說書本——已經足以讓你現在的日子過得很好了。舉例來說，你認為我都從哪裡學到這些跟騎士有關的事呀？」

「從書裡。」我說。「我想，是從書裡讀到的吧。」爺爺表示同意。

他說：「好啦，小侍童，你可以去我的臥室找一本叫做《布爾芬奇神話筆記》的書，還有，為了你的國王，去衣櫥裡找一瓶蜂蜜酒。我想它是藏在長靴的左腳裡面。小心別打破了，更別妄想可以嘗嘗看。蜂蜜酒不是給小侍童喝的，甚至不是給紳士喝的，蜂蜜酒只能給君主或國王飲用，還有當騎士帶著他們第一隻噴火龍逃回來時才可以喝呢！」

15 打獵不開槍

隨著年紀日漸老去，爺爺越來越不能進行粗重辛苦的打獵或釣魚了。他會說：「我想我會要男孩去做男人的事。」然後把我送到野外或水邊，自己留在家裡，舒舒服服地坐在爐火前。當小男孩回到家，全身凍得半死或像落水狗般全身濕淋淋的時候，爺爺會仁慈地笑一笑，挖苦地說：「像我這樣又老又虛弱的人呀，現在的樂趣來源，就是想到你在雨裡冷得要命，想到你錯失掉身旁的鳥兒，然後懷疑自己為什麼要這麼費事地教會你打獵。」

當我年歲漸增，自己的年紀也當了爺爺時，也越來越少去打獵了，但卻盡量鼓勵別人打獵。雖然我沒有坐在爐火邊，但我還是從旁觀許多新手的行動中得到無限的滿足——這些新手也會不小心犯我過去犯的錯誤——比我以前自己去打獵的時候感覺還更滿足。

爺爺說：「打獵跟釣魚的好處，在於不一定要親自去做才能得到樂趣。你可以每晚上床睡覺時，想想你二十年前某一天曾有過多少樂趣，那麼所有的回憶都會突然湧現，像月色一樣清晰皎潔。

「你可以聆聽別人吹噓自己如何抓到一隻大魚、射中一隻鹿，或是他那天掉進了鴨塘中，這一切聽起來都如此真實不朽，因為彷彿是自己又重新經歷了一遍一樣。同時——我並不想聽起來像波麗安娜[1]一樣過度樂觀——但你真的會體會到施比受更有福的道理。再說呢，雖然這是漁獵規則裡的陳腔濫調，但如果你已經做過一次、兩次、三次以後，選擇退出留些活口給其他的夥伴，又有什麼不好呢？」

當我跟媽媽第一次帶新手到非洲去時，爺爺的這種心情常常讓我深有同感。除了獵一些露營時必要的食物與幾隻小鳥以外，我幾乎沒有開火。巴柏和珍妮．羅威是客戶，如果你問羅威夫婦有什麼心得，我相信巴柏會對這趟非洲狩獵有很多精彩的見解。至於美麗的金髮珍妮，她是那種你會覺得應該是在「二十一俱樂部」[2]看見的、穿著貼身黑洋裝的美女，但是，卻從來沒看過有個女人會如此快速而雋永地愛上非洲叢林。蟲子、灰塵、雨、陷入泥沼的交通工具等等這一切，這位優雅的女士都沒讓我聽到任何抱怨。

她的先生每天都是我們快樂的泉源。沒人像他一樣享受非洲。他「發現」大象、獅子，和豹；他像第一個親眼看見上百萬的羚羊妝點著一片綠油油大平原的活人；沒有人像他這樣

1 參見頁 161，註 9。
2 二十一俱樂部（21 Club），紐約最知名的高級餐廳俱樂部之一。

觀察水牛；連柳橙的滋味這種小事，對他來說都比香檳更有強度。當他在一個特殊的情況下殺死一隻豹以後，他幾乎胡言亂語了一整個禮拜。

這隻豹，在白天出現，跑進一堆草叢中，羅威夫婦和其他扛槍手跟了進去，然後這隻豹開始追蹤羅威（因為後來我發現牠的腳印壓在羅威的足跡上。）他們進出草叢三次，最後這隻豹終於跑到草叢外的空地上——槍手正好站在牠的面前。

這群人從右側包抄攻擊，豹子竭盡全力逃向左邊。羅威向肩頭射出致命的一槍，當他早上十一點左右返回營地時，他的Land-Rover越野車上，載了一隻滿身豹紋的美麗野獸。我自己的樹上就有五隻雄豹，但這隻是巴柏．馬庫柏．薩納．卡比薩．羅威自己射中的，自己一個人喔，他就是這麼厲害。他急急忙忙跟我分享他的戰績，話都說不清楚，我忙著看他肩上的獵物有多大。

羅威抓著我的衣領，對我大聲咆哮：「你都沒注意聽我說！」他尖聲叫：「你都沒注意聽我說！那些男孩最後一次跑回草叢外，射了幾槍，這隻野獸就跑出來……」他滔滔不絕一直繼續講下去。

這個關於獵豹的話題持續了一個星期以後，我跟女士們下了一個鄭重的結論：我們希望那隻豹殺死了羅威，因為你可以想像嗎？在羅威述說他這場冒險的期間，我們已經從非洲到西班牙，又到美國，再到倫敦跟巴黎了。但我的確得承認，聆聽他的故事讓我得到更多的樂趣，比他抵達前，我自己射下一隻非常難獵的野獸還更有趣。而且我認為如果巴柏沒有自己射下他的大貓，我還是可以高興地在樹下放餌，讓樹上的四、五隻野獸跳下地來，陶醉在發臭的大豬旁。

我發現切割發臭、長滿蛆、被吃了一半的野豬也可以是快樂的。並且我知道沒有人會偷獵我樹上的豹，所以牠們還可以在那裡安然度過一年。

也許我也從爺爺身上遺傳到一些不懷好意的幽默感，但我這一生，從來沒像聽到巴柏·羅威在非洲初試啼聲時那麼開心地笑。我讓卡車跟吉普車先走，然後我們飛到一個臨時的小型機場，標示機場跑道的邊界，是用石頭壓住的廁所捲筒衛生紙，而用來指示機長風向的是一個煙燻火堆。巴柏跟珍妮從一個十足的文明世界，飛到最黑暗的非洲叢林國家坦尚尼亞。

美麗的新營地上已經搭好了一個帳棚，這是我在一個月以前發現的地方，那些男生們說：「Jambo, Bwana; Jambo, Memsaab!（非洲話「你好，先生；你好，女士！」）羅威穿上從阿罕兄弟那兒拿來的新叢林獵裝，帶上我那有豹紋帽帶的德州牛仔帽，看起來就跟演員史都華·格蘭傑[3]飾演的白人獵人一模一樣，只是多了鬍鬚罷了。凌亂的帳篷內擺著餐桌，桌上有一堆透明的酒瓶，冰箱快樂地轟轟作響，我們拿來當鬧鐘用的短腿雞——露比跟羅莎——已經安頓好了，羅莎還在冰箱旁生了一顆蛋。格魯梅蒂河歡愉地歌唱著，周圍有綠色茂密的樹木，新生的綠草地就像一片絨地毯鋪在帳篷前。

羅威熱切渴望試用他的——或者應該說是我的——武器，所以我們讓他去追蹤一隻羚羊跟一匹野馬，在一段慣例的考驗與犯錯之後，他的表現變得十分優異。他回來喝冷飲吃晚餐，宣稱一定是有人搞錯了，所以我們一群人衝進華爾道夫大飯店，卻發現飯店突然搬進布朗動物園裡去了。

第一天正式狩獵的結果真是讓人出乎意料外地驚奇。我們挑選了十四隻落單的公水牛，都是可以射擊的。牠們衝進一堆草叢中，羅威像小男孩一樣緊追在後，但他並不知道躲在草叢中的可能還有一對獅子、一整群水牛，和一條眼鏡蛇。他也不知道我的點450—400雙管槍的子彈跟唐·包斯費爾德的點450—400獵槍的子彈搞混了，那兩種槍裝填彈藥的方式是不一樣的。所以他被迫耐心等待，直到其中一個男孩跑回我車上去拿回來換。也就是說，我們讓羅威一個人赤裸裸站在許多大型的、有蹄的、有角的、有毒牙的、有尖牙的東西前——花了一段時間自己思索是不是非洲都是這個樣子的。

最終我們的狩獵行動還是大獲全勝，羅威也射中了一隻屬於他的水牛。但我永遠不會忘記，當一個天真的旁觀者，看著羅威、所有的水牛、所有的獅子、還有眼鏡蛇突然一起衝出來時的心情。

我必須為羅威說說話，他既不膽怯也沒有逃跑。他雖然最後滿臉蒼白，但是那枝可愛的點450—400獵槍卻開心地宣洩，羅威駕馭得很好，在第一天就獵到了一隻很棒的水牛，比我兩次非洲狩獵之行，花了六個月的時間，連走帶爬了近一千英哩辛苦路程後獵到的水牛還棒。但在達成這個美妙的成就後，他從那天之後就幾乎沒什麼表現。

我並不清楚這位好男人在草原上表現的詳細情況，我聽到的都是二手資訊，因為我忙著照顧兩位女士，雖然似乎唯一需要做的就是倒琴酒跟通寧水、解釋什麼是呼嘯荊棘及為什麼它們會呼嘯，還有準備一場生日派對。羅威太太到了另一個人生的里程碑——我相信二十一歲是女士們可以接受的年齡——我安排了一群昔日的食人族為她慶祝。

那是一個很棒的生日派對。首先我得先用斯華西里語跟羅威的貼身助理，瓦康巴斯人馬提西亞解釋，「生日快樂歌」的基本內容與意義。然後馬提西亞再把這首小曲翻譯成瓦康巴斯語，聽起來就是一堆咕嚕咕嚕的聲音，結尾是：「珍妮，祝妳。」

同時，在舉杯慶生時——杯裡是很澀的馬丁尼——我把舉杯當作暗號，讓七十五個安排好

3 史都華．格蘭傑（Stewart Granger, 1913-1993），英國電影演員，大部分飾演黝黑、強壯、英俊且品格高尚的浪漫英雄之類的角色。

的瓦伊卡馬勇士在不驚動羅威太太的情況下，偷偷潛入附近的草叢。這是一個非常困難的任務，因為這些勇士們從三天前就開始在身上畫上圖騰，戴上鐵製的頭飾，腿上綁了會發出聲響的鐵飾，帶著刀和矛，而且幾乎都有點醉了，心情處在派對高漲的歡樂情緒中，要他們偷偷摸摸行動，真不容易！

他們忽然集體衝出來，像馬賽族的戰爭部隊突然湧向基庫尤族，這是我第一次看見一向沉穩的羅威太太失去冷靜。七十五個全身畫滿圖騰的瓦伊卡馬勇士穿著整套作戰裝束出現眼前，尤其是突然從四面八方迸出來，這種場面絕對不會讓你立刻反應到這是一場惡作劇，可以輕鬆大笑的。我認為坦尚尼亞的生日派對，就像煎魚或野餐，或那隻羅威沒有射殺的獅子一樣，都是狩獵的一部分。

我們獲得特別允許讓巴柏可以接近幾頭獅子，但在跟幾頭我的獅王好友熟識後，他斷然拒絕狩獵獅子。這個舉動讓他瞬間從一個打獵新手，變成老骨頭中的一員。

我們幾乎每天都跟幾隻溫和慵懶美麗的獅獸握手，包括兩隻年輕獅子，牠們是我見過最美麗的四腳動物——一隻毛色很深，幾乎是深藍色，另一隻全身金毛跟瑪麗蓮．夢露一樣美麗。

「我的老天！」羅威說：「怎麼會有人能獵殺這麼美麗的動物？這就像射殺你的好友一樣。不不不，謝了，我可不殺獅子。」

目睹一個人在一個禮拜之內，從一看見槍就興奮的樣子，變成一個徹底的保守主義者，真像首美好的樂音。通常第一次打獵的人總是說：「我今天可以朝什麼動物開槍呀？可以殺幾隻呢？」然後老手就會和扛槍小弟對看一眼，聳聳肩。當羅威拒絕獵殺溫馴的獅子時，我真是覺得驕傲無比，比當上雙胞胎的父親還驕傲。你幾乎可以感覺到，整個營地的氣氛都改變了。

後來更多的改變，是因為約翰．蘇頓帶羅威去看什麼是他所稱的「偵查逃亡」，那是原本群居的大象，被不合季節的大雨弄得四處逃散的景象。對Land-Rover越野車來講，在五十英哩沒有舖設路面的地面上行駛，就算是一段很長的旅程了。蘇頓是一個很認真的專業獵人，他帶著羅威走了一趟六百英哩的旅行，沒有紮營、沒有睡覺。如果說蘇頓在回到營地跳下吉普車時，看來像個全身傷殘、快要陣亡的人，那麼羅威根本就像個沒有怨言的屍體。我倒是挺好的，只跟女士們一起獵獵鳥，而且羅莎又下了另一顆蛋。

但睡了一夜羅威就起死回生了，隔天他又跟另一位獵人唐去打獵。他披著雨衣，帶的口糧又不太夠，但他還是一直撐到獵得一對美麗的象牙，才返回營地。這對象牙就算是他的畢業證書了。我們收拾包袱，前往蒙巴薩，在那兒，純粹只是釣釣魚。

羅威的非洲狩獵之旅，帶給我前所未有的成就感。他在四個禮拜以內，就在肯亞跟坦尚尼亞得到狩獵執照，他的戰利品都是上等的。你不曾聽過他的槍枝走火。非洲狩獵之旅對友情很可能是很大的考驗，但在這一個月裡，我們六個白人——我、媽媽、珍妮、巴柏、唐、約翰——在一起，一點衝突都沒有。我知道很多相識多年的朋友，一起在草叢中待了三天以後，就不再交談了。

這次狩獵中最認真的一次打獵，是一場私人仇殺，是我跟短腳雞露比之間的。我跟露比從第一次見面就很討厭彼此。牠會跳到我在營地的椅子上大便，還得意地咯咯大叫。然後牠會冷冷啼一聲，再昂首闊步地走去啄羅莎的頭。我把一個水瓶扔過去狠狠地砸中牠。我並不是為了增加什麼自己的戰果，但這個短腿公雞知道牠碰到了一個更厲害的人。有一次牠狂飛時，我用一個汽水瓶引導牠，然後狠狠地砸過去讓牠摔下地，使牠勃然大怒。從那次以後，露比才真的知道，誰是這裡的主人。

因為與羅威的狩獵之旅實在太棒了，所以我決定繼續測試一下自己的運氣。我有一個西班牙好友，我自認跟他的交情相當不錯。應該可以讓瑞卡多試試，還有……。好吧，我們走著瞧囉！

爺爺對朋友們在新環境下相處有一套自己堅持的理論。他曾說：「男人要在樹林裡或是水上才能看出他是不是個英雄。我才不在乎他是不是有一千萬或是六艘快艇。如果他的射擊技術很爛，他的狗就不會把他當成英雄。如果他貪取別人的獵物，他的朋友就不會把他當成英雄。你讓我跟一個人在樹林裡或是一艘船上相處一個禮拜，我就可以告訴你他會不會打老婆，或會不會把公司的資產捲款逃走。」

這不是第一次有人這麼說了，但事實真的就是如此。雖說需要兩天或兩個禮拜不等的時間來證實這句話，但是結果一定是這樣。都市的外表裝飾是很淺薄的，就算一個在都市裡是大人物的人，也會因為蚊蟲騷擾而抱怨不停哀哀亂叫，一個平常很令人討厭的朋友，在野外可能會突然表現出驚人的人性，對別人細心又體貼。

當我還是個孩子的時候，那時的爺爺不只是年輕而已，還明顯地比他實際年齡更精神奕奕、活力十足。我記得我們跟他最好的一位朋友關係決裂的事。那是一件簡單的、跟獵鵪鶉禮儀有關的事。這個朋友是個會偷取別人獵物的人，他總是緊緊跟在獵犬的腳跟後面，這樣當鳥兒飛起來的時候，你只有一個選擇：不開槍，不然就得從你朋友的背後開槍。當你越過指示犬走進鵪鶉群，如果鳥兒往你的方向飛去，這位朋友會趁你彎腰的時候開槍，讓子彈越過你的背。

爺爺說：「我用了半輩子的時間教狗兒，讓牠們表現得像懂事的人；現在我竟然有個朋友，行為還不如懂事的狗兒。我想我們不要再跟喬一起去打獵了。」

我們真的這樣做了。我們在街上很客氣地告訴喬，因為在街上時他並不討人厭，但是我們不再跟他一起打獵。除此之外，他還有一個壞習慣，總是把不知道是誰打下來的鳥兒通通當做自己的，從來不在一天結束時，把獵物跟一起打獵的夥伴平分，連提都不提就占為己有。

在我所知的範圍內，我想，超過一天的水上之旅或狩獵之旅，是過濾人際關係最好的方法。也許搭船效果會差一點，因為你只是個受困在外海上的客人。但是，狩獵之旅需要花上幾個禮拜到幾個月，通常不可避免地會以衝突收場。因為那種情況下的相處溝通實在太緊密又太頻繁了，但外在環境卻很廣大，這種時候，人是很卑微渺小的。

通常我對帶去非洲狩獵的人都很公平，因為或多或少之前都會稍微測試一下他們在其他情況下的應對。也就是說，之前曾跟他們一起釣魚或打獵過，至少曾拜訪過他們，這樣對你要負責帶領的究竟是個什麼樣的人，多少會有點概念。

但結果總還是無法預測。我認識一些人，原本只想去野地攝影的，但突然變成了一個嗜血的屠夫，也有人本來想去獵殺寫在清單上的所有動物，但最後變得只想賞鳥。任何一個讀過海明威作品的人都知道，非洲對改變人格個性有巨大的影響力，勇敢的人變成懦夫，懦夫變成勇士，乏味的人變得活潑有趣，魅力無窮的人變得無聊。

但不見得非要到非洲來挖掘男人與女人的真實面目。在北加州就可以達到在肯亞北邊境的效果。不知怎的，鳥兒跟動物們就是知道，原住民同胞也確實能了解。我好幾次去蘇格蘭獵松雞，只需一天的時間，當地的狩獵嚮導就可以蠻精準地告訴我，那些我帶去的客人們的基本個性。所以瑪格麗特會跟彼特離婚一點都不讓你意外，只是時間早晚罷了，還有那個伊恩會把銀行的資產掏空。

你也無法倚賴前例分別類型，甚至依靠之前的經驗。我們很幸運曾與巴柏跟珍妮·羅威夫婦同行。這回我帶了西班牙朋友瑞卡多，跟哈利·席比、約翰·蘇頓兩位專家。同樣的，除了幾隻鳥兒跟露營需要的食物以外，我都沒開火，所以這位西班牙人可以有很珍貴的機會，跟這兩位最厲害的非洲專家（我是這麼認為的）討教。

如果你碰對了人，西班牙人的狩獵是好得不得了的，他們喜歡讓雙槍管保持火燙，並不停忙著上膛。我很好奇瑞卡多會不會想向他看見的第一隻大象、獅子或水牛開槍，會不會想聽見槍響，並且撿回那些新鮮肉塊。

我真不應該對瑞卡多持保留態度。後來席比跟蘇頓說，這是他們最棒的一趟狩獵之旅——而瑞卡多跟瑪麗德是最好的客人——跟他們所有加起來的經驗相比。

讓我來介紹一下瑞卡多。他是一位百萬富翁，差不多三十五歲時，靠著兩百元現金白手起家，憑良心腳踏實地地賺錢。他有跟英國人及美國人並肩作戰的輝煌紀錄，那時他所參加的地下組織在法國南部運作。他是一位優秀的作家、不錯的鬥牛士、厲害的騎士、好槍手，還是鑑賞藝術品的行家。他有一艘豪華遊艇，他認識每一個紐約、倫敦、蒙地卡羅、巴黎及馬德里的重要人士。如果真的有人天生就適合在野外當個流浪漢，這個人也就是瑞卡多。

這些都不是點滴累積而成的。從他去肯亞首都奈洛比的那天起——在往馬德里機場的路上出了車禍，撞傷了他的臉——瑞卡多就注定會有很大的成就。我的老友席比腿上有一對活塞，還有跟公牛一樣魁梧的身軀。瑞卡多因為車禍的緣故一直不太舒服，健康不是在最佳狀態，但席比還是膽敢讓他接近死亡。

他們每天都凌晨三點半起床，開幾小時車，就為了在黎明時可以近距離獵殺獅子。當這個清晨逼近獅子的獵殺計畫無法成功後，他們就把剩下的時間都拿來追蹤大象。他們每天回到我所在舒適營地的時間，大多是晚上九點的時候。

我們在肯亞的最北邊，太陽每天都猛烈地落下。蟲子會叮人，大象會侵擾營地，車子會拋錨。但瑞卡多一句抱怨都沒有，整趟旅程中，他甚至連一頓像樣的午餐都沒吃到。他跟席比會獵一些東西，像鳥或是其他小動物，然後在柳枝上烤來吃。

我們——更多時候是只有他們——至少要看過一百五十隻成熟的公象，才會決定獵殺其中一隻。如果有更多時間，他們還會再多看一百五十隻，只為了找一隻最上等的公象。最後，他們終於獵到一隻八十噸重的。

他們獵獅子或是美洲豹，就像去神殿朝拜一樣慎重。平均每天坐越野車開兩百英哩路，再用雙腳走二十哩路。有一天瑞卡多差點中暑昏倒，但他還是沒有抱怨。他自己站起來，抹去額頭上的冷汗，然後走回去。

我得慚愧地承認，我們大部分的人，為了覓食而射擊鳥禽類動物時，想驚起一群靜止鳥兒的方法，通常是冒險先讓另一個槍管預備好，以射擊起飛後的鳥兒。這是很聰明的方法，因為只要曾經獵過飛行中的鳥兒，就會知道你的速度不可能快得足以自己驚飛牠們再自己開槍，況且槍的射程也來不及。

但是瑞卡多才不會這樣開火。他會先朝天空射一槍，然後朝飛向天空的鳥兒中碰運氣。（他有一天真是很幸運。有幾隻鳥從他的路徑上飛過，他一槍轟死了八隻，正在飛行的鳥喔。）

我們常有一次就能殺死幾千隻沙漠松雞的機會，如果能靠牠們夠近，就能讓牠們像小水鴨般龍捲風式盤旋，再把牠們逼到水洞裡。牠們每天必須啜飲在沙漠中生存所需的水分，這樣只要一槍你就可以打中十隻、二十隻或是三十隻。但瑞卡多只射擊飛得兩倍、三倍、四倍高的松雞。沙漠松雞，飛得又高又快，除了遊隼外，是我所知飛得最快的鳥了。

瑞卡多終於在黑暗中射中他的豹，射中牠的左眼。他在最後一天的最後半小時裡，在肯亞山的山坡上獵到了他的水牛。他在水牛奔跑時射中牠，讓牠從奔跑的路徑上摔落。

整整一個月之中，他沒有任何一點不耐煩，沒對這一切辛苦的工作有任何抱怨，費了半天勁卻沒有獵物時，他也不哀嚎。如果他願意，他可以獵到半打獅子，但因為沒有夠好的獅子，所以他就沒有獵。他可以射光整個荒野，但他沒有。他跟白人黑人獵人都培養出深厚的友誼，現在連史瓦西利說話都有點西班牙口音了。我們常常一起放聲大笑，這是狩獵中很重要的一件事。我非常以瑞卡多為榮，我的老朋友們似乎也因為我帶他來而驕傲。我在當地也因此享有好的名聲。

對我來說，打獵的基本要素就是這個字本身——打獵，而不是殺害。不論是一對美麗的象牙，一隻珍貴的野鴨，或任何鳥類或獸類身上的稀有物品。就是難以解釋的感覺，讓你分辨一個人是男人還是小男孩。如果你非得定名，可以叫它「聖杯情結」，你一定可以在獵人及他周圍的人臉上看見。

當爺爺越來越老了以後，他越來越無法從獵殺上得到樂趣，但越來越可以從帶別人去打獵中得到樂趣。我們後來又去了一次非洲狩獵，在烏干達獵到兩隻又大又漂亮的獅子，因為限制獵殺，那一年要獵獅子幾乎是不可能的事情。就狩獵權而言，這兩隻獅子都是我的，因為是我開槍的——雖然獵餌是我跟哈利一起佈下的。但可以把獅子分給別人更好，看見別人終於可以擁有自己的豹、水牛，或是非洲大羚羊，實在是很開心。

我也高興自己獲得了一個很棒的戰利品。那是一隻很大的兔子，我給了牠兩槍才殺死的，但我已經好久沒獵到兔子了，這樣至少我可以拿著獵物照張相。我從這隻兔子身上得到的成就感，讓我回想起爺爺的評論：「如果這事你已經做過，那麼看別人做一樣的事會加倍快樂，而且他們會做得很好，讓你不用再做一次。」

這讓我想到我已經獵過夠多獅子老虎了，所以我寧可觀賞大象而不是獵殺大象。不過很不幸的，這原則不適用於鵪鶉，只要一想到鵪鶉，我還是跟第一次打獵時一樣嗜殺。我的第一隻鵪鶉把我嚇壞了，我不但放棄，還得連續兩天有人扶我上床。

我已經描寫過兩組人馬了，還有另一組即將到來。我和羅威夫婦的友情還是很堅貞，瑞卡多也通過了所有考驗，現在有另一組在瑞卡多之後到來。這是從美國中西部來的麥可跟吉兒。要考驗他們很困難，因為麥可對中西部狩獵太熟悉了。這些道地的業餘人士把自己交到你手中，如果出了什麼差錯，就是你的責任。有時候，人們對原本的狩獵環境太了解，就會想把同樣的知識拿到非洲來用，在這個過程中，他們會做出很多愚蠢的事情，每個人都會犯錯，但只從他們的角度來看，在別人的國家裡會更感到挫折。

這一次我們在肯亞馬賽族人的高山上狩獵，那裡有溫馴的野生獅子，會讓你晚上保持警覺，河馬在馬拉河[4]裡戲水，吸血蠅會在你的皮膚刻上牠的名字，土狼會讓你想到精神病院裡的星期六晚上。營地裡一直都很快樂，直到有一天，一輛吉普車牽連進一場災難中。

爺爺曾經引述一些關於獵人的名言，有句話一直深深烙印在我的腦海裡，那句話是說：「沒有人可以稱自己為真正的獵人，除非他真的犯過一次最大的錯誤，而且是他最不想犯的錯誤。」

爺爺是這樣形容的：「他們會嘲笑你，並且講給很多人聽，說你竟然讓那隻大魚跑了；他們會開你的玩笑，因為你得了癡呆症，要不是忘了上膛就是忘了拉開保險栓。但是如果你審視那些花了相當時間打獵或釣魚的人們的一生，就會發現每一個人，不管是一次或多次，都曾犯一些錯誤，讓他在接下來的野外生活中，只要一想到就很想在背後踹自己一腳。但那從來都不是個大錯誤，只是一件很小很蠢，連小孩都不會犯的錯，但就是會發生在很熟悉漁獵的人身上。」

我想那時我年紀很輕，一向驕傲得很，我說我沒犯過愚蠢的錯誤，而且我以後也絕不會犯。

爺爺笑了笑，莫測高深的笑容藏在他的鬍子下。「孩子，還早哩。」他說：「你至少還有六十年的光陰印證這個理論。」

結果他是對的。不過這不是我的故事。這是我們這個叫麥可的朋友的故事。

當時麥可正值中年，來自西部的他，只要有空，大部分的時間都花在打獵與釣魚上，他說直到他學會怎麼一槍斃命前，他都不敢開槍，因為如果只是讓動物受傷而不是死去，他寧可不要開槍。他穿阿帕契族的鹿皮軟靴，讓他可以靜悄悄地追蹤獵物。

事實上，與其說是狂熱的獵人，麥可更像一個發瘋的釣魚手，是我們中間最內行的乾式毛鉤釣魚能手。但他喜歡獵鳥，他射殺過麋鹿、黑尾鹿與羚羊，他曾用很細的魚線釣上憤怒兇狠的大魚。很大部分是因為我的緣故，麥可在非洲被蚊蟲叮咬得很嚴重，傷口急遽惡化，就為了他那迷人的妻子吉兒想要一張豹皮鋪在她的壁爐前。

吉兒有北歐血統，是個果決堅定的女人，如果她說想要什麼，最好就可以真的給她什麼。這就是麥可跟吉兒這趟狩獵之旅的主要目的：麥可會射中一隻豹，讓吉兒可以把豹皮鋪在壁爐前，讓孩子們跟小狗在上面打滾，偶爾坐在上面啜飲馬丁尼時，回味在非洲草原上的美好回憶。這樣吉兒可以告訴朋友，她的男人麥可是怎樣從草叢裡拖著隻全身斑點的大貓的尾巴回來，這全只是因為吉兒想在自己家擺一張毛皮當地毯。

好啦，老天，這趟狩獵之旅我們跑了一大堆地方，從最北邊的肯亞，到最黑暗的烏干達，再回到肯亞——這趟風塵僕僕的漫長旅程只是為了證明——不知道為什麼我們就是找不

---

4 馬拉河（Mara River），流經肯亞及坦尚尼亞的一條重要河流，由北到流貫穿整個馬賽馬拉自然保育區（Masai Mara reserve），這裡的河馬及鱷魚非常多。

到一隻豹給麥可。動物都藏在樹上，讓人只能望著流口水。打獵的掩護都蓋好了，當誘餌的動物死屍也已經布好，屍體味道都發出來了，也挖了小水坑偵測豹的出沒。我們執行清晨任務，也執行傍晚任務，我們在日出前最黑暗寒冷刺骨的時候，忍受草原上的螞蟻，爬行好幾英哩，或整個下午讓蟲子恣意叮得全身是傷，不屈不撓地等待，一個下午等三小時，每個下午都去，還顛顛簸簸地開車回營地，累得全身顫抖無力，更是髒得不像話，只有力氣直接上床倒頭大睡，但還沒到月正當中就又爬起來，從頭再來一次。

幾個禮拜過去了。最後輕盈的母獅爬上樹把麥可的獵餌給吃了。也有次有隻犀牛——整個區域裡唯一的一隻犀牛——緊追一隻花豹想制牠於死地，讓牠真是嚇壞了，就再也沒回來過了。但麥可是一個毫不畏怯的獵豹人，而無畏的獵豹人至少有部分是白癡。他在黎明前爬下床，查看那些虛弱的獵餌，然後漫無目地查看附近廣袤的區域，尋找著難得的機會——一百萬分之一的機會——當正常的花豹應該都在灌木叢中睡在溫暖的床上時，那個夜行者可能在某些夜晚和其他朋友一起熬夜，然後在日光亮起時遊蕩回窩裡。

麥可已經可以很熟練地使用我的點318威斯特雷．理查獵槍了。那是很標準的來福槍，射程大約是兩百五十哩。他很信任這把槍，因為他用這把槍射中了一隻很棒的獅子。他對獅子並不是很感興趣，直到他看見一隻獅子坐在獵豹的誘餌底下，我相信他殺了那隻獅子，只是因為牠有可能阻礙豹子來吃掛在樹上的獵餌。

這個故事真是說來話長，但我會長話短說。生活嚴謹、目標明確的生活終會有所報償的，這一天終於到來了。當麥可開著車在馬拉懸崖頂上繞，查看有沒有豹吃了當獵餌的羚羊屍體時，這百萬分之一的機會突然出現了。

一隻很大，非常大的豹——大約有五呎長，也許——緩慢地穿過車道，光天化日之下，從容晃進一小片草叢裡。這場坎坷的尋找聖杯之旅終於到了尾聲，因為這片草叢範圍很小，這隻豹可以很容易就被驅趕出來。陪伴麥可的專業獵人把車停了下來，他們緩慢地逼近草叢。

他們可以聽見草叢裡傳出豹的咆哮聲。獵人持槍站好，扛槍手開始把木頭扔進草叢。豹跑了出來，動作並不快，有一點曲折地跑著，目標就像一座大房子這麼明顯（對麥可這麼厲害的槍手而言），特別是用這把他所信賴的點318獵槍。吉兒正看著這場秀，已經可以想像自己在壁爐前，手捧馬丁尼，坐在這花紋繽紛、又黑又亮的豹皮上了。

麥可的視線緊盯著豹，差不多距離二十五碼時，開了一槍。照正常的邏輯來說，在點318獵槍尖銳的槍響後，會聽見豹子縱身一躍時發出的最後一聲咆哮；然後這對夫妻互相擁吻，真心恭喜美好的勝利，結束這場狩獵之旅。吉兒會有她的地毯，麥可會成為家族中令人驕傲的一員。

一聲艱澀的響聲響起。花豹消失在草叢中再也看不見了，因為通常豹只要一跑進草叢消失後，就再也找不到了，除非牠受了傷，留下血滴。花豹沒了。

麥可站在那裡，像看陌生人一樣看著手中的槍；這隻來福槍是倫敦最好的製槍人所做的；這隻核桃木槍托的槍，它的設計以子彈射出的速度飛快而聞名，可以從頭到尾貫穿一隻大象。

到底發生了什麼事呢？很簡單──那是一個爺爺曾經提到過的小錯誤。幾年前，我在這把來福槍上架設了一個很低的瞄準器。這個瞄準器會影響到保險栓，所以我把保險栓拆了，打算換成另一種款式的保險栓。但是隨著時間流逝，我發現根本就不用麻煩再換裝一個，因為當槍膛裡有子彈時，只消把槍膛拉出一半，槍就有了安全保險，不會走火。當需要射擊時，只需把槍膛用力推進去，就可以立刻變得邪惡兇狠。

這隻豹跳出草叢的場面實在太美了，麥可，因為不適應這把來福槍，忘了要把槍膛推進底部。獵豹的時候，不允許任何差錯，一點極小的差錯都不行。

這種時候，其實沒有什麼安慰的話好說。但我還是想幫點忙。我跟麥可說他只不過是「漏氣聯盟」裡新手的新手，因為所有認識我的人都記得我那個老虎跑掉的痛苦故事。

這隻特別的老虎是印度中部馬德拉省最大的三隻之一，我像殺死另外兩隻一樣殺死了牠。那是一隻很大的老虎，是會偷我們獵物的小偷，我射中牠的頸部。我的印度嚮導跟我互相恭喜，建議我們再補上一槍以確定殺死了牠，我搖搖手。何必呢？我們抽了幾根菸，喝了口水。大概就在那時候，老虎站了起來，慢慢走開。我們再也沒看過牠了。

這個老虎的故事稍微安慰了麥可，但還不太夠用。爺爺曾說你永遠不會忘記讓你捶胸頓足的錯誤；所以如果有人說麥可的豹到了明天就不過是場回憶罷了，我會說不不不，這隻豹會越長越大，即使二十年後麥可還是會一樣痛恨自己。

「這就是打獵最美的一部分。」爺爺說。「即使別人都已經忘記那個悲劇事件了，獵人還是會想狠踹自己一腳。在打獵這種事情上，就分別出男孩跟男人的不同了，因為一般男人會假裝事情不曾發生過，就算不得不承認確實發生了，也是別人的錯。真正的男人會繼續去打獵，而不是從此只獵獵附近樹上的小動物而已。」

麥可是真正的男人，而且我很確定當我們轉往羅伊塔平原[5]以前，他一定會獵到他的豹，而吉兒有一天一定會坐在她壁爐前的地毯上，攪動著手上的馬丁尼，最澀的馬丁尼。

就像爺爺說的：「精力充沛不需要太多天分，倒楣的事不會持續太久。」爺爺認為男人的身高是根據這個測量的：就是當命運的木棍痛擊在他頭上時，他可以笑得多久。

麥可後來射中了一隻很大的花豹。但再怎麼樣大，也不會比那隻逃掉的豹更大。

5 羅伊塔平原（Loita Plains），位於肯亞，同樣位於馬賽馬拉自然保育區附近。

16 獅子與騙子

非洲的馬賽族，或者是索馬利族，流傳著這樣一句諺語：「一個勇敢的男人會被獅子驚嚇三次；當他第一次看到獅子的足跡、第一次聽到獅子的吼叫、還有第一次真的見到活生生的獅子時。」可惜爺爺沒能活著親眼看見到他的小男孩到非洲去，因為我會對這套說法有些補充說明，而我相信他也一定會同意我說的話。

一個人在第一次與獅子相遇後，就會不自覺地變成一個騙子。如果一個人心中有絲毫微小、模糊的謊言，那麼他第一次見到獅子時，這些謊言就會赤裸裸地暴露出來。雖然和獅子相較之下比較沒有那麼明顯，但是遇見雄鹿也有相當類似的效果；起初只是出現忽冷忽熱的「鹿熱症」，接著就伴隨著微小的謊言，讓當時的情景漸漸失真，最後更徹底發展成為幻想，甚至出現醫學上所謂精神分裂症的早期症狀，讓每一天都變成愚人節啦。

如果說到鳥兒們，我相信鶴鶉已經夥同其他有翅膀的同伴們，一併否決了人類的誠實。雖然獵鴨和獵火雞的騙徒們，除了狩獵時哄騙獵物的謊言以外，還樂於彼此吹嘘爭辯關於戒酒或其他事情的真相。如果在異地，我認為獵老虎的騙子幾乎和獵獅子的騙子等級相同，而獵非洲象的則該獨自歸類在騙子生產器那一個等級。

當然，像這類的謊言只能算是小兒科吧。那些登上高山尋找阿爾卑斯野山羊、塔爾羊、山綿羊、山羊、岩羚羊和斑紋大羚羊等高級獵物的人們，則不屬於這種「海平面」等級的吹牛大王，海拔高度很明顯地會加深幻想的程度；稀薄的空氣解放了人們的想像力和舌頭，畢竟在那些地方，往往很少有目擊證人可以證明你說謊。所以喜馬拉雅山雪人這類傳說應該也是這樣來的吧！

爺爺對於打獵騙子的吹噓有一番獨到的見解。他說當年他狩獵成績輝煌，隨著年紀增長智慧漸開，他比任何他所認識的人，都更擅於捏造天衣無縫的謊話，而且他不會刻意添加太多俗不可耐的細節。爺爺相信，當你決定要吹牛時，應該從最基本的架構開始，然後再慢慢誇大。一個騙子如果先設計好謊言的架構，接下來就不需要添加太多花俏的修飾，也能把謊話說得跟真的一樣啦。

爺爺曾說過：「一個吹牛的獵人，並不是真的心存惡意，只不過是碰上了自己難以掌控的情境，才讓一個誠實的人變成了一個騙子。這種騙子和其他說謊的人不一樣，因為藉由反覆的練習及細心的經營，那些謊言最終將變成無法動搖的事實。但是，吹噓獵犬的鬼話就不一樣了，那些說他的獵犬、拉布拉多犬、指示犬或賽特犬會當著公證人面前，對著肯樂迅牌狗食發誓之類的胡說八道，我可是絕對不會相信的。」

要解析不懷惡意的謊話是一件很複雜的事情。首先，一個沉默的自欺者並不算是說謊者，因為這些謊言是對自己說的，而且就像用蒼蠅拍搧風一樣，不至於造成什麼樣的傷害。漁夫也不算，因為漁夫在放下釣竿前就開始對自己說謊了。對那些自欺者而言，謊報多上一磅魚獲、誇大一吋獸角，或者將獵獲物吹噓成兩倍多，對自己並不會造成什麼實質上的損失。

如果節制一點的話，這樣的自我欺騙很難被發現。當你注視著壁爐旁那一對象牙時，主人平靜地說：「一百一十六磅和一百二十磅。」當然囉，他比大象的鬼魂還清楚，這對象牙明明只重一百一十磅與一百一十二磅。然而，某種原因卻讓他替這戰利品加了幾磅，即使這並不會讓象牙的外觀與實際組成產生任何改變，而且，他的謊話也不會讓這對象牙就真的增加了重量呀。

據說，象牙在完全變乾後重量會減輕，但是我這對最好的象牙卻與眾不同。這六年裡，一年中有六個月這對象牙都在壁爐邊讓爐火烘烤著，從原本潮濕時的一百一十磅與一百一十二磅，變成乾燥後的一百二十磅與一百二十五磅。我想隨著我的年齡繼續增長，這對象牙最後會分別增重到一百九十五磅及兩百磅吧。

大象是世界上最大的陸棲動物，相反地，鶺鴒是就我所知最小的兇猛鳥類。然而，鶺鴒卻比大象更具有顛覆事實的影響力。我始終相信我曾經只用了十三槍就打下十五隻鶺鴒。雖然我經常提到這件事，然而，它卻完完全全是一個謊言；當然這的確是一件發生過的事實，只不過是發生在伯尼．布魯奇先生身上的事，而我不知羞恥地把它剽竊過來當成自己的豐功偉績罷了。我也不知道為什麼我會這麼做，就像亨利．麥克雷默也不知道他為什麼會偷了艾倫．史密斯那個「變身小貓狗」的夢一樣。

我這輩子已經打了兩隻大象、兩隻老虎、兩隻獅子、五隻花豹……。噢！趕快制止我吧！不然再繼續瞎扯下去，我就會讓卡拉摩賈．貝爾[1]和吉姆．科比特[2]相形之下像個膽小鬼了。奇怪的是，那些關於野外經驗的吹噓謊話，通常比較著重在誇大獵物的數量，而不在獵物的重量或者是體型大小。我的意思是說，我可能說我利用「控制動物族群」的方法[3]

1 卡拉摩賈．貝爾（Karamojo Bell, 1880-1954），又名非洲貝爾，以在非洲獵象聞名的傳奇探險家。

2 吉姆．科比特（Jim Corbett, 1875-1955），祖籍英國，生長於印度的傳奇性獵人，後來轉變成動物保護主義者。

3 控制動物族群的方法有很多種，作者所提到的方法可能是將大象捕抓起來，移到其他地區，而非直接殺死。在非洲，大象往往因數量過多，會對當地的農作物或人類聚落造成嚴重的危害，這也是為什麼作者在後面提到，如果自己殺死了幾百頭大象會被擁護為「窮人的守護神」。

（理論上會將象群減低到三、四百頭的族群大小）獵捕了大量的大象，然而事實上我卻連一槍都沒有開過。但除非你真的仔細地聽清楚，否則你可能會相信我曾射殺了三百頭大象，而且被擁立為「窮人的守護神」，然後正式頒發獎章給我以表揚我的光榮功勳！

有一個關於大型獵物最奇怪、最一致，但也最不真實的說法是：「所有的公象都是流氓，而所有被獵殺的獅子、老虎跟花豹都是食人魔。」我知道一定有流氓大象的，因為大家都那麼說嘛，但我從來沒有親眼見過就是了。毫無疑問地，確實有會吃人的大型貓科動物，但是我帶回家的那些大貓咪，卻連人類的一根寒毛都不曾碰過。花豹們似乎都喜愛豬肉，甚至更愛長滿蛆的死豬肉，而獅子老虎通常會選擇吃公驢、斑馬、小水牛或者母牛等等，牠們喜歡肉多的動物，而不是瘦小的人類。

獅子會對嚮吹牛的程度會有影響，也許是因為一般人在日常生活中所認識的人裡面，很少有人會有機會遇到一隻失態的獅子，所以這樣或多或少避免了別人公然挑戰你的可信度，或者會出現不同人說法不一致的窘境。你的想像力因此掙脫了束縛，所有東西似乎也都跟著變多、變大了。一旦你近距離目睹了一隻野生的獅子，或是一旦你在大約三十碼的距離處射殺了一隻獅子後，你的看法將完全改觀，甚至當你提到野兔時，聽起來也像隻毛茸茸的大野獸。

最近，我發現當我回憶往事時，老愛說自己從未在超過十碼外的地方開槍射殺過獅子跟大象。直到現在，我也不曾從後面射殺過一隻動物，但是，喔老天，我終於做到了！不久前，我的獵友哈利．席比真的從後面開槍射死了一頭受傷的野牛，而我想不到任何理由可以說服自己，不把這件事偷過來當做自己的戰績。

那隻讓我偏離「誠實」這條羊腸小徑的獅子，幾乎——雖然不盡然——是我用口徑大於二十二釐米的來福槍，所打死的第一隻獵物。我得承認我在非洲狩獵的第一天用這隻點22的來福槍打了些斑馬和疣豬，但是卻失手沒打中湯瑪森瞪羚。不過，隔天清晨我確實射殺了一隻獅子。第二天就打到獅子，已經足夠使一個新手樂得手舞足蹈了——尤其是這個新手還不是很確定如何裝填這種來福槍的彈藥。子彈從這隻像是被蟲蛀過的老獅子耳朵穿過去，牠的身子像地毯般攤平，身上滿布著蒼蠅。領隊席比在二十四歲時就已經是個以謹慎聞名的狩獵專家，我聽從他的忠告，在我把驕傲的雙腳踩上獅子的脖子炫耀自己的勝利之前，從牠的肩膀後面再補上了一槍。

我們在吉普車的後面鋪好臨時砍來的稻草，然後把這隻「獅王辛巴」扔進去，興高采烈地一路顛簸回營地，迫不及待地向媽媽炫耀一番，她的小寶貝可是在這趟非洲旅程的第二天就這麼勇敢哪！媽媽走出帳棚，用欽佩的眼神欣賞著這隻猛獸，那些黑皮膚的小夥子們，已經靈敏地嗅到勝利之日一定少不了小費，紛紛稱讚我是個真正的男子漢，並準備舉辦一場正式的慶祝活動。

當我們將「獅王辛巴」的下巴靠在石頭上，媽媽準備好相機正要拍照時，「獅王辛巴」突然瞪大眼睛、豎直耳朵並發出令人魂飛魄散的獅吼。我從來沒有看過這麼多人如此迅速地爬上為數不多的樹木和荊棘叢。

實際上，這隻獅子在第一發點375的子彈從耳朵射入時就已經死了，射進心臟的第二發子彈更加確定了這個事實，因此在回到營地時牠已經死亡了將近兩個小時。牠會張眼、豎耳是因為屍體開始僵硬，導致肌肉收縮造成的，而吼叫則不過是胃裡面的空氣突然從口腔跑出來的關係。

但是回過頭重新看看之前的敘述，如果我省略掉上一段的解釋，你就會覺得這個冒險故事真是精彩極了！這個事件將會廣為流傳，說我跑回吉普車拿槍，又再次開槍打死了那隻獅子！（實際上，我真的這麼做了，因為當時的我根本搞不清楚，為什麼這隻死了兩個小時的獅子會再度復活。）

大約一個禮拜後，我們又有另一個豐收的日子。早上我們獵殺了一隻上等的水羚，稍晚近中午時則是一隻很棒的獅子，而在接近傍晚前我們打到了第一隻大花豹。這隻獅子是一群母獅子及小獅子的首領，其中大約有六到九或是十二隻母獅子，我想，六隻應該是比較正確的猜測。但是這些日子以來，我已經把數目誇大成兩打母獅子了，而且還打算讓這謊言還繼續發展下去。

如果我沒有在《野地與溪流》（*Field & Stream*）雜誌上寫過一些頗有節制的文章，而且之後又出版了一本內容更誠實的書的話，我還真不知道今天我會把那趟非洲之旅的後半段吹噓成什麼樣子呢。我發現一個寫戶外運動文章的吹牛大王，至少還保有一丁點的誠實。如果當下他紀錄了事件發生時的真實狀況，他就必須謹慎地對事件的基本輪廓保持忠實。我從來沒有在我發表的文章中扯過什麼過分的謊言，因為我留下來的隨筆與草稿會無時無刻地喚起我的道德良知。只有時間與距離，會替未經裝飾的事實增添多餘的光環。

爺爺說過，他詛咒威士忌、火爐、還有任何會腐蝕人們誠信的事物。他又說，沒有一個從事戶外活動的男人，在四十歲前就能吹牛吹到爐火純青的境界。「謊言就像是威士忌一樣，隨著它們在森林裡流傳越久，便會越陳越香。」

我生長在一個謊言滿天飛的小鎮，連保羅．班楊[4]的傳說相較之下都算不了什麼。六歲

4 保羅．班楊（Paul Bunyan），是美國民間傳說裡的半神話人物。據說他在緬因州出生時，已經是個巨型嬰兒，後來他在明尼蘇達州落腳，並經營伐木場。

前，我就聽過一個獵鳥犬的故事，是說這隻忠貞的獵鳥犬因為追蹤獵物而在雪地裡凍死了，等到隔年春天冰雪溶化後，他的主人才發現這隻只剩骨架的獵鳥犬，仍然直挺挺地盯著地上一群也只剩骨骸的鵪鶉。當然囉，還有小鎮裡那個技巧高超的小偷，有天晚上他溜進一戶人家裡偷檯燈，偷燈的動作之迅速，甚至連在燈旁看書的主人都沒有發現。

至於我的獵犬，我並不在意瞎掰一些我自己從沒看過的英勇事蹟。我想任何一隻我所擁有的獵犬，都不太可能嘴裡咬著死掉的鳥，腳下踩著受傷的鳥，同時還能追蹤另一隻活蹦亂跳的鳥。但是如果我可以把這個故事講得唯妙唯肖，聽起來跟真的一樣的話，不也是件令人愉快的事嗎？

等你有空的時候，記得提醒我講一個我在卡羅萊納打白尾鹿的故事。我的獵犬們追著白尾鹿經過一個朋友家的後院，我開槍擊中了牠，臨死前牠奮力跳進了燻肉房的大門，而當我們衝進屋裡時，那隻鹿已經懸在那兒，鹿角正好掛在勾子上了。

17 釣魚樂

「比獵鴨人和登山客還瘋狂的，就只有全心投入的釣魚客了。」爺爺三番兩次說。「這種人會在他明知沒有魚的地方垂釣，就算只做做釣魚的動作也很滿足。事實上，比起『頭腦簡單的西蒙』[1]，他也不過就是多了張釣魚執照罷了。」

當然，我一點都不相信爺爺講的話。因為我那陣子特別喜愛釣魚，但都是在我能釣得到魚的前提下。

「事實上，」爺爺繼續說：「我覺得全心投入釣魚的人一定很痛恨魚，你應該知道《白鯨記》，裡頭的亞哈船長[2]就是一個例子。我想你應該並不真的認為鯨魚是魚，但讓我們這樣說吧，至少鯨魚不會走路，牠有鰭，而且在水裡面生活。好啦！那這樣亞哈船長就是一個

1 頭腦簡單的西蒙（Simple Simon），是鵝媽媽童謠裡的人物，比喻無知的人。

2 亞哈船長（Caption Ahab）是美國文學家梅爾維爾所著的《白鯨記》裡的角色，他曾在一次出海捕鯨的過程中，被白鯨莫比迪克咬斷了一條腿，便發誓不論天涯海角都要追殺牠，以報這不共戴天之仇。

活生生的例子了，證明他很討厭魚，而且他還只針對特定的一條魚。這份對魚的憎恨毀了他的一生，還讓他失去了一條腿。」

爺爺和往常一樣又在大放厥詞了，但他說的這番話卻其來有自。不久前我在西班牙，就想起了爺爺的這些話。某個星期天，有位鄰居不請自來，很驕傲地宣布：「我又釣到一條魚了。」那神情你會以為他剛剛得到諾貝爾獎似的。

兩年前，當這個人搬到我偶爾會去造訪的那片林子中時，他就被魚給迷住了。他用借來的釣竿釣上了一條三磅重的鯛科海魚，是一種有點兒像海鱸的好魚。從此，他就徹底沉迷其中，去海邊釣魚這件事，就像隻成天爬在他背上的猴子一樣擺脫不掉。

自從釣到魚那天開始，只要他星期天待在帕拉莫斯[3]這個小鎮，他就會在我家前面的海濱活動，帶著釣竿、捲線器、釣魚線、釣餌，以及裝著釣餌的大牛奶瓶。他帶的魚餌比專業釣客更多，釣魚器材的數量也遠遠勝過歐尼斯特．海明威。

這個星期天他釣到了他的第二條魚，距離他第一次釣到魚已經有兩年了，這次也是一隻鯛科海魚，重達一磅半。你真是不得不佩服他，他經常為了釣魚錯過午餐，老在外面隨便填填肚子了事，終於，他用了兩年又三小時，孤獨地釣到了一條魚，而他卻把這條魚又送給了一位鄰居（但不是我）。

西班牙海域有一大堆魚，我住的那一帶人便是以捕魚為業，不過那些是配備著深海儀器和底拖網的大漁船。在海灘上垂釣只能釣到觀光客，或者發現自己被比基尼緊緊纏住。但我的朋友泰迪完全沒有因此打退堂鼓，有一次他的運氣真是壞透了，竟然釣到一個汽車輪胎。他和那些在法國塞納河釣魚的可憐蟲一樣不知倦怠，這些巴黎佬總想：「總有一天我會釣到一隻從直布羅陀海峽迷路到這裡的鮪魚，不然至少也會釣到一尾大沙丁魚吧？」

我的另一位鄰居亞提．蕭，是另一個習慣在骯髒溪旁釣魚的傢伙，他是一個豎笛好手，住在約三英哩外的高山上，擁有比A&F[4]專賣店更多的釣魚器材。他自己做毛鉤，親手綁他的釣竿，而且定期長途跋涉到奧地利、法國和美國勘查有什麼最新、最昂貴的釣魚器材。

蕭在庇里牛斯山上的小溪釣魚，也常在我們家附近一帶的小河垂釣。他可以在五十碼遠的距離外，用他的毛鉤——不管是乾的或濕的——把你的一隻眼睛啪地一聲打出來。他幾乎每天都釣魚，有時候會釣到點東西，但都不比鰷魚大上多少。他家有個堆滿釣魚器材的房間，我老愛追問他，要在哪裡使用他那個白金鑲嵌的巨大捲線器，那玩意最適合像在巴拿馬舉辦

---

3 帕拉莫斯（Palamós），西班牙濱海的一個小鎮。

4 Abercrombie & Fitch，美國廠牌，最早是以銷售打獵和戶外用品的公司起家，近年轉型為復古休閒時尚風格的服飾品牌，合身尺碼、帶點仿舊感的服飾蔚為風潮，麋鹿是其註冊商標。

的鮪魚競賽了。但他只是嘴裡念念有詞，然後又動手製作另外一個毛鉤。

我用飛竿釣到唯一上得了檯面的戰利品，就是我自己的一隻耳朵。不過我在卡羅萊納童年時中的毒偶爾會發作，所以我仍舊可以用捲線器或老式垂竿釣魚，而不會嚴重傷害到任何人。最近我又非常想釣魚了，這可能讓我有資格成為「笨蛋俱樂部」的會長。

那些年的生活似乎既單調又平常，我長期待在非洲，因而對狩獵感到十分厭煩。「我們釣魚去吧，我需要好好休息一下。」我跟我的專業獵友哈利．席比和經營非肯亞式旅館的布萊恩．巴洛斯這麼說。

席比說：「沒問題，我剛好知道有個魯道夫湖[5]，那是個很迷人的湖泊。幾年前，我在那裡弄了一個固定的營地，而且還從六百英哩外遠的地方運去一艘馬達船，如果它還沒沉沒，一定派得上用場，雖然我猜它很可能已經沉到水底了。」

把一艘長三十八英呎的船放在搖晃的卡車上，像「非洲女王」號一樣一路橫越肯亞北方的邊境管轄區，就好像把一噸煤頂在頭上走到英格蘭的紐卡索[6]一樣，絕對是需要辛苦籌畫才能完成的英雄事蹟，我就不一一多說那些折磨人的細節了。

他們甚至得建造一條滑道好讓這艘船下水，還要有一間讓它停泊的船塢。除了茅草外，每根鐵釘、每塊厚板，以及每一件需要的工具，都是遠從奈洛比用卡車運去的。席比把他的村落規畫成科學考察隊的據點，讓那些熱衷測量湖泊和調查當地魚類鳥類動物生態的科學家們有個落腳處。

我問：「飛過去那邊要多久？」

「大概一個半小時，」席比說：「不過也可能要兩小時。但我們不能搭飛機過去，整個村落都已經荒廢了，我們在那裡沒有車子可用，而且我們需要補給食物，還要考量隨從們的交通問題。不過那個地方真的非常有趣，而且魚隻真的都很大。」

席比用數字來支持他的說法。不久前，他們只花了四十五分鐘就捕到了十五隻尼羅河鱸，其中只有一隻體重不到二十五磅，其餘都有二十五到六十磅。還有人在湖的南岸捉到十六隻超過一百磅的河鱸，最高紀錄是兩百四十磅！

我說：「聽起來真像天方夜譚！」

「你一定會喜歡那裡。那裡空氣很乾燥，即使中午的氣溫飆升到華氏一百二十度，也不會真的讓人很難受。」

5 魯道夫湖（Lake Rudolf），是東非第四大湖泊。位於東非大裂谷東岔內，北端從肯亞延伸到衣索比亞境內。面積六四〇五平方公里，海拔三七五公尺。

6 紐卡索（Newcastle），位於英格蘭北部的歷史名城。

布萊恩·巴洛斯，一個很容易曬傷的愛爾蘭人，聽到這些話臉色蒼白，但是他先已經答應要和我們一塊兒去了。我們的車隊成員包括一輛道奇四輪傳動卡車、一輛賓士柴油載貨車，還有十二位因為要出發捕魚而悶悶不樂的當地土人。為了釣上一條魚，你得從奈洛比開將近九十英哩的車，在一個叫吉爾吉爾[7]的地方右轉，沿著這條路走，最後會到達距離奈洛比約一百六十英哩的湯瑪森瀑布[8]。

從湯瑪森瀑布到馬拉臘爾[9]還要再開七十五英哩，如果運氣好的話，可以在天黑前抵達。我們讓貨車行駛在車隊最前頭，打算在山腳下紮營，雖然山腳下也很冷，但是一千四百英呎高的山頂即使是在白天，也比山腳下要冷多了！

旅途中我們吸進了大量的塵土，舉目所及盡是單調的黃褐色大地，顛簸的路面讓屁股一路都遭受猛烈撞擊。喔，感謝老天，跨出車子時珠瑪和其他隨從已經把營火都升好了。你才剛剛結束一段豪華的狩獵行程，有冰箱、漂亮女孩、寬敞帳棚，還有四十名隨從，現在你什麼也不用獵，也不用親自搭帳棚，就可以奢侈地把溫熱的威士忌、冷豆子，還有沒發透的麵包祭入五臟廟，而且就算開槍射鳥也純只為了樂趣，而不是為了幫大家加菜。

拂曉時刻，天色仍舊一片昏暗冰冷，一群凍僵的非洲人隨便地用蛋或火腿把你餵飽，然後冷不防從你屁股底下把椅子抽走，好把它塞進卡車裡完成打包，真不是件令人愉快的事情。不過最可悲的是我們這三個白人釣客，我們裹著衣服入睡，決定稍後到溫暖點的地方再刷牙。不過眼前的一切都還算好，真正悲慘的事情還在後面呢。

現在我們朝陡峭的山頂前進，那可是件令人著迷的事——如果你喜歡開著一台喀啦喀啦作響的車子，繞過不可能繞過的彎道，再筆直地朝著天空前進。我們抵達山頂後想下車欣賞風景，但是山頂的強風將我們狠狠擊退，只好又自殺式地衝下這環繞著東非大裂谷的山丘。這個大裂谷是因為火山劇烈運動形成的，看起來就像拙劣的手術縫合後遺留下來的傷疤。

我們駛下陡峭的山坡，途中停下來喝點東西。車上沒有降落傘，巴洛斯和我都嚇得臉色蒼白。一位長得像蓮娜．荷恩[10]雙胞胎兄弟的澈布族勇士剛好經過，他停下來跟我們寒暄，用斯華西里語問我們要上哪兒去。

席比說：「去釣魚。」

---

7 吉爾吉爾（Gilgil），位於肯亞東非大裂谷裡面的一個城鎮。

8 湯瑪森瀑布（Thomson's falls）位於肯亞海拔最高的一座城市——尼亞胡魯魯（Nyahururu）邊陲，是一個風景優美的瀑布，是缺水的非洲大陸少見的景象。

9 馬拉臘爾（Maralal），位於肯亞北部一個小城鎮，地點位於一個小山丘上，湯瑪森瀑布區附近。

10 蓮娜．荷恩（Lena Horne），是美國有名的爵士女歌手，同時也是電影與百老匯舞台劇的巨星。

這個澈布族勇士同時搖了搖他的頭和長矛，這是他第一次聽見這種說法。他看了看四周，看看熔岩散布的沙漠，看看我們身後的斷崖，最後朝他幾天前才離開的巴拉戈伊[11]那個方向望去——那裡距離我們這兒大概六十英哩遠。

「我從來沒看過魚。」他說：「你們在這附近不可能找得到魚。我父親說過，如果走得夠遠，遠到巴拉戈伊另一邊的話，就會看到一個很大的湖，也許那兒會有魚吧。」

我們給澈布族勇士一根棒棒糖，然後向他告別。

我說：「我們繼續前進吧，魚兒正等著我們呢！」我早知道到了早晨我一定會恨死我自己。果真是這樣。

我們在巴拉戈伊停車買了些琴酒，但店家很自然地忘記把這些酒放到我們車上。我們喝了點冰啤酒讓自己振作，又繼續上路。俗語說：「在迦薩不喝琴酒」，那表示在我們駛下山丘後就可以喝酒吃午餐了。

幾杯啤酒下肚讓我精神大振，我問我們的「童子軍團長」距離可以釣魚的目的地還有多遠。「大概只剩六十英哩。」一席比邊說邊轉了個一百八十度的大彎：「沿途幾乎什麼都沒有，要到死亡谷才有些看頭。不過，糟糕的是我們天黑之後才到得了那兒，在黑暗中你根本看不清車子要往哪邊開。」然後他小小聲地說：「當然我也看不到。」

我聽見巴洛斯倒抽了一口氣。

我們繼續前進，直到一個叫南荷爾的地方才停下來，在湖另一端有個相對應的地名叫「北荷爾」。我們追逐著一群大象嬉鬧了一會兒，吃了頓悲慘的午餐——就是在這時候我們才發現，那個店家忘記把酒放到我們車上了。即使荷爾谷地綠意盎然，我們還是覺得那真是一個悲慘的地方。

席比指著山腰說：「那兒有個警察崗哨，有時可以透過無線電取得聯繫，當然你一定得要有無線電對講機。」

「我們有無線電對講機嗎？」

席比說：「沒有。」

「不壞，」巴洛斯說：「這個崗哨起碼讓我們不用擔心吉魯巴族會從遙遠的阿比西尼亞跑來，把我們通通殺光。」

「嗯，」席比說：「除非他們繞道走，不然一定要先經過北荷爾的警察哨。但你知道，突襲是真的有可能發生。吉魯巴族每天可以步行將近四十五英哩，而且通常在警察發現前突

11 巴拉戈伊（Baragoi），是肯亞一個著名的市集城鎮，位於馬拉臘爾北方。

襲就已進行，然後閃電離開。」

我說：「我們大可到納紐基[12]的溪流釣魚。」

「往南朝蒙巴薩一帶也不錯。」巴洛斯說。

「喔，但是那些地方都不如北方這麼有戲劇性，」席比說：「一九五七和一九五八年，吉魯巴人在湖的西岸屠殺了許多圖爾卡納人，報導說死亡人數高達一百六十，但是實際上一定更多。明天天亮後，我再指給你們看一個叫波爾的山丘，一九五四年，吉魯巴人將那兒的圖爾卡納族全殺光了。」

「這個地區是有點亂，」席比勉強避過一個路面的顛簸處，繼續說：「在肯亞和衣索比亞兩國邊界，任何人只要膽敢佩帶武器出現在波爾和南荷爾以北，一律格殺毋論。在北荷爾另一邊巡邏的政府官員，身邊一定有一組十人護衛隊。你只要想到整個馬薩比特地區，包括拉撒麥斯[13]——巴洛斯，你知道那有多遠——到整個魯道夫湖的東岸，只有四十八個肯亞警察的話，事情就變得很棘手了。喔，當然，還有『復仇者』。」

「到底什麼是『復仇者』？」

「有點類似游擊隊或步兵團之類的，由索馬利族、瓦康巴斯族——任何部族組成，只要他們驍勇善戰。這些可都是菁英部隊。汽車在這裡發揮不了太大作用的。」為了強調這一點，席比駛過一塊大石，把我們的牙齒撞得咯咯作響。「都是因為這些熔岩。『復仇者』天未亮前出發趕往發生紛爭的地點，一天中最熱的時候午休片刻，通常晚上九點到十點左右抵達目的地。多少有點像《火爆三兄弟》[14]一書裡的騎兵隊。老實說，這一帶還沒有完全開化。」哈利說。

我說：「在馬拉河[15]釣鯰魚非常棒。」

「馬林迪[16]最適合釣魚了，」巴洛斯說，「而且還可以攔到便車去桑吉巴或拉穆看走私象牙的獨桅帆船。我聽說在馬林迪附近釣魚真的不錯。」

「哎呀，但在那些地方一點都無法感受到鄉野真正的美妙。」席比回答，你幾乎可以感受到他苦澀憤怒的語氣，但之中似乎又交纏著美好的想念。「觀光客太多了，而且缺乏神

12 納紐基（Nanyuki），是肯亞中部的一個商業城市，位於肯亞山的西北方。
13 馬薩比特地區（Marsabit District），是肯亞東部省的一個地區，位於肯亞北部，包括北荷爾（North Horr）、薩庫（Saku）、拉撒麥斯（Laisamis），三個部分。
14《火爆三兄弟》（*Beau Geste*）法國文豪大仲馬所創作的一部小說，描寫法國騎兵隊在非洲的冒險故事，曾多次被改編搬上大螢幕。
15 參見頁199，註4。
16 馬林迪（Malindi），肯亞濱印度洋的一個城市，是加拉納河（Calana River）的出海口，距肯亞第二大都市蒙巴薩一百二十公里，從西元七世紀開始就因經商貿易而繁茂，中國冒險家鄭和也曾到過這裡。桑吉巴（Zanzibar）和拉穆（Lamu）也都是濱印度洋的城市，商業極其興盛。

話，現在只剩下山羊了。」

「什麼山羊？」這個問題一定是我問的。

「南島上的山羊。南島上除了大山羊外，什麼都沒有，可是卻有點兒鬧鬼。沒有人真的知道山羊和鬼從哪裡來，但是牠們確實存在。我親眼見過鬼，也射殺或用陷阱捕捉過幾隻，當然我說的是山羊啦。」

就在席比鉅細靡遺地向我們解說的同時，我們這台「鐵娘子」仍舊哐噹哐噹地往前邁進。「當地人相信，南島曾經一度和大陸相連。島嶼底部有一股湧泉，澈布族人養的牛就是在那兒喝水的。這股湧泉神聖不可侵犯，乾季時它會枯涸，但誰都不准挖掘、破壞它。但是有一天，一個懷孕的朗迪耶族婦女，帶著一群山羊到了那裡，她為了取水挖了地，湧泉突然間往外噴發，最後大水將整個地區都淹沒了。

「她和她的山羊爬上山巔，把兒子生了下來，據當地人的說法，兒子後來和他的母親結婚生下了後代。事實上，真的曾有人住在島上，因為一九二一年時，衛維恩．富克斯爵士[17]曾經在島上發現房子的遺跡，還有大量的手工製品和山羊。曾有兩個科學家試圖到那裡勘察，但後來就音訊全無。不過喬治．安德森——巴洛斯，你應該知道他，他是邊境管轄區的新看守人，養了一頭母獅子——和他的太太三年前到過那裡，發現一些石堆和一個空威士忌酒瓶，所以那兩位科學家一定是在他們返回東岸的途中迷路了。」

「而且，」席比說：「雖然現在已經沒有人住在島上了，但島上還是會傳出火光。」

「我可不想在沒有人煙的地方看到火光。」我說。「那些山羊如何？」

「你不會相信的，」席比說：「這些山羊的角比我所看過的都還長上一倍，鬍子也幾乎有兩倍長，足夠當冠軍羊了。」

巴洛斯說：「我相信在阿斯河畔[18]釣魚一定很精采，而且那兒很接近奈洛比，雖然沒聽說那兒有山羊。」

「我們最好停下來，」席比說：「現在是晚上，那部該死的載貨車落後我們太多了。真可惜，我們必須摸黑到達，其實在大白天能看清四周時衝下死亡谷，才能真正測試一個人的膽量。」

我們現在停的地方已經夠恐怖了，而且是在一個高聳的山丘頂上。山丘？真是見鬼了，這根本是一座高山嘛！我們滿懷希望，希望看到那部貨車搖曳不定的車燈趕快出現，不過什麼也沒有，只有風猛烈地咆哮著。

---

17 衛維恩．富克斯爵士（Sir Vivian Fuchs, 1908-1999），英國人，是第一個完成跨越南極的探險家。

18 阿斯河（Athi River），肯亞首都奈洛比附近的一條小河川，同時還有一個以此為名的城市。

「真希望我們能回到剛才那群駱駝那裡，」巴洛斯說：「至少牠們看起來很滿足。」我們剛剛經過一大群數以千計的駱駝，在那個地區，澈布族人的財產是以駱駝的數目來計算的。因為是他們的財產，所以不能射殺牠們，但你可以擠牠的奶、吃牠的肉、穿牠的皮毛、騎牠，讓牠背負你的行李，駱駝還有個好處就是駝峰能儲存脂肪，而且牠們很久才喝一次水。

「載貨車來了！」席比終於說：「各位，繫好安全帶，死亡谷，我們來囉！」

我們抵達溪邊營地時已經是半夜了，六十五英哩的路程花了我們整整十四個小時才走完，而且最後三小時根本就是直直衝下熔岩覆蓋的高山。我們的車子就像山羚一般，必須用後半部的車身抵住石頭，才不會有滑落的危險。最後的幾英哩則是沿著湖岸走，底下盡是光滑的頁岩，車子就像開在冰面上一樣滑溜。

「到家啦，」席比說，我們到了一間幾乎像是茅草搭蓋的皇宮，「我去讓發電機暖一暖，一會兒我們就有燈了。」

但沒多久他就回來了，這個老是帶來壞消息的傢伙臉上掛著快樂的笑容：「發電機不會動，看來我們得靠防風燈了。」

領隊珠瑪走了進來，用斯華西里語連珠砲似地說了一串，我聽到「齋戒月」這個字眼不斷重複了好幾次。

「這些隨從不是很高興，」席比說：「這裡很熱，在伊斯蘭齋戒月期間，他們從日出到日落都不能吃喝。更何況大部分小夥子跟著考察隊已經在這裡待了六個多月了，又跟著你外出狩獵了三個月，珠瑪的臉色跟舊靴子一樣臭。」

「我也一樣。」我說。

巴洛斯說：「聽說科羅拉多州丹佛的郊區很適合釣魚。我們這幾天花的時間都足夠到那兒去了。」

「哎呀，明天早上你就會愛上這裡了。」席比說：「等冰箱開始運轉─如果發電機動得起來的話──然後我們就可以坐上『湖之女神』號出航，嗯──如果她還沒沉的話。」

「吃點東西再睡覺吧。」我說，「有什麼馬上可吃的食物嗎？」

席比說：「這個嘛，我們有一些鮪魚和沙丁魚罐頭。」

他才說出口，我和巴洛斯立刻粗暴地把席比壓在地上，決定宰了他。「魚！」虧他說得出口！

「我們終於到達目的地啦。」次日清晨，當珠瑪端著茶過來時，我對他說。

「Mbaya!」珠瑪說；「魯道夫，『Mbaya』」（在斯華西里語裡，「Mbaya」是「壞」的意思）。

「Hapana mbaya」我說，「Hi m'zuri sana」意思是說：「很好，非常。」

「魚！」珠瑪咒罵著從牙縫裡擠出這個字眼。「大老遠跑來釣魚，我應該和我的妻子們在一起才對。我以前大概在這兒待過六個月。這個地方沒變，湖水沒變，人也沒變。『Mbaya kapisa sana』。」

這趟史上最久的「釣無魚之旅」進入第三階段，我們所受的折磨也已經堂堂邁入第三天了，但我們的釣魚線還是乾的，也始終還沒看到那個湖。這是一個很少有人親眼目睹過的湖，據調查，這個湖深三百六十五英呎，長一百三十五英呎，最寬處達三十五英呎。湖裡滿滿都是活蹦亂跳的虎魚、尼羅河鱸和吳郭魚——據說是一種很好吃的魚。

「Mbaya」，珠瑪長著一個獅子鼻，半剛果阿拉伯、半基庫尤混血的臉龐上，已經完全沒有笑容了。「所有人都很壞，不一樣壞：吉魯巴族殺人，朗迪耶族殺人，圖爾卡納族殺人，博隆族很壞，澈布族很壞，當地人全是笨蛋。所有人都很壞。天氣太熱，整天都像火燒，但穆斯林不能喝水。」珠瑪的臉現在看起來像是融化的橡膠靴：「除非等到太陽下山。」

這些隨從們不但備受煎熬，而且整年不斷參與狩獵旅行也讓他們十分沮喪，因為他們根本就沒機會花掉所賺的錢。他們想回家和妻子相聚，看看他們的牛群和山羊，並且再也不想待在這個酷熱的地方。這兒的火山熔岩看起來就像月球上的山脈，神祕的湖泊裡滿是鱷魚和河馬，而在靠近衣索比亞那一帶還有殘暴的吉魯巴族。

「你不會喜歡這兒的人的。」珠瑪說：「全部都是『shenzis』。『Burri』。吃魚的人。野蠻人！」

「但是釣魚很棒呀，」我說：「而且這兒很舒服。」

「我還寧願待在被土狼和狒狒包圍的帳棚裡。」珠瑪喃喃自語，拖著他的工作服走了。

這個營地是邁阿密大學科學考察隊的舊據點，當我們四處巡視，發現它還真是個迷人的營地，是我在非洲見過最奢侈華麗的。

哈利．席比和約翰．蘇頓考慮到科考隊可能帶來的營收，在這個有條潺潺小溪流過的無名之地，用棕櫚和茅草蓋了一處人間天堂。房屋的樑柱大概有二十五英呎高，高大的棕櫚樹為主屋提供了清涼的庇蔭。這兒有一間供科學家們工作的研究室，一間給男士們住的大宿舍，一間可上鎖的廚房，幾間專門讓夫妻或者偶爾來訪的女士們居住的獨棟小屋。

發電機現在可以運作了，冰庫和冰箱嗡嗡地運轉著，建築物裡的燈全亮了起來，衛浴設備重新恢復功能，收音機裡甚至傳出了倫敦的ＢＢＣ新聞。席比和他的助手們打造了這個休閒領域最奢華的釣魚營地，甚至還擺了一張沙龍椅，坐在那兒可以清楚地一覽湖景和神祕的小島。

「我們其實沒那麼瘋狂，」巴洛斯，這位旅館老闆這麼說。「到了這裡以後，我一點都不想回家了。」他比了比主屋的屋簷，高抬的裙狀設計讓微風可以不斷吹進來，拂過橫樑，在整間房子裡流動著。這位來自利物浦的愛爾蘭人說：「即使這兒沒有魚，我也不想回家了。」

「會有魚的。」席比刮過鬍子洗完澡，清清爽爽地出現在我們面前。「別花腦筋想魚的事了。你們覺得這兒怎樣？」

「很不錯！」我說：「如果下次可以搭飛機來的話。當然還得要有魚才行。我得等看到魚之後才能下定論。」

「你看得到魚的。」席比說：「一會兒我們就到湖邊去看看『湖之女神』是不是還在，就算她沉了，我們還也是可以在湖邊垂釣。大魚自己會游到草叢裡來。你只需要注意鱷魚，牠們也會自己跑進草叢來。」

「我想我應該離草叢遠一點。」布萊恩．巴洛斯說：「反正我也『姆』（ain't）會損失什麼。」

「真該有人重新教教這小夥子講英語。」席比說：「打從他認識你開始，我就沒聽他講過標準英語。」

「聽聽是誰在說這話，」巴洛斯說：「你還不是偶爾會把『不會』（aren't）講成『姆會』（ain't），少在那邊得意洋洋了。」

席比說：「我才『姆會』（ain't）看不起『姆會』（ain't）這個字。魯瓦克可是靠這南方口音賺了不少錢哩。走，釣魚去吧。」

把船底的積水抽掉後，「湖之女神」的情況還是蠻好的。我們頒發給席比「謹慎船長」的頭銜，因為他堅持不肯把船駛出愛爾摩洛海灣。這真是明智的抉擇——沒人相信魯道夫會刮起大風，直到你被吹得滿地找牙。

「待在海灣裡就蠻好了，」我說：「出去又不會有什麼好處。」

顯然我們整隊都是懦夫，因為根本沒有任何人有異議，包括麥希克，這個跟隨我最久、也是我最信任的扛槍手，他根本就沒上船。這位齒縫很大的瓦康巴斯人是我見過最勇敢的人，他說他是大象獵人和食人族，上這艘大「瑪吉」一點用處也沒有。麥希克坐在岸邊，正在清理我打到的栗樹鴨和突鼻雁的羽毛，他只要遠遠地看看這艘船就很滿足了，畢竟他曾經參加了搬運「湖之女神」的陸路之旅。麥希克很富有，他有很多個老婆、很多羊、山羊，和牛，他還想留一條命好好地享受後半輩子。

你可能看過席比和我的照片了，那讓我形容一下布萊恩．巴洛斯這個四處漂泊的釣魚客吧。他的外表看起來像是布藍登．畢漢[19]和亞述帝王的綜合體，如果讓他穿上短褲，戴上低垂的稻草帽，活脫脫就像是個盛裝打扮的牙買加農夫，簡而言之，恐怖極了！他是我認識的人中，真正勇敢的人之一，但個性卻溫馴得像隻小羔羊，要不然他也不會一開始就跟我和席比跑來這個蠻荒之地了。

在「毛毛運動」[20]的那段日子，有一輛載著九位老女士的車抵達布萊恩的旅館，剛好遇上一位肯亞的殖民者開槍打死一個經過歌劇院前的土著。一位嚇壞了的老女士轉頭問布萊恩：「告訴我，年輕人，」她的聲音微微顫抖著：「這個旅館安全嗎？」

「萬能的上帝啊，一點都不。」這位旅館經營者脫下他的外套，向大家展示他的繃帶：「看看那些王八蛋昨晚對我幹了些什麼好事！」在布萊恩管理這間旅館的期間，他的老式空氣槍被砸爛過三次。

我們還是繼續講釣魚吧。巴洛斯的魚鈎被某樣東西卡住了，我們一致認為那是塊大石頭，因為這東西一動也不動，即使「謹慎船長」讓「湖之女神」開足馬力往前衝，也是一樣。從蒙巴薩來的斯華西里人阿利，很懂船，是我們這些人當中唯一稱職的水手，他察看了一下船側，然後坐進小船，試著把線解開，就在這時，那顆石頭竟然動了起來。巴洛斯花了十五分鐘用力拉扯的東西，竟然是一條偽裝成石頭、重達六十磅的尼羅河鱸。

好啦，我們釣到魚了。我釣到兩條：一尾虎魚和一尾河鱸。但我損失慘重，因為這些虎魚吃掉了我的假餌。但在淺水區卻抓到了不少魚，因為我們派遣當地的摩洛小夥子用網子去撈魚。冰庫運轉的情況良好，所以我們把一些魚冰凍起來，好讓每個人都可以帶點回家孝敬他們的媽媽。

冰庫之所以能正常運轉，是因為第二天我們暫時停止釣魚，好讓席比和麥希克有時間把脾氣難以捉摸的發電機拆卸下來好好修理一番。要取悅席比一點也不難，你只要在他的耳邊講點好話，遞給他引擎的替換零件，他就會像隻小雲雀一樣哼起歌兒來。

但發電機修好了我們還是沒去釣魚，因為這兒有各式各樣的消遣，像是聊聊文學，調整調整臨時飛機跑道旁的風向標，因為很可能會有漂亮女孩搭飛機來拜訪我們呀，這整整花去了我們一天中最美好的時光，結果根本什麼事也沒發生。唯一一個美麗女孩，是我在回程路上看到的，而且她還有個雙胞胎姊妹。我剛開始很想把她們兩個買下來當成禮物送給席比的

19 布藍登．畢漢，（Brendan Behan, 1923-1964），愛爾蘭作家，其作品充滿對英國殖民主義的批判以及愛爾蘭國家主義的鼓吹。

20 參見頁171，註3。

媽媽，不過最後還是打消了這個念頭。畢竟她們是赤身露體的澈布族少女，而且真的太漂亮了，當作禮物送人實在有點兒說不過去。

「湖之女神」上有個冰箱，不過船上的發電機也不太穩定，所以我們花了點工夫修理；有個捲線器也卡住了，又費了一番功夫整頓。然後我決定去獵鴨，也用了點時間；最後我們去獵鱷魚，那花費的心力可大了咧。

告訴你吧，比起和席比一起打獵，讓駱駝穿過針眼都顯得輕而易舉。如果他沒有一座山可以讓你走到氣喘吁吁，他就會花一年時間自己造一座山來達成他的目的。

你也許認為，坐在船上是追捕鱷魚最好的方法。但並非如此。我們得把船停靠在山的一邊，然後躡手躡腳地越過巨型圓石，到達一個理想位置，因為在那裡即使沒有射中鱷魚，我們還是可以編造出很好的理由，大搖大擺地回去見巴洛斯。在「湖之女神」冒著危險，下錨停靠在湖岸邊的這段期間，他是旗艦總司令官。

我實在得說，席比這位「謹慎船長」的射擊技術還真是高超。他現在正熱衷使用點243的溫徹斯特步槍，這個小玩意兒是我到目前為止所見過彈道最平直的來福槍。他可以從五百碼外遠的山上，往下瞄準鱷魚眼睛下方不比一顆橘子大的地方。這隻鱷魚潛下水面，然後在六百碼遠外的地方又浮了上來，席比能瞄準的部位變得像檸檬般大小了。但他一扣下扳機，鱷魚還是應聲翻倒，露出白色腹部在水裡翻滾著，作臨死前的掙扎。

後來我們才發現，這隻鱷魚不是哈利一開始就瞄準的那隻。第一隻鱷魚病懨懨地，在「湖之女神」下錨的那個湖岸邊就可以幹掉牠，我坐上小船去完成這項使命，這才發現真正打鱷魚的方法。要瞄準的不是牠的眼睛下方，而是它那略微上揚、齜牙咧嘴、不懷好意的嘴角後方。

我用膝蓋穩住身體，砰地一聲開槍擊中牠，牠四腳朝天，身體不停地抽搐著，顯然已完全癱瘓。這還不算大功告成，我把小船拖上岸邊，然後在一英呎遠的距離外開槍轟爛了牠的腦袋，現在，牠才真的是我的了。我們把這隻鱷魚拖回營地送給當地的摩洛人。一天又過去了。

隔天，我們拍了些照片。雨雲逐漸靠近，所以我們檢查、修補了房子，替存糧做好防水，也確認發電機一切正常，還得發薪餉給當地的雇工。珠瑪和其他的隨從自始自終都不太開心，因為即使在天氣涼爽的時候，齋戒月就已經夠難熬了，更何況在魯道夫湖這兒，一定要猛喝冰水才能解熱呢。我們的冰庫裡凍滿了摩洛人為我們網來的魚，還有少許栗樹鴨，這種鳥肉是我吃過最令人讚賞的美味了。我釣到兩尾魚，席比和巴洛斯一條也沒釣到，而那些摩洛族的小夥子們則用手拋網捕到了不少。

離開的時刻到了。我們的車子直直爬上陡坡痛苦地離開死亡谷，在巴拉戈伊附近紮營過夜。我們就是隔天在馬拉臘爾遇見那一對澈布族可愛少女的。幾乎同時，每個人都大叫「Wacha」，意思是「噢，不！」。我們已經離家太久了，尤其是對那些有好幾個老婆的穆斯林而言，更是如此。

我們的油箱在半途中塞住了，所以又連續停了好幾次車。感覺像過了好幾年，我們終於抵達了哈利在利穆魯的農場，渾身塵土、滿臉鬍渣，真是狼狽極了，全身的骨頭也都快散了。

席比太太站在門邊迎接我們這些英雄，她問：「抓到魚了嗎？」

「抓到了一些，」我們回答，「夠多了。」

回到奈洛比的隔天，每個人都問：「你們這些小夥子到底跑去哪裡了？」

「釣魚去了，」我堅定地回答，並且隨時準備撲向嘲笑我的人。「我這輩子從來就沒有這麼快活過。」

這是真的，因為就如爺爺他老人家常說的：「釣魚並不是真正發生的事，它只是一種你的心理狀態。」

18 平底鍋裡的魔法

每年九月，當秋天降臨，樹葉低聲呢喃，微風日漸涼爽，狗兒們開始騷動不安，我好像總是容易比平常更覺得飢餓。就如同哈維爾．巴博卡克[1]所說的：「我的健康在十一月時比較好」，十月來臨時，我胃裡發出的咕嚕咕嚕聲，也比平更來得喧鬧。

這並不是說，夏季的奶油拌豆和甜玉米比不上經過霜雪的南瓜美味，或說一整串鮮紅欲滴的番茄和各式各樣的生猛海鮮就不夠營養，而是因為它們缺乏秋天的味道，那是一種帶有煙燻香味的酥脆口感。更不用說，十月還有令人興奮的露營野炊，那可是在後院烤肉所無法比擬的。

爺爺曾經說過：「如果我這輩子能重新來過，我想生為黑人，然後當一個跟著獵人們到處跑的專業獵廚。對我來說，能照著自己想要的方式過自己的人生，總好過當個陽光下的死

1 哈維爾．巴博卡克（Havilah Babcock, 1920-1964），美國自然文學作家，參見頁 31，註 2。

豬，這比當一個探險家要實際得多了。」

現在這個行業或許已經沒落了，但是以前真的有不少專業的獵廚。他們只在釣魚和打獵高峰的季節工作，一年大約只工作六個月，其餘的六個月就賦閒在家，靠「囤積的脂肪」過日子。

這些獵廚並不是僕役，他們的廚藝給予他們專業的地位，就像加拿大的專業嚮導，或非洲的專業獵人一樣。他是野外廚房裡的獨裁者，不容許別人干涉，不接受任何建議，而且還可能還嚴厲地批評雇主打獵或釣魚的技術。

非洲狩獵隊中有些經驗豐富的廚師，我最近遇到的艾利或曼第，就是最近似獵廚的一群人。艾利是來自東非海岸斯華西里的的半個阿拉伯人[2]，如果我還需要多一位父親，他絕對是個好人選。他臉上有許多像鹹菜乾一樣的皺紋，膚色是接近中間調的棕色，他可能是我這輩子在世界上遇過最好的廚師了。曼第是瓦康巴斯人，在這個圈子已經待了很長的一段時間，大約三十年前當菲利浦．西瓦爾[3]第一次帶歐尼斯特．海明威到非洲狩獵時，他就已經是團隊中的第二把交椅了。

他們都是非常高尚的非洲人，對專業非常執著，也很討人喜歡，和流氓似的珠瑪正好相反，珠瑪看起來就像是米奇．魯尼[4]的翻版，有幾分神職人員的樣子。他牙齒前排戴的一副金牙，就是在最後一趟探險旅途中，用花言巧語從我這兒騙到的。他說這是他應得的，因為他有條不紊地檢查過我的旅行箱後，發現我這兒並沒有值得偷竊的東西，他自己的衣服甚至還比我多呢。

無論他們來自何方——蒙巴薩、馬查科斯[5]、南港或是北卡羅萊納州，這些非洲獵廚都擁有一個共同的特點，就是他們可以只用一個餅乾錫盒，一只小鍋鏟，加上一堆燒紅的煤炭，就能像變魔術一樣，作出一頓讓法國料理主廚嫉妒得要死的美味。我從來不知道他們是怎麼辦到的，但是他們就是做得到。

舉例來說，我的老艾利可以同時操作不同熱度的炭火，烹飪不同的食物。他在餅乾錫盒上烘烤淡金黃色的硬麵團，用烈焰微微烘炙肉片後再移到另一個爐子上用餘燼繼續烘烤，又可以同時在另一堆炭火上料理鳥肉，再在第三堆炭火上熬腿肉湯，在第四堆炭火上煮義大利麵，或

2 Coastal Swahili，Swahili 是阿拉伯語，意指「海岸」。過去阿拉伯地區用 Swahili 泛指非洲地區的海岸，尤其是東部的海岸。從一千五百年前起東非沿海的貿易即極為繁盛，與東亞、印度與阿拉伯世界的往來極多，文化中吸收相當多伊斯蘭的精髓，因此有這樣一個名詞出現。

3 菲利浦．西瓦爾（Philip Percival），聞名的專業獵人，其帶領作家歐尼斯特．海明威的非洲狩獵之旅，促使海明威寫出了多部關於非洲狩獵的書。

4 米奇．魯尼（Mickey Rooney, 1920-2014），著名美國演員，奧斯卡金像獎、葛萊美獎得主，演過許多喜劇角色，最近的《博物館夜驚魂》一片中，也曾飾演三名資深館員其中之一。

5 馬查科斯（Machakos），是肯亞的一個城鎮，距首都奈洛比東南方六十四公里。

者還用另一堆炭火幫剛獵殺到的大角羊保溫，好讓肉在隔天仍舊可以保持柔軟，適合烹調。

我的妻子是個很棒的廚師，她的經驗豐富，做菜時又極富想像力，但她這輩子只試過一次想改變艾利的烹調方式。那回當艾利照著她母親的食譜，烹調出自己的糖漿培根混洋蔥特殊豆類料理時，竟然比老太太做的還要美味許多，她氣得把廚師帽甩在地上，決定再也不干涉艾利了。有次在令人驚奇的坦噶尼喀中部，艾利送上了盛在玻璃盤上的石榴汁澆烤珠雞胸肉，搭配舒芙蕾這道甜點，那輕飄飄的舒芙蕾可是要牢牢抓好，否則真可能會從餐桌上飛走呢。

當我還是個孩子時，卡羅萊納也有一些像艾利一樣擅於野炊的黑人。我記得，其中最出色的一個是個假釋的殺人犯，但光是他把新鮮鹿肉丟到山胡桃木上烤出來的香味，就已經值得法院赦免他的罪過啦。他會把還沒拔毛的鴨子周身裹上一層稀泥直接放在火上慢慢烤，直到羽毛隨著被烤到焦乾的泥巴一起脫落。他也用同樣的方式料理魚，讓魚鱗隨著泥巴一同剝落。我不知道這位紳士因脾氣暴躁被送入監獄的詳細情形，但我知道如果你給了他足夠的玉米酒和自由，他可以把像鷺鷥叫聲般難聽的老舊曲調，唱成一首美妙的交響樂。

職業的獵廚有幾項特質。首先，除了斯華西里人以外（他們是不被允許喝酒的穆斯林），沒有一個我認識的獵廚，不是在工作時喝得醉醺醺地。他們喝得越醉，煮出來的佳餚就越美味。

還有，他們的野外廚房不容許任何人干預。當你走向火堆，親切地想給他一些關於燉鵪鶉或是兔肉雜燴的建議，一定會得到刺耳的回應，還不如省點力氣，多打點鵪鶉，或者帶回點好兔肉。除此之外，他們還常噘起嘴，吐出一長串的不滿，像是：「俺的嘴裡一直等著吃鹿肝哪，可是就沒有人能打隻雄鹿回來，你們這些紳士怎麼能指望我料理出我根本拿不到的食材啊，不是我說……。」

為了脫身，你就不得不到外頭隨便抓一隻長角動物，即便是隻走失的山羊也好，就只為了讓他閉上嘴。

如果到靠海的地方打獵，生蠔一定是菜單上的要角，蠔和魚——藍魚或鯖魚之類的，肥嫩的油脂滴到吐著藍色火舌的小火堆上，烤得滋滋作響。生蠔用海草包起來蓋著悶烤，每當我想到這些整個兒浸泡在灑了胡椒和滾熱奶油裡的美味烤蠔時，就只想坐下來大哭。還有肥美的鯖魚，魚肉在燒烤中鬆散裂開，淌下來的油脂滴在火堆上，讓火苗直往上竄，只要灑上些許胡椒和一點點醋……，噢，老兄，把盤子遞過來吧。

不知道為什麼，用帶著落葉清香的溪水煮出來的咖啡，總有一股獨特的味道，而混雜著濃厚煙燻味的雞蛋及培根——我說的可不是那種切得薄薄的細條狀培根喔，而是像樣的肥豬肉厚片——更是一場愉快的冒險。還有用來替燉豆子調味的鹹豬肉，簡直是把美味提升到一種藝術的境界。

鼴的長相也許令人反胃，因為牠的確是種骯髒的動物，但是，摩斯族人和伊克族人卻頗有天分可以把這種有袋屬動物用甜馬鈴薯和洋蔥作出一道美味的珍饈，不知道的人還以為他享受的是什麼法國美食呢。同樣的，我一直逃避吃非洲疣豬的肉，直到獵人唐·包斯費爾德強迫我嘗了一口小疣豬的肉。相較之下，美國豬肉的味道就變得讓人討厭了。非洲疣豬是種好動的動物，大量的運動使牠們的肉質不含太多脂肪，就像鳥肉一樣精瘦結實。

我要在這裡插一段話，談一談我曾嘗過的大象心臟，它在嘴裡嚼起來一點也不特別，就像吃橡膠一樣堅韌。大象的腳掌則很像醃漬豬蹄，有著類似的軟骨細胞結構。我曾經建議艾利如何燒烤南非大羚羊里肌肉，結果烤出來的肉連土狼都不屑一顧。不過烤蚱蜢的滋味還不錯，吃起來有點像是裹了麵糊的蝦。

我總覺得，老一輩獵廚烘烤的麵包，是把麵粉或玉米粉的美味發揮到最淋漓盡致的作品。以前有個體型魁梧的黑人紳士，名字叫喬，他在大沼澤[6]裡一個常有蛇類出沒的營地為不久前才去世的的保羅·杜雷工作。他可以用火烘烤出一種如蛋糕般鬆軟、黃澄澄的玉米麵包。此外，喬做玉米餅也很有一套，真的好吃極了，只要刮掉表面的炭灰，就能一口氣把所有餅吞下肚去。用這種玉米餅配上帶著點泥土味跟牡蠣味的奶油一塊兒吃，那味兒真叫人心醉神迷，實在該去註冊申請專利的。

和大多數的獵廚一樣，喬也是一個有特殊癖好的情人。不像其他喜歡送蘭花給女士們的人，喬用兔子向女性表達愛意。以前我們到葡萄柚溪谷打獵時，喬總是威脅我們一定要獵到野兔，因為他已經把目標鎖定在山坡那一邊某個肥妞的身上了啊。

有一回保羅、我、李．希樂斯還有渥爾克．史東（後面兩位是聲名狼藉的報社主管），駕著一輛老舊的汽車到大沼澤打獵。我們命令獵犬追逐一隻野豬，牠們咬著野豬的耳朵把牠帶了回來，我們把這隻未成年的小野豬剃光了毛，然後放進車後的箱子裡。

回到營地以後，我們告訴喬這趟的運氣很差，連一隻兔子都沒有打到，不過獵犬們倒是活逮了一隻兔子，就放在卡車後面的飲料箱裡。喬馬上走出去取他那隻用來向女士們獻愛的兔子，不久卻滿臉蒼白一臉傷心地回來。喬說：「俺打開箱子，發現那隻兔子衝著我咆哮，俺不希望卡車裡有隻會咆哮的兔子！」

喬和我們這群流氓在一起其實很辛苦；有一次杜雷帶喬搭他的船去巴哈馬，但是那次天氣遭透了，喬暈船暈得非常厲害，連他的紫黑色皮膚似乎都比平常更黑了。後來他告訴我：

6 大沼澤（Everglade），位於美國佛羅里達州南端，是美國最大一片的亞熱帶溼地，為現今大沼澤國家公園的所在地。

「俺向上帝和另外三個見證人發誓，俺絕不再跟杜雷先生出海去了。」

喬將他工作以外的時間全都奉獻給了羅曼史——雖然在巴哈馬他並沒有兔子可以料理成主菜。他自暈船的陰影中恢復以後，身旁很快就圍繞了一群漂亮的女人，這就足以證明他的那段日子有多浪漫。我好奇地問喬，他到底是如何快速勾搭到這群美女的？

他說：「鮑伯先生，俺告訴你，那真是太簡單了。俺只要上岸先跟一些難看的老妞兒打情罵俏，然後消息很快就傳開來啦。」

這段日子以來，我的生活裡充滿了高貴的、愚蠢的、各式各樣的人，讓我幾乎忘記了山胡桃木燃燒時散發出來的氣味，是如此簡單而美好。在破曉的微光中，濃濃的非洲腔唱著「Go Down Moses」，配上油炸麵包夾上熱呼呼煎蛋與培根所做的美味早餐三明治；獵犬們低聲嗚嗚吠著，渴望盡快獲得自由；煮滾的咖啡冒著泡泡，像是邀請你快快來上一杯；槍油的味道，天空中最後消逝的一點星光，所有的一切都好像在向你承諾，美好的一天即將展開。晨露沾濕狗兒們的鼻子，還有一位像喬一樣用平底鍋創造奇蹟的獵廚，讓你在拖著疲憊的身軀回到營地時，即使累得半死，卻仍有一股莫名的幸福藏在心頭。

你知道嗎，我覺得爺爺說的真對，我等不及想重生為一個黑人，並且要當一個獵廚，替一群喜歡釣魚和打獵的有錢大爺工作，那麼我就可以卸下身上這個寫作的重擔了。

19 不打不成器

每次我從報紙上讀到，某個年輕惡棍因為蓄意謀殺，或者因為無緣無故對人施暴被起訴，或是看到一張白手起家創業成功的董事長照片，屁股總好像傳來一陣清晰的刺痛。因為當我還只是個小男孩的時候，屁股上可著實挨了不少頓好打，最後才終於學會了如何遵守規定和秩序。我有時會想，在那段成長歲月裡，我們是否太少鞭打小孩和狗兒們了，要不然應該就不會發生這類年輕人搶劫陌生人、離婚，或攻擊長官的事情了。

這個想法，不久前突然浮現在我的腦海裡。我有隻鬥牛犬，牠的名字叫沙奇蒙，外表看起來就跟牠的同名者，以小號演奏和沙啞歌聲聞名的路易斯．阿姆斯壯[1]一模一樣。炎熱的天氣，再加上從未正式或非正式地和母狗接觸過，讓剛滿三歲（以人類的年齡來算相當於二十一歲）的小沙奇蒙變得十分興奮。

1 路易．阿姆斯壯（Louis Armstrong, 1901-1971），美國著名的爵士小號手，同時也是聞名音樂界的爵士歌手。他的暱稱就是 Satchmo，據說是因為他有一張大嘴巴，又吹小號之故，所以朋友們都叫他 satchel-mouth，意思是書包嘴。

當時，少年犯沙奇蒙正在發情期，在路上遇見了一隻正在過街的母狗，突然牠就將滿腔興奮發洩在牠毫無警覺的主人身上，無緣無故地展開了兇猛的攻勢。在這場混戰中，我發現自己赤手空拳用力揍著這隻三歲鬥牛犬的頸背。雖然最後我渾身掛彩，一隻浮腫的手上，留下了兩道很「體面」的咬傷，但是我的反擊對這隻鬥牛犬而言，並發揮不了什麼作用。

真正讓這位精力旺盛的老兄得到教訓的，是在密室裡的一頓德州式鞭打。我已經很久沒有打過狗了，以致於我忘了狗和小孩一樣，每隔一段時間就該好好教訓一頓。每當回想起幾個不愉快的下午，自己在柴房裡所領教過的鞭打，我的屁股就會傳來一陣刺痛。「不打不成器」，是我小時候常在家裡聽到的一句話，因此我很確定我沒有被寵壞。

現在，沙奇蒙也學乖啦，讓人幾乎可以拍拍胸脯保證，牠再也不敢咬牠的主人了。不可思議的是，一頓毒打竟然可以讓曾害主人顏面盡失的嬌縱小犬，脫胎換骨成一隻成熟的狗兒。沙奇蒙從此展現出了孑然不同的高尚品格，牠正確地服從命令，不會跳上不屬於牠的沙發，或者撲到客人身上。同時，即使不敢完全確定，但牠似乎偶爾會尊敬地望著你，我想我早該在幾年前就好好教訓牠一頓了。

至今為止，我遇過兩位最會訓練獵犬的人，一個是爺爺，另一個是位叫艾利．威爾森的黑人紳士。威爾森也許還比爺爺更厲害些，我依稀記得，他是個小動物都很喜歡他的好人，但遇到特別頑固的小狗堅持要驚飛鳥群，或不尊重其他獵犬的追蹤時，這位好人就會用卡羅萊納人的方式，折一段有彈性的小樹枝，狠狠地修理幼犬一頓，並且每打一下就會喊一次「停」！

這當然讓小狗當下覺得十分不開心，但是很快地，當艾利喊：「停！」的時候，小狗就會把這個字和藤條聯想在一塊兒，然後停止動作。他的狗兒們仍舊精神抖擻，執行尋找鵪鶉的任務時也有不凡的表現。現在牠們是以行政官的嚴謹態度在執勤，而不是像頂著一頭怪髮的飆車族一般，不守紀律地橫衝直撞。

訓練獵犬乖乖拾回獵物是有點兒難度，不過爺爺倒是有一套自己的方法，而且通常都可以達到目的，讓一隻獵犬把獵物原封不動地啣回來。這是個漸進的過程，就像爺爺是先教導我如何小心使用槍枝，接著才教我彈道學和射擊角度一樣——他要我想像用橡皮管裡噴出的水瞄準奔跑中的堂弟。（我長大後成為海軍的射擊軍官，用爺爺教我的方法，我很容易就讓新手們學會射擊活靶時，要瞄準前面一點，好讓子彈能適時命中正確的位置。）

爺爺說：「這些幼犬，不管是山迪、彼特、阿湯，或者是喬，都很容易就把第一次放進牠們嘴裡的鵪鶉咬壞。所以，必須事先制止牠們。你已經在後院裡教會小狗拾回棍子或球，哪怕你是拉著繩子，把牠們一路拖回來的。但你一定要讓牠明白，你所打下的是鳥，不是棍子或球，當你喊『拿來！』時，牠必須完整無缺地把鳥兒啣回來。」

「是的，爺爺。」我記得自己好像是這麼說的。我已經被教會要說「是的，先生」、「請」、「謝謝」，還有在餐桌上，孩子們應該準時出席，但要保持安靜。最讓我痛苦的一次經驗，是爺爺教我如何反擊一個老愛折磨我的小怪物，他的名字叫牛溫迪，只要我敢踏出庭院一步，他就會追著我跑，把我嚇得邊跑邊哭。爺爺拿了一根棍子對我說：「現在這是誰打人比較痛的問題啦。只要你敢從牛溫迪身邊逃回來，我就會拿棍子揍你一頓，直到你回過頭去反擊他為止。」

那場打鬥最後可以算是平分秋色。爺爺把棍子用膝蓋折成兩半，然後給打得鼻青臉腫的我倆每人五分錢去買冰淇淋吃。到現在，牛溫迪和我已經成了三十八年——也許加減一個月——的好友了。

爺爺接著說：「現在注意，訓練一隻小狗完整無缺地把獵物叼回來，光是打牠完全無濟於事。牠年紀還小，而且鳥身感覺是溫熱的，甚至都還是活著的。如果你打牠，牠會以為把鳥啣回來給你才會挨揍，那時候該怎麼辦呢？」

我說：「我不知道，爺爺。」我在爺爺身邊學到許多事情，其中一件便是天真地坦承自己有所不知，是避免自作聰明最好的方法。就某方面而言，爺爺就像個小孩一樣，有時不喜歡被剝奪炫耀自己的好機會。

「好吧，讓我教教你。現在看看你能不能打到狗兒們追蹤的鳥，你開槍射擊後，把老弗蘭克和小狗都喊住，等我去把鳥拿回來。」

弗蘭克盯住一群鵪鶉，我第一次射擊打中了一隻，不過第二發子彈就打空了。被打中的那隻鳥兒，羽毛四處飛散，掉到花生田裡去了。受過良好訓練的弗蘭克，只有聽到命令時才會採取行動，我大喊：「停！」同時伸手把小狗抓住，把兩條狗都控制住了。

爺爺走到鵪鶉墜落的花生田裡，俯身察看那隻被打中的鳥。過了一會兒，他說：「現在緊緊拉住老弗蘭克，然後大喊：『拿來！』，讓小狗過來。」

爺爺一直喊著：「在這兒！」，被放開的幼犬便開始認真搜尋那隻被打中的鵪鶉。等找到了那隻射下來的鳥，牠猛然向前一撲，用那長滿尖牙的嘴巴一口咬下，突然間，牠發出一陣驚恐的吠叫，扔下那隻死鳥，從嘴裡吐出一些羽毛，然後豎起耳朵站在一旁，小心翼翼地檢視著這隻鳥。

「現在，把鳥拿來。」爺爺說：「把牠拿過來給我，這才是乖孩子。」我們在後院的餵食訓練裡，已經教會牠熟悉了這些命令，牠輕輕從地上啣起那隻死鳥，然後拿過去給爺爺，看起來牠很開心可以擺脫那隻死鵪鶉。

爺爺把那隻死鳥交給我，露出得意的笑容。爺爺剛剛露了一手訓練狗兒的老式妙計；他只是拿了一條上面插滿尖銳大頭釘的寬橡膠帶，偷偷綁在那隻死掉鷸鶉的身上。當小狗一口咬下那隻鳥時，多少會被鳥兒身上的大頭釘刺到。雖然小狗的牙齒十分鋒利，但這半吋長的大頭釘可是比狗牙還要尖銳呢。

爺爺說：「牠可能會忘記這次的教訓，下次又開始亂咬獵物。即使可能性很低，你還是把這條寬橡皮帶放在你的獵裝口袋裡，要是牠下次還是亂咬，就再給牠一次同樣的教訓。狗兒可不像人類那麼笨，通常兩次就學會了。」

爺爺認為，對狗兒和小男孩應該要講道理，但如果他們把你的話當耳邊風，就必須用其他方式，讓他們牢牢記住什麼是錯的，什麼又是對的，一定要學會分辨是非。但這只不過是爺爺手中的一個小花招而已，他老人家的妙計還多著呢。

我不知道「緊箍項圈」是不是爺爺發明的。山迪是一隻高大的英國賽特犬，有著檸檬和白色相間的毛皮，牠有個很壞的習慣，老是喜歡偷其他獵犬的獵物，還會打斷別人的追蹤，或偶爾故意嚇飛鳥群，就只是因為忌妒。爺爺和附近鐵匠店的老闆稍微商量了一陣，在一陣火花亂竄後，完成了一個看起來像用尖銳指狀物作成的套索。

「下一次，碰到山迪又想偷弗蘭克盯牢的獵物時，我會把這個東西套到山迪先生的脖子上。牠想衝出去時我會大喊：『停！』，但你不必理會，儘管開槍射擊，接下來的事就讓我處理吧。」

用鷸鶉群引誘山迪落入陷阱其實有一點困難，因為牠是個天才，有著雷達般的鼻子，能夠從風中嗅到遠方的獵物。弗蘭克則擅長盯牢單獨行動的鳥兒，但是牠小心而謹慎追蹤的成果，老是因為傲慢的山迪闖入而無功而返。弗蘭克就像瑞士錶一樣精準，鷸鶉群驚飛四散後，會緊緊盯牢躲在金雀花叢裡的落單鳥兒，但山迪卻老是射程外就把很多鳥兒嚇飛。

有一天，弗蘭克盯牢了一隻躲在灌木叢裡的鷸鶉，山迪像隻貓一樣輕盈且狡猾地跟在牠的身後，正準備偷取弗蘭克的獵物。山迪是如此專注在偷竊上，以至於牠根本沒發現爺爺已經悄悄地把這個奇怪的項圈套在牠脖子上了。突然間，牠往前一竄，掠過弗蘭克的身邊，驚起弗蘭克那躲在灌木叢中的獵物。就在爺爺大喊：「停！」的時候，我開槍射中了那隻鳥兒。

我轉過頭去，看見爺爺手中握著一條鉛鍊，鍊條的另一端是一隻快要窒息的英國賽特犬，牠的眼睛都往外凸了出來。

「我堅信犯了罪就該被懲罰，」爺爺說：「山迪就是個罪犯。我剛剛用的是在英格蘭用來懲罰攔路搶匪的方法，結結實實給山迪上了一堂課：如果你膽敢偷竊，就該被吊起來。

被吊起來可不好受呀，是不是，山迪？」爺爺放鬆鍊子，然後把緊箍項圈從山迪的脖子上拿下來。他拍了拍山迪的頭說：「下一次我喊：『停！』的時候，你就該乖乖地停止不動，然後，」爺爺轉頭對我說：「如果下一次山迪還是不聽話，我們再把這個項圈套到牠的脖子上，用這條為牠量身訂做的套索，『輕輕』地施加一點壓力在牠的脖子上，就像你每次玩弄魚一樣，讓牠精疲力盡，看看我們能不能讓牠培養出高尚的品格。」

我養過好幾種狗：指示犬、賽特犬、長耳狗、有著黑色捲尾巴的雜種犬，還有隻狗兒從外表看來，活像是和麝鼠交配後所生下的雜種犬。牠們都很不錯，會回應我的哨聲，啣回被打中的鳥兒，甚至包括鴿子——這種鳥被射中後，很容易咬得一嘴毛，所以狗兒們不怎麼喜歡。而且這些狗不會偷取屬於其他狗的獵物，牠們會降低速度盯牢落單的鵪鶉，也會注意鴨子落下來的位置，即使牠們跑得太遠，當我招手時也知道立刻反應。

我記得這當中只有一隻狗，是天生就懂得如何做好這些事情，其他的狗都是在後院嚴格的訓練中學習如何遵守命令的：首先，是在餵食和叼球遊戲中教會牠們規矩，接著使用鞭子，最後是出動緊箍項圈和釘著大頭針的寬橡皮帶，把牠們的行為訓練到盡善盡美。牠們大部分都是值得誇耀的狗兒，一旦牠們改掉那些與生俱來的壞習慣，連牠們自己也會感到十分驕傲。

爺爺說：「當然，你不能給狗一個好鼻子，只有上帝可以教導牠如何聞嗅，不過由『哈利閣下』[2]的故事，你可以知道要教導牠懂得規矩，善加利用牠的好鼻子來造福我們。」

爺爺繼續說：「等你長大以後，有了自己的孩子時，你也許還會記得無論對小狗還是小孩，『停！』都是個很有用的字眼，因為小孩和小狗壓根兒沒什麼不同。加了一頓鞭打的訓誡，比光講一番大道理有效得多。我可以證明給你看，現在我問你：『小孩子在餐桌上要遵守什麼規矩？』」

我回答說：「要準時出席，但保持安靜。」老天，我以前也受過這樣的教訓，只是我沒有被套上緊箍項圈罷了。

幾年前，俄國人發射人造衛星，第一次將狗送上外太空的創舉，在世界各地引發了一連串前所未料的反應。阿拉伯人也許並不太關心這個消息，因為對於他們而言，狗不過是討人厭的可憐蟲，只適合被拳打腳踢或活活餓死。

然而，其他國家的人，甚至連俄國人自己，想到這隻可憐的狗，必須待在繞著地球旋轉

2 哈利閣下（Lord Harry），是英國作家威爾伯特．艾德里（Wilbert Vere Awdry, 1911-1997）所寫的鐵路小說「*Mountain Engines*」中的一個角色。「哈利閣下」是一台魯莽、自大的火車，因為不遵守規矩闖下大禍，失去了旅客們的信任，直到它拯救了一名受傷的登山客，才再度獲得了大家的信任。

的人造衛星裡，如同在帕夫洛夫制約反射實驗[3]裡一樣，只能在聽到鈴聲時才能吃東西，最後還要死在這個荒謬的「狗屋」裡，都感到十分沮喪。人們認為強迫活生生的狗進行科學實驗，無非是一種虐待。英國人的抗議最為強烈，幾乎所有媒體都用頭條報導，這隻狗安全返回地球的可能性有多大。

一隻小母狗讓全世界面對「生命可貴」的事實，著實令人動容和震驚。突然間，爺爺的身影浮現我的腦海，遠比赫魯雪夫[4]、愛因斯坦、科學家，甚至那些遍布世界各地、負責處理比十二吋口徑大炮都更巨大武器的技術人員都還要更加清晰。

爺爺他老人家一定會對那個把狗送上外太空的笨蛋感到十分惱怒。他對於狗兒有自己的一套見解，但是絕不包括把狗放進密不通風的「狗屋」裡，然後用火箭送進太空，最後因為沒有跳蚤可抓，沒人溫和地撫摸牠的頭而孤寂地死去。

爺爺總是說：「狗啊，在某些方面更勝於人類，要根據牠們的身分和專長，好好對待牠們。即使是一隻沒用的狗也有牠自己的尊嚴，應該容許牠用自己的方式來善盡本分。」

在爺爺的字典裡，「沒用」的狗指的是那些沒有專長的狗，像是大丹狗、北京狗、貴賓狗、巴哥犬等等，在爺爺的眼裡就算是沒用的狗。大聲吠叫的野狗會追逐兔子，捲翹著尾巴的黑色雜種狗會把松鼠趕上樹，任何一隻鬥牛犬與獵犬混種的狗兒都能追趕鹿隻，即使是一隻在森林裡工作時活力充沛的可卡獵犬，都算得上是有本領的狗。

最優秀的狗是純種的瓦克爾獵犬、切薩皮克犬和小獵犬，稍遜一籌的是除了愛爾蘭種外的賽特犬，最後則是指示犬（你每年都得重記一次排名，因為狗兒們就像紅髮女人般善變哪！）。爺爺十分偏愛指示犬，他認為雖然卡羅萊納薔薇會刺傷牠們的尾巴，但指示犬還是比長毛賽特犬更適合在灌木叢生的地方狩獵，只有弗蘭克是個例外。弗蘭克是隻身上長滿藍色斑點的盧埃林種賽特犬，牠能精準地計算出鵪鶉的躲藏之地，而且牠的毛幾乎和指示犬一樣又細又短。

我認為爺爺是我所見過的人當中，管教狗兒的態度最嚴厲的一位。例如，他絕不允許把工作犬——獵犬或獵鳥犬——當作寵物般溺愛。對拾獵犬——長耳犬或是拉布拉多犬——爺爺倒是稍微寬容一點，因為拾獵犬的工作本來就比較輕鬆，而且不會因為嬌生慣養就忘記自己的本分。

爺爺說：「獵犬和獵鳥犬是應該待在屋子外的狗，除非像聖誕節之類的節日，才可以偶

---

3 帕夫洛夫（Ivan Pavlov, 1849-1936），俄國生理學家，其最有名的理論便是「制約學習」；在狗進食時搖鈴，讓狗學習將食物與鈴聲產生連結，之後即使不提供食物，一聽到鈴聲，狗仍會分泌唾液。

4 赫魯雪夫（Khrushchev, 1894-1971），俄國政治家，主張東西方緩和，以避免核子戰爭。

爾讓牠進屋子裡來。如果你讓牠太常待在屋子裡，牠會以為自己和人類的地位一樣，老是賴在你的腿上不走，只在牠想打獵的時候，才願意聽從你的命令，最後的結果是你會失去一個狩獵的好幫手。一隻優秀的獵犬，就和虔誠的苦行者一樣，你必須時時磨練牠的肉體，好讓牠隨時保持在最佳狀態。應該把牠關在狗屋裡限制牠的行動，以避免漫無目的的閒晃浪費了牠的精力，這樣一旦你放牠出來時，牠就知道應該工作了。還有，當牠不狩獵時，應該讓牠稍瘦一點，等到打獵季節開始，才不會因為太胖，沒跑幾步就氣喘吁吁了。之後，就該好好地餵牠，因為牠吃進去的糧食很快就都消耗光啦。」

我不知道現在的獵犬都流行吃些什麼，過去我們總是用餐桌上剩下的殘肴、冷掉的碎玉米粥、綠色蔬菜和玉米麵包餵我們的狗兒，從來不曾發生營養失調的情況。老葛和老李過去曾為狗兒們做過不知道多少盤的玉米麵包，在我的記憶中，這些麵包都和我們在餐桌上吃的一樣美味。

我們家每天只餵狗一次，餵食的時間，通常在下午五點鐘。雖然我們所有的狗都會一起餵，但是每隻狗都有自己的餐盆。我們的狗大部分都是公的，但並不會為了爭食而打架。爺爺從狗兒們還小的時候開始，就訓練牠們不准打架，打架的狗兒除了挨一頓揍以外，也會被罰不准吃飯。爺爺總是說：「讓貪吃鬼餓肚子，比對牠講道理有用多了。」

每個禮拜我們都會到肉販那兒去買回最便宜的肉，餵狗兒吃個一、兩次，一個禮拜也會餵一次鮭魚罐頭，在那個年代，每個罐頭值十四分錢。至於零食，是偶爾才會買一點的狗食罐頭，和爺爺那古怪至極的祕方——在每份餐裡加入大量的魚油。因為我們居住的那一帶鯛魚和鯡魚的產量十分豐富，所以魚油很容易取得，而且十分便宜，剩下來的魚碎塊就用來製作大量的肥料。

也許現在聽起來會覺得有點奇怪，但是我們偶爾也會餵狗兒吃一整條的魚和一些雞骨頭。爺爺的理由很簡單：「什麼是狗？狗是從野狼馴化而來的，狐狸可是牠們的遠親哩。狼和狐狸吃什麼呢？所有牠們可以抓到的獵物都吃，包括兔子、鳥這些小型的動物。在阿拉斯加，哈士奇犬只吃整條的魚，這些食物都有骨頭。狗的消化器官裡有足夠的生石灰能夠溶化鐵棒。如果有狗的喉嚨被東西卡住，牠懂得吐出來呀。如果把現在這些嬌生慣養的狗放出去，牠們還不是會去吃任何在林子裡可以找到的東西，不管是死的或已經腐爛的，也不管是毛皮、羽毛或骨頭。我從來沒看過有狗因為消化不良而死掉，也沒有聽說過有狗因為雞骨頭卡在喉嚨裡而窒息死亡。」

我那些「違背常理」的衛生常識，很有可能就是從爺爺和狗兒身上學來的。小時候我本來一直是蘿拉的小幫手，負責幫忙這位老媽媽（她以前是黑奴）敞開廚房的大門，到六歲時才正式晉升到「狗僮」這個職位。

狗僮的職責包括準時餵狗，訓練小狗聽到「開動！」的命令，才能開始吃餐盤裡的食物。當小狗太過狼吞虎嚥時，我就會抓緊牠的尾巴，大聲喊：「停！」。大約一個禮拜左右，牠們吃飯時就懂得乖乖地守規矩了。

狗僮另外一樣例行工作，就是每天檢查狗屋是不是通風良好，還有每個禮拜定期更換牠們睡覺時躺臥的松針。我們自己替狗兒蓋了簡單的狗屋：用磚塊高高架起載貨用的箱子，好避免地面的濕氣，上面還有一個可以往後翻的蓋子，有時可以打開讓陽光照進來。我到現在仍舊相信，松針是最乾淨、也是最保暖的墊材，它的香氣同時還能防蟲。對於一個小男孩而言，每個禮拜能到宛若教堂般寂靜肅穆的松樹林裡，裝滿一袋又一袋乾淨的棕色松針，是多麼有趣的一件事情哪。有時候，我也會撿一整袋掉落的松毬果回家，它們是很好的引燃物，同時又會散發出一股薰香，當然，那是大人們才喜歡的味道，對我而言，我還是比較喜歡烤麵包香噴噴的氣味。

此外，狗僮還必須負責幫狗兒除蝨，有時候，我也會不小心染上跟狗兒身上一樣的疥癩，這時候就只能和這些備受折磨的狗兒一起接受治療啦。爺爺有個專治疥癩的靈方，將使用過的潤滑油和硫磺一起調勻，塗抹在長疥癩的地方。這種藥讓我跟狗兒都難聞得不得了，但卻很快就能見效。

我明白回憶總是比較美好，但我還是想告訴你，動手訓練幼犬是件多麼令人興奮的事！你把牠從小養大、教導牠規矩、替牠治療疥癩，牠在森林裡狩獵時表現出來的高尚品格，會讓你在長輩的面前面子十足。

有一次爺爺說：「狗和人其實很像，你怎麼教導牠，牠就會成為什麼樣子。世界上有壞狗、好狗、笨狗和聰明到不行的狗兒，但是一般來說，只要你用正確的方式好好訓練，所有狗兒最後都能成為一隻守規矩的好狗。好好揍牠一頓，讓牠知道自己錯在哪裡，那麼就不會出現看到兔子就猛衝的狗，也不會有搶銀行的小夥子了。」

每一次，當我讀到那隻在人造衛星裡可憐小狗的頭條新聞時，爺爺的身影總會浮現在腦海中。即使已有大量的動物死去，但人類卻始終好好地活著，那麼為科學研究而犧牲一隻狗，或過度地為動物們傷感，似乎都無所助益。真正讓人憤慨的是，把狗——不管是好狗、壞狗，還是普通的狗——放在一個不屬於牠的地方。

爺爺說：「一隻工作犬不屬於屋內，而一隻寵物狗則不適合生活在屋外。寵物狗和工作犬本來就不一樣，而且每一隻狗都有自己的尊嚴，一定要受到尊重。一隻有膽量的獵犬，最後終會自己找到回家的路。」

我想真正惹惱我的是，人造衛星上的那隻狗最後無法找到回家的路，但那卻不是牠自己的錯。也許從某個角度來說，那隻狗太過服從了，以致於讓牠的尾巴被沒有感情的人抓住，送到遙遠的外太空，在那裡，牠再也無法聽到主人呼喚牠的哨音。

20 第二個童年之一

我認識的一位朋友不久前剛滿四十歲，這讓他十分沮喪。四十歲對男人而言，是有點兒難捱的一年，這就跟一年中的十月一樣，夏天時被蚊子叮咬的痕跡仍舊清晰可見，但南瓜表面已經開始結霜，濕冷的天氣暗示躲在不遠處的冬天即將到來。

爺爺有次談到某個親戚時，諷刺地說，他想讓自己看起來還很有採收玉米的精力，根本就是徒勞無功的賣弄。爺爺說：「我實在搞不懂，為什麼四十歲老是讓大部分的男人，從他們三十九歲半就開始痛苦不已。好像垂死前的最後掙扎，得承認自己不再年輕，然後強迫自己接受中年的啤酒肚和禿頭。女人則是在快三十歲時，開始焦躁不安，但讓我坦白說吧，女人在接近她們所謂的『中年』時所感受到的不安，遠遠比不上男人的一半。」

爺爺邊笑邊替他的菸斗點火：「你從來都沒想過，自己有一天也會四十歲嗎？」

我猜我那時候大概十五歲，每天都焦急地盼望日子能過得快點，好讓自己可以早點滿十六歲，考上駕照合法開車上路。除了像我爸爸那種正逐漸朝這個歲數逼近的「老」人以外，會變成四十歲這件事怎麼想都很奇怪。我從來都沒想過爺爺到底幾歲，從我有記憶以來，他總是戴著同一頂扁帽，臉上總有一把毛茸茸的鬍子，甚至鬍子上的黃色煙漬，從我六歲和爺爺像大人般一起相處以來，就從來都沒變過。

我回答說：「沒有，爺爺。那對我來說還太遙遠了。」

爺爺說：「並沒有你想的那麼遙遠啦，你會發現四十歲很快就到了；一旦你過了二十一歲，歲月就開始狡猾地偷偷溜走，一轉眼四十歲就在不遠處啦。但是，重點是別讓光陰白白流逝，徒留感傷，而且即使到了中年，也別讓這個年紀折磨你。我認為四十到六十這段年齡是男人最棒的時光，他還是可以把每件事情做得和年輕時一樣好，以前他無法一蹴可幾的事，現在也已經有足夠的智慧，可以從從容容地做好。你說說看，弗蘭克和山迪誰是最棒的獵犬？」

我連想都不用想就回答：「弗蘭克。」

「沒錯，當然是弗蘭克。」我們這隻有著藍色斑點的盧埃林指示犬，光用屁股都能比大多數用鼻子嗅聞的獵犬偵查到更多鳥隻。爺爺接下去說：「如果你把狗的歲數換算成人類的話，弗蘭克幾乎和我一樣老，絕對不是毫無經驗的年輕小夥子了。在弗蘭克狩獵時，你注意到什麼特別的事嗎？」

我想了一會兒後說：「這個嘛，牠從不犯錯，而且總是很從容，不會像沒挨過打的笨幼犬一樣橫衝直撞，一下追蹤雲雀，一下又去追趕兔子。牠會先仔細思考，絕不浪費不必要的精力。」

爺爺讚許地微笑：「你說中要點了。山迪是隻好獵犬，也許有一天牠會變得沉穩一點，但現在，牠總是在你還來不及用鞭子提醒牠去狩獵之前，就已經把周遭一哩半內的範圍都踏遍了。牠不是不懂驚嚇鵪鶉群是不對的事，牠只是嫉妒其他獵犬，不懂得好好駕馭自己的脾氣。當牠豎起耳朵追蹤兔子時，多半只是因為愛玩。牠明明知道在狩獵時不該因為一隻兔子而分心，然而，牠骨子裡的那份孩子氣卻讓牠表現得像個笨蛋，像追兔子這件事就是。」

看來這又是漫長的一天，並且現在正好是個無趣的季節：打鴿子已經太晚，卻又還不到獵鵪鶉和野鴨的時候。不是我不喜歡聽爺爺說話，但是當他老人家又開始講起人生大道理時，那就表示又有工作要做啦，而且那多半是我的事情。我閉緊嘴巴，擺出一副很有興致聆聽的樣子。

爺爺說：「山迪讓我想到了你，你們倆總是有用不完的精力。牠每天都不快樂，老是拉長脖子盼望明天快點到來。你現在也一定急著想快點滿十六歲，好可以『合法』地把我們那台老福特開上路。」他刻意強調「合法」這個字眼，因為爺爺早知道我從十二歲起就開始偷開那台老車了。

「十六歲很快就到啦，接下來是二十一歲，然後是四十歲和八十歲，突然間，要到你死之將至前才會發現，應該好好享受國慶日[1]時，卻把所有的時間浪費在擔心還沒到來的聖誕節上。」

爺爺用菸斗搔了搔他的鼻子，然後看著我，似乎期待我有所回應，但我什麼話也沒說。對我而言，會變成四十歲或八十歲一點都不重要，我心裡掛念的是還有二十七天六小時四十二分鐘，獵鷸鶉的季節才會開始；還有四十九天又七小時九分鐘，學校才會開始放假，然後我的生日就到啦……。

爺爺說：「你腦袋裡在想什麼我可是清楚得很！你希望時間最好快點過去，好讓你現在沒辦法做的事情趕快到來，但是到時候，你又會開始擔心還得等多久下一次才會再來。從聖誕夜你就已經開始焦慮了，因為距離下一個聖誕節還有三百六十六天。你可不像我和弗蘭克，我們不會浪費精力胡亂追趕不是獵物的鳥，但是我們大部分時候都還是能帶著獵物回家，而且不會精疲力盡地癱在火爐邊。但你如果有隻鳥沒打中，就會在心裡淌血一小時，然後因為掛心那隻失手的鳥，下一次也還是會開槍落空。我知道很少有人能從錯誤中學得教訓，但你所能做的只是擦乾已打翻的牛奶，好好地把握現在，然後，讓未來慢慢地到來。你必須學習好好享受你此刻所擁有的一切。」

我開始覺得不耐煩了起來。也許你年滿十六歲以後，可以耐得住性子聆聽這番大道理，然而，現在我只想找點樂子。

爺爺失望地嘆了一口氣：「我知道現在講這些給你聽不過是浪費口舌罷了。不如你上樓到房間幫我拿另一罐『亞伯達王子菸草』，然後我們去找點樂子好了。」

我帶了菸草下樓，「我們出門吧。」我說。

爺爺問：「你想上哪兒去？」

我說：「我想去非洲打獅子，或者到印度獵老虎。我想今天就去，可不想等到四十歲就像您剛剛說的，我不應該在等待中虛度光陰的。」

爺爺咧嘴笑了：「你真是厚臉皮，不是嗎？我們這一帶附近沒有獅子和老虎，不過也許可以找到——就某種程度而言——和獅子和老虎很類似的獵物。該讓你嘗試嘗試危險的狩獵了。」爺爺說著，露出了邪惡的笑容。

「你讀過孟加拉騎兵的故事嗎？那是群英國士兵在印度獵野豬的故事。現在，在你的

1 美國的國慶日為每年的七月四日。

帽子上綁塊布，假裝是印度人的頭巾，然後我們獵野豬去！這一次獵野豬我們最好用大型鉛彈，而且得帶上幾隻獵犬，你跑去問問瓦特先生，看看他能不能借我們一些獵犬，阿藍和阿鈴應該就可以了。」

我們幫獵鳥犬繫上狗鍊，然後把牠們扔進老福特車的後座。牠們無所事事地趴在後座上猛流口水，舌頭斜斜地吊在嘴邊。老阿藍警覺地豎起牠那隻被浣熊咬傷的耳朵，牠知道有車子就有槍，有槍就意味著要去打獵了。

爺爺帶點淘氣地看著我：「帳棚在哪裡？鹽巴、胡椒、醃肉、咖啡和糖這些東西你準備了沒有？少了這些東西怎麼去獵野豬呢？你不會天真地以為打野豬可以當天來回吧？那可能需要五到六天呢。你可能得蹺一點課，奶奶她們也會整夜擔心得要命，不過正所謂『不經一番寒徹骨，那得梅花撲鼻香』。還有，我們的扛槍手和負責驚起獵物的獵犬在哪兒？沒有一個傳統獵野豬的隊伍是像我們這樣散漫的。」

我說：「我不認識什麼扛槍手耶，我還是個獵野豬的新手，根本什麼都不懂啊。」爺爺搞得我手忙腳亂的。

爺爺喃喃自語：「我想，讓阿布納的獵犬幫忙趕野豬應該沒問題，彼得和湯姆可以充當我們的扛槍手。你先去通知他們倆在半小時內準備好，然後叫湯姆帶上他的來福槍，你永遠不知道在叢林裡會遇見什麼，也有可能是短尾山貓或山獅之類的。很可惜北美洲這兒沒有老虎，你只能怪罪造物者的粗心大意，忘記分配一些奇珍異獸給我們了。」

有時候我會想，應該是某人粗心大意地在彼得和湯姆身上犯下了錯。我應該不止一次提到過他們，彼得和湯姆都是身材瘦長的傢伙，下巴突出，留了一撮黑鬍鬚，住在森林裡。有人說他們帶有一些印地安人的血統。不論到哪裡，他們都牢牢穿著那雙長及大腿的長統橡膠靴，而且隨時嚼著菸草。他們冬天釀玉米酒，春天把酒喝光；他們夏天釣魚，秋天打獵。每逢又大又肥的鯡魚群湧到的季節，就在查理·高斯先生的肥料工廠裡幫忙打點零工。我想他們幾乎懂得一切有關森林與大海的事情，但他們老是不願意教我，總是存心想作弄我。彼得是我的好哥兒們，而湯姆只是有時候會和我稱兄道弟。大家都說湯姆表現得比較像印地安人，尤其是當他喝了點私釀威士忌後，就跟失去控制的小熊貓一樣，把大家都搞得不得安寧，只是我從來沒見過他那個樣子。關於彼得和湯姆，我記得最深刻的就是我打到第一隻公鹿那次，他們倆合力把我的臉塞到公鹿肚皮裡那團混著血液、內臟的綠色草渣裡，弄得我滿臉血污。

我氣喘吁吁地跑到彼得和湯姆住的地方，彼得問我：「你爺爺最近好嗎？」那棟房子看起來搖搖欲墜，油漆經風化剝落，前廊地板有一端破了個大洞，階梯也下陷變形得厲害。他們倆坐在階梯上嚼著菸草，把殘渣吐到前院沙地上。因為他們手上沒拿著刀或槍，讓我感覺我好像從來沒見過他們一樣。

我上氣不接下氣地說：「爺爺突然想去獵野豬，所以吩咐我來通知你們，你們也知道他突然想做什麼事時急躁的樣子。他還說要你們帶上來福槍，也許派得上用場。」湯姆和彼得你看看我，我看看你。

「野豬，嘿？」湯姆學豬咕噥咕噥亂叫。

「是爺爺說的，他老人家說你和彼得可以充當扛槍手，阿布納的獵犬可以幫忙趕野豬，就像孟加拉騎兵隊一樣吧，雖然我也不是很確定，不過爺爺說走就要走啦。」

彼得向湯姆眨了眨眼：「但我們如果不快把前廊修好可是會被趕人的，那老女人老盯著要我們加快進度，你覺得……」彼得聽起來有點猶豫不決。

湯姆：「我們都已經拖了三年了，既然到現在一直都還沒趕我們走，我想應該沒什麼關係。來嘛，彼得，既然這位老紳士想去獵野豬，我們最好去幫忙。你回去和你爺爺說，我們會準備好等你們來接的。」

我又急急忙忙跑過沙丘，但總覺得聽到彼得跟湯姆在我後面吃吃竊笑。如果有彼得、湯姆及兩隻獵犬同行，即使被騙去獵山鷸我也不在乎，什麼野豬、孟加拉騎兵的，對我而言，一點都不重要。

當我到家時，爺爺幾乎都準備得差不多了。露營用品、毯子和炊具都已經堆在老福特旁的地上。

爺爺說：「我已經說服你奶奶了，快去穿上你的獵裝，然後幫我把這些東西裝上車。彼得跟湯姆會一起來吧？他們倆不會已經喝得醉醺醺的，或者被抓去關在監獄裡了吧？」

我說：「他們答應一起去，會準備好等我們去接。不過他們似乎覺得這次打獵有點滑稽可笑，是嗎，爺爺？」

爺爺說：「就我所知並不是。獵野豬是很嚴肅的事，如果不隨時提高警覺，很可能會受傷呢。趁你奶奶還沒改變心意前，我們趕快出發吧。」

我們去接彼得跟湯姆，把他們倆塞進那台已經裝滿獵犬、槍和炊具的老福特後座，然後沿著鋪上木頭的泥地路，一路顛簸著出城。突然間，爺爺開始放聲大笑，笑到必須把車子開到路邊停下才喘得過氣。彼得跟湯姆也跟著爺爺開始大笑。我覺得心裡有點兒不是滋味，因為我一點都不覺得有什麼事那麼好笑。我想爺爺一定注意到我的沮喪，他說：「別放在心上。不過你注意到這次打獵和以往有什麼不一樣嗎，我是說，不太正常的地方？」

我回答說：「沒有，爺爺。」

爺爺說：「好吧，看看我們吧。三個已不再年輕的成人，兩隻爬滿跳蚤的老狗，還有一個小男孩隨從，浩浩蕩蕩地出發到叢林裡玩孟加拉騎兵式的獵野豬遊戲——在我們這個年齡呀！再過不久，我就七十歲了，彼得跟湯姆如果認真算起來，大概也有五十或五十二歲，還有阿藍和阿鈴，牠們差不多和你一樣年紀，也就是說換算成人類的年齡就有一百多歲了。但是我們卻像年輕的印地安人一樣愛玩，興致沖沖地跑到林子裡獵野豬。記得今天早上我曾告訴過你，四十歲並不是世界末日，對吧？」

我說：「是的，爺爺，您說得很對。」我看看身邊的爺爺、湯姆、彼得和獵犬們，突然覺得自己是當中最老的人。

我跟那位朋友講起這個故事，是因為他為了剛邁入四十歲而憂鬱不已，聽完後他似乎覺得心情好多了。

他問我：「後來你們打到了野豬嗎？」

我說，我們當然打到了幾隻野豬，不過讓我等會兒再說吧，我這把老骨頭酸痛得不得了，得先服用一些鎮痛劑來舒緩一下呢。

看到了吧，我這個小男孩才不過剛滿四十五歲，卻已經感覺我的關節正逐漸衰老了呢。

21 第二個童年之二

爺爺私藏了許多適用於不同情境與不同心境的人生哲學，其中他很喜歡說的就是男人什麼也不是，不過就是個長大了點的小男孩。他常說如果一個人在正確的教育下成長茁壯，不管在成熟的痛苦過程中，他需要面對多麼艱苦的挑戰，還是很難把他擊垮的。

爺爺說：「測試一個男人是不是已經長大，要看在他鬍子變成灰白的過程中，蠢事是不是越做越少，並且不再看起來就像是個笨蛋。我說的不是指追逐浣熊這類的事，因為無論是誰在夜晚跑進樹林裡撕碎上衣，亂鑽亂竄，跟在一群獵犬後面尋找萬分之一渺小的機會，把浣熊趕上樹，純粹都只是因為他們想找個理由在石楠叢中喝醉罷了。」

爺爺是說過這些充滿睿智的話。但是，他跟湯姆、彼得，這兩個有一半印地安血統的叢林男子，為紓解我對年輕大冒險的饑渴，還是決定帶我參加所謂的「獵野豬遠征隊」。我們要像爺爺說的「孟加拉騎兵」，就像我曾經提過的，用那種千辛萬苦的方式去獵豬。這並不是指一定要像印度騎兵隊一樣騎在馬上用長矛打獵，而是用兇猛的獵犬追逐牠們，然後一對一地對付野豬。

在我們樹林深處有種我們稱作「尖背野豬」的動物，牠們原本是在野外生活的溫馴豬種，被一般人當成野生的食用豬，但是剛生下小豬仔的野豬，就像任何一種離開沼澤的動物一樣難以駕馭。牠的體型不像山裡的俄國野豬那樣大，但脾氣卻一樣固執，牠們分布在整個北卡羅萊納州的東部地區，和往南直到佛羅里達的沼澤國家公園。

在這次值得大書特書的獵豬活動中，我們先是到阿布納先生的農場去。阿布納看起來足有七呎高。他的膚色有點黑紫，體重大概兩百五十磅，而且大概有二十個孩子。他的豆園裡有好幾群鵪鶉，還有一些鹿、火雞、狐狸、山貓等等出沒在他私人的沼澤區裡，他也有一些豬隻。當爺爺問他最近有沒有看見野豬時，他的眼睛一亮。

「有的，船長。」他說。「沼澤那邊有很多呢。還有很老的大豬，有天我在設陷阱時碰到牠，牠像獅子一樣對我大吼。尖尖的獠牙，彎起來往眼睛的方向長。那是一隻很壞的公豬，跟一群很壞的母豬還有一大群討厭的小豬在一起。我很樂意射死一些該死的小豬，免得牠們長大後跟老爸一樣可惡。」

爺爺說：「我們想讓這個小男孩獵獵野豬。我們有獵犬，但還需要騾子及一些小裝備，來吧，到水井那裡去談，我們需要好好準備。」

（就我了解，那兒有一個裝了半加侖斯卡柏白葡萄酒的酒甕，吊在陰陰冷冷的深處。過了一會兒，這些大人們帶著微笑走了回來。）

「來搭帳篷吧。」爺爺說：「明天天一亮就要出門幹活兒啦，今晚我們需要好好睡個覺。天亮前你會要這些年輕人準備好？阿布納？」

「遵命，船長。」阿布納說。「我們會準備好的。」

我們回到老福特車上，從主要道路開往一個我們以前獵火雞還是獵鹿時住過的營地。那是屬於阿布納的產業，沒有別人用過，因為阿布納向來嚴禁別人侵入他的私有土地。他出租許多土地，大部分都是為了採松脂的權利，他沒法接受陌生人，因為他們可能會不小心讓菸灰點燃整個金雀花叢，燒掉整片珍貴的桃木。

那是個很適合打獵的鄉野。有很多高高的長葉松木，輕輕把它們的樹幹砍出一個缺口，就可以收集到像成串葡萄一樣一團團凝固的蠟狀樹脂。如果敲下這一球球的固體樹脂，感覺就像口香糖一樣有彈性，連嚼起來也是香香的。這些高大的松木底下無法生長其他的植物，因為它們的枝葉像大傘一樣高高撐起，擋住了所有的陽光。這些大樹底下滿滿都是長長的褐色松針，一種顏色鋪滿一整片，看起來就像一張褐色地毯，踩踏起來軟軟滑滑的。陽光偶爾從葉子的縫隙中灑落地面，看起來像是一個個金色的小水塘，也像褐色地毯上鑲著閃閃發亮的斑點，不過大部分時候，樹蔭陰沈沈的，樹底下跟禮拜堂裡一樣陰暗。薄暮降臨，鴿子發牢騷似地喧鬧，夜幕低垂，空氣也逐漸轉涼，這時候待在樹林裡，讓人覺得毛骨悚然。

高高的松木林枝葉生長在頂端，四周是一塊塊砍得光禿禿的矮橡叢或松樹苗，地面上一大堆枯死的植物攏成一座座小圓丘，倒下的樹木堆成小山，長滿了地衣，還有綠油油的冬青科植物。這些小島——這些真的是小島——，就是你把鶴鶉群從金雀花叢、玉米田裡，或碗豆園裡驚飛後，可以重新找到牠們的地方。被強風狂掃的金雀花點綴著這些小島，彷彿一片滾動的黃金海洋。鶴鶉群棲息在金雀花叢中，遠離沼澤區那些討厭的動物。有時候牠們會一大群一大群地突然從田野中飛來，四散到金雀花叢中。任何一個帶著獵鳥犬的獵人都可以輕易在這裡達到狩獵限制量，只要他真打算這麼做，並且不在乎是不是為明年留下了獵物。大部分鶴鶉駐紮在沼澤外的小島上，有時候也會直直飛向另一邊的矮坡，但牠們很少停留在松木林裡，因為那兒沒有東西可以掩蔽，更不會停在沼澤區裡——那兒有太多討厭的傢伙了。

但是鹿、野豬，偶爾還有山貓會埋伏在沼澤區裡，還有很罕見的黑熊。鹿和野豬會在夜間外出覓食，踩壞玉米田或用鼻子翻拱花生園。野豬是豆園殺手，包括花生和黑眼豌豆，而鹿則大啖剛長出來的玉米跟嫩綠的裸麥。

爺爺說：「計畫是先找到野豬的蹤跡，然後讓獵犬出動。要一些小黑炭跟在獵犬後面，監視兩側的風吹草動，接著我們就可以在空地上跟野豬對決。我們要把牠們趕進草叢中，用騾子把牠們撞倒。你，我的好男孩，」他對我說：「你就是長矛騎兵的首領，那群小黑炭的老闆。」

「我該用什麼刺野豬呢？」我問。「我完全沒想到要帶我的長矛來。」

「用乾草叉就很夠啦。」爺爺說。「如果有野豬靠近咬你，也只需要一根乾草叉就夠了。順手好使的東西最好，尤其你還得從騾子上下來。」

「那你要用什麼呢？」我好奇地問爺爺。「用另一根乾草叉嗎？」

「不是。」爺爺回答。「我是這次的狩獵嚮導，也是扛槍手。我已經太老，不適合用乾草叉啦。我要緊黏著我這枝推拉式老爺槍。湯姆會帶著他的來福槍，彼得會用他的雙管槍當你的後盾。但是一根優秀的乾草叉，是不需要槍枝助陣的。這不是什麼沒把握的冒險啦，不像我讀過的書上說的那樣。吉卜林[1]一定不能像我一樣能很肯定地證明這一點。」

除了我以外，大家都笑了。在我看來，這群大人不停在笑，大多是我覺得沒有意思的笑

1 吉卜林（Rudyard Kipling, 1865-1936），出生於印度孟買的英國作家及詩人。他以頌揚大英帝國主義，創作描述駐紮在印度和緬甸的英國士兵的故事和詩作，以及撰寫兒童故事而聞名。代表作有《叢林奇譚》、《基姆》、《原來如此・吉卜林故事集》，曾獲一九〇七年的諾貝爾文學獎。

話。他們大部分時候是很嚴肅的獵人，當他們必須對付鹿、野鴨、鵪鶉或火雞時，但每次只要有人一說到「豬」，總有人竊竊發笑。

我就不囉嗦關於搭帳蓬的事了，因為每一座好帳篷都是一樣。也就是說，我包辦了大部分的工作，像砍木材，削引火物，取水，劈松枝鋪床等等——當那些大人只懶散地在一旁品嘗水果酒的迷人香氣時。晚餐吃的是些很不錯的玉米麵包、煎火腿跟蛋，我帶著疑惑上床，不知道那些老小孩會怎麼作弄我。

我好像才剛剛睡著，就有人在寒冷的日出時分把我搖醒，我用力揉著雙眼，想趕走睡意。當我到小溪旁取水的時候，阿布納跟他的親戚們到了。他召集了一大群他的姪子姪女，看起來就像是支充滿年輕黑面孔的軍隊圍繞著他。至少十二隻混種狗跟著阿布納的親戚們，亂咬亂叫著。我們借來的獵犬老阿鈴跟阿藍，睡眼惺忪地看著那群狗兒扭打跟狂吠，一副很無聊的樣子。四隻騾子，耳朵在黎明晨輝中垂下，一身戰鬥打扮，帶著木製的頸軛，鋪著毛毯當作馬鞍，韁繩環繞在頸軛上。我注意到阿布納的隊伍裡，每人都帶了一個不同種類的錫壺或錫鍋，並掛著一枝短棍。

爺爺咧嘴而笑，他說：「計畫是這樣的，我跟你、彼得騎到沼澤最遠那頭，在金雀花叢裡等待。湯姆會帶阿鈴跟阿藍到桃樹林裡尋找野豬的蹤跡，野豬會逃到小溪支流那裡去，就讓負責驚起獵物的狗兒跟人去嚇嚇牠們。那些人用力敲打錫鍋，狗兒守住去路，我想，如果一切順利的話，我們可以從野豬的身後收拾牠們。」爺爺又大聲對彼得跟湯姆說：「我認為這是可行的計畫，但從個人經驗來說，我只在書上念過這些事，所以如果事情進行得不如預期，我可不負責任喔！」

「那我到底該做些什麼呢？」我問。我真希望我能把嘴巴閉緊，不要老把要在變老以前，去印度獵老虎或非洲獵獅子掛在嘴上。

「喔，」爺爺說，「你要做全世界最簡單的一件事，就是踢踢騾子肋骨讓牠前進，讓牠對付那些野豬就好了。野豬當然也不會乖乖就範，如果牠們值得讓你用鹽巴醃成好火腿，那遇到牠們後，就從騾背上低下身體，用乾草叉刺牠們。乾草叉的叉齒很尖銳，我想你應該怎樣都不會失手的。如果你不小心從騾子上摔下來，建議你無論如何都不要放掉乾草叉。如果那些野豬覺得牠們可以把你逼上絕路，就會變得非常惡毒兇狠。」

我一邊喃喃自語一邊爬上騾子，毯子下是騾子大無畏的堅硬脊骨，這可是會讓所有尖背野豬都引以為傲的。騾子轉過頭來看看我，很厭惡般地搖了搖頭。

湯姆用韁繩控制著騾子，並指揮獵犬們朝桃木林前進，一支手臂下夾著來福槍。在兩隻獵犬、一隻騾子與一把來福槍之間，似乎有點忙不過來。

我手上的東西也很難應付，那隻該死的騾子。我從來都不太信任馬兒，所以更別提騾子了，這隻充滿敵意的老公驢之子似乎也可以感覺到我對牠的驕傲品格不太欣賞。牠讓我想起以前養過的一隻公山羊，只不過就是體型大了些，還有就是立起來離地面比較遠。他們說騾子有穩定的步伐，但這隻灰色的大動物每踏一步都好像要絆倒摔跤的樣子，搖搖晃晃。在牠背上，我感覺離地有半英哩那麼高，一隻手握著乾草叉，只有一隻手可以拉緊牠不摔到地上。

我們搖搖晃晃地走到沼澤區隘路的盡頭，那裡黏黏稠稠的物體都已經清除到金雀花草叢上了。彼得跟爺爺好像也沒比我好到哪裡去。我認為，騾子不是穩重而可騎乘的動物。即使是桑丘·潘沙[2]也拿牠沒轍。

我們在沼澤區的尾端等著，先只聽見獵犬暖身的亂吠，之後傳來穩定的鈴聲，表示牠們找到了一條正確的路徑，叫聲又大又清楚，突然間一陣憤怒的嚎叫開始了。兩聲來福槍響劃破了黎明的寂靜，然後就是一陣吵雜的狂嚎，再接著是用棍子敲擊鍋盆的恐怖噪音，乒乒砰砰哐哐噹噹伴隨著尖叫咆哮狂嗥。從沼澤那一頭傳來的嘈雜噪音是我打出生後就不曾聽過的。突然爺爺一聲狂喊：「準備好，牠們來了！」

真的，牠們來了。在這一群暴民的最前面是一隻老母豬，牠的一側緊跟著阿藍，另一側則是老阿鈴。不過，這隻母豬在沼澤草地上可不是省油的燈，牠一面發出又尖又長的嚎叫聲，一面不停改變奔跑的方向試著擺脫狗兒。

在母豬身後，是一群還沒完全長大的小豬，全都尖聲狂叫著，後面再跟著的是兇狠的狗兒們，阿布納的孩子們緊追在後，始終用力敲打著鍋盆，營造出屠殺的氣氛，年輕人之後是阿布納，然後是湯姆，一邊咒罵一邊吆喝他的騾子前進，騾子的前腿緊繃，看來跟湯姆是有相當的爭執。

有一隻體型較大的野豬試探挑釁我騎的騾子，我發狂似地用力把乾草叉刺向牠，當然，我失手了。生氣的野豬在騾子的步伐間穿梭，騾子猛然拱起背用力跳了一下，把我整個人拋了出去，「碰」地一聲重重摔在地上。就在我被豬群、小黑炭、獵犬的浪潮吞沒之前，我聽見爺爺大吼：「喔，你這個笨蛋！」緊接著幾句髒話，爺爺也重重地摔落地面。當然，因為我被淹沒在豬群跟狗群之間，所以沒看見爺爺到底發生了什麼事，但彼得的騾子垂著頭猛力往前衝，撞到枝椏很低的樹叢裡，把彼得摔了下來，讓他暈眩了一下子。

我記得，當時真像場熱鬧的派對！一些小狗咬住小豬耳朵，嚎叫聲更大了。想把狗兒跟

2 桑丘．潘沙（Sancho Panza），小說唐吉軻德中的人物，唐吉軻德的隨扈，總是騎著一隻騾子。

野豬們分開真是太困難了，直到阿布納弄來幾口大麻布袋，才終於勉強套住野豬，但牠們還是在布袋裡亂踢亂叫。兩隻大狗阿鈴跟阿藍也讓大母豬慢下了腳步，但牠真的太胖了，很難控制，阿布納只好拿棍子先把牠敲昏，然後趁牠還沒清醒，用繩子把牠四隻腳捆起來。看看我們的成果，這還真是一場精彩的獵豬秀呢：總共有半打年輕豬仔，還有一隻超級大母豬，可以讓阿布納帶回豬圈裡圈養，等需要的時候再宰殺。

「那公豬呢？」我問湯姆，他最後也從騾子上摔了下來。「你的騾子呢？」

「我把那畜牲綁在樹上了！」湯姆說。「公豬已經射殺啦，牠太大了，沒法兒跟牠玩，可能會有人受傷呢。你等等該去看看牠的尖牙，跟象牙一樣大咧，如果是狗兒──或是你──我敢打賭牠可以立刻把你們撕裂。牠吃了兩顆子彈，奈德。」湯姆跟爺爺說。「我認為牠比熊還難殺。」

「射得好。」爺爺說。「我們的孟加拉長矛手在這裡。他從騾子上摔下來，弄掉了他的長矛，還有一大群豬呀狗呀小鬼的從旁邊衝過去，我還以為那隻大公豬會活活把他吃掉咧。」

「我又不是唯一一個摔下騾子的人。」我說。「我看見你摔下來，也看見彼得被甩出去，如果湯姆沒因為自衛射死牠，我覺得大公豬也會把你們通通吃掉。」

「如果不開槍就只好爬樹了。」湯姆咕噥著。「這又不是第一次了。獵野豬跟獵美洲豹一樣危險。」

其實是爺爺叫湯姆開槍射那隻豬的，因為好玩歸好玩，他可不希望有任何一隻狗或一個人在這場鬧劇，或說「獵豬秀」中受傷。我在剝豬皮時才了解原因。牠的皮足足有一吋厚，在黑色的豬毛底下，肉是椰子般的白色，但非常地硬，阿布納必須不停磨利他的刀子，才能順利把豬皮割下。牠的獠牙彎曲向上，幾乎要碰到牠那雙討厭的小眼睛了，但彼得說，牠的獠牙不是最危險的東西。牠用獠牙挖掘土地，但是用牙齒攻擊，牠用獠牙把牙齒磨得很鋒利，可以像刀子一樣刺傷你。牠大頭後面直直豎起的紅色硬鬃毛，從隆起的背脊上一直延伸到臀部，看起來真的是我所見過最醜陋又討人厭的野生動物。

當我們牽著騾子，扛著豬，指揮獵犬及狗兒們，和小黑炭還有其他獵豬人一起回到營地時，我猜看起來一定可笑極了。我全身都是被奔跑的豬群、狗群、人群濺上的泥土，身上還有很多瘀青，從該死的騾子上摔下來造成的。湯姆、彼得跟爺爺似乎認為我很可笑，而且他們不停用我弄掉乾草叉的事來嘲笑我，直到這個笑話講了太多遍不再覺得有趣才停止。

「我認為這男孩一定學不會真正的傳統獵豬法。」那天晚上爺爺這麼說，他用營火暖腳，用別種東西暖和身體。「有些人天生就適合獵豬，有些人就是不行。我們的小傢伙不是個盡力的乾草叉武士。我們還是給他點簡單的事做，像是獵獵鳥之類的吧。我可不信他能獵獅子老虎。」

我在那時沒多說些什麼，但我心想，原來讓已長大成人的人快樂是這麼簡單。不久之前我在非洲也想起同樣的事情，先不提幾年後所獵到的幾隻獅子和老虎了，我用老方法想把一隻疣豬逼出山洞，那時我幾近痛苦地揣測，不知道爺爺究竟會怎麼做。我會想起這些，是因為野豬最後決定衝出洞外，我只好爬到長滿荊棘的樹上。我認為我終於成為了一個傳統的獵豬人，即使要從樹上爬下來還是蠻困難的一件事。

22 手中的完美

在我心裡總有一塊位置是屬於「十月」的，十月總讓我想起爺爺對聖誕節的看法。他說，「等待聖誕節到來最好的方式，就是記得它是明天的明天。」

這話雖然聽起來令人喪氣，但卻是千真萬確的。這麼多年來，我度過無數個美好的四月和八月、九月和二月，但我心中最完美的月份，還是十月，因為它和暑假離得夠近，距聖誕節也不很遠，但是和討厭的三月又不會太靠近。十月真的是一個「明天的明天」的好月份。

我坐在這裡，一直想重新捕捉十月的美好，但又覺得左右為難。因為，到底應該說十月已快可以雕刻南瓜了，還是要說到十一月才能去打獵的狗兒們，已經焦急地躍躍欲試了？或者說不對時的九月天終於在十月安定了下來，變得涼爽舒適？也許，應該說柿子成熟了，松樹的綠葉開始變紅轉黃，葡萄園裡的最後一串葡萄也成熟了呢？

爺爺曾說十月是一年中唯一的一個完美月份，那是唯一的一個月，你不用做任何事來合理化它的完美。它正如它所呈現出來的完美，有美麗的回憶，有偉大的承諾。爺爺是一個季節分類的高手，我想我也遺傳到一些這樣的功力。我們真正討厭的是三月，他覺得八月也很無聊，因為得等到九月，所有放暑假的人都回到他們自己居住的地方，才能做我們想做的事兒。

十月對我來說，就是對學校一再公布的難看成績單麻痺的時候，我的意思是，每到這個季節，教育就已經不能怎麼傷害我了。足球賽季已經開始，但你還是可以打打即將休兵的棒球，因為人們還是津津樂道地討論著世界大賽。天氣也已經夠冷，可以在夜晚烤烤舒服的爐火。

九月時，尋找鴿子必須搖動枝葉繁茂的樹幹，但到了十月，葉子開始掉落，你可以清清楚楚地看見松鼠站在樹上，而不只是知道牠們躲在那裡而已。我們有大秧雞——沼澤裡的母雞——在滿月的漲潮中從東北飛來。許多隨季節到來的野鴨——像是小水鴨，飛下地來，第一道冷鋒到來時，就可以獵到許許多多的野鴨。

後院裡的狗兒蠢蠢欲動，既焦急又生氣。牠們知道高聳的草叢就將枯萎，鵪鶉正呼喚著牠們，壓抑的狗兒們已經許久沒聽過愉快的槍聲，也沒聞到午後空氣中火藥的芳香。

十月是訓練小狗的月份。我們帶小狗出去訓練牠們尋找鵪鶉——必要時可能得用緊箍項圈輔助——也要開始用手槍訓練牠們熟悉如何為槍服務。但我們從來不在這個時候訓練專業的老狗，因為伴隨感恩節到來的狩獵季即將開始，牠們已經有夠多麻煩要處理了，我們可不想攪亂牠們的本能反應。有時候我甚至懷疑，究竟是我還是老狗會先瘋掉。我們會緊盯住一群藏身在豌豆園裡的鵪鶉，鳥群緊張到一個程度，會突然一隻隻飛散，躲進金雀花叢中，這時你就在那裡，舉著點22的手槍，拿著緊箍項圈，帶著一隻小狗。

老狗知道在你回來後，牠們要責罵小狗，然後你就可以卸下手槍，好好檢查上面是不是有生鏽的痕跡。你會忍不住抱怨地心想，是不是十一月永遠都不會來了，好讓你跟老狗們可以到外面去好好解決這些帶有鏽斑的子彈？好吧，十一月終究會來的，但感覺要等上個六十世紀，所以在克禮芙老師和史圖瑟老師終於放我們自由的時候，你還是必須得做點事情。

你得拿著男人的刀，清理魚身上的鱗片、整理魚竿、清理釣具箱裡的物品，像四盎司重的鉛錘，很長的釣線等等，然後跑到沙灘上察看藍魚開始吵吵鬧鬧地入侵你的地盤。

十月的卡羅萊納海灘，一定可以吸引梵谷苦痛的畫筆前來作畫。強風肆虐著低矮的橡木叢，讓它們微微彎向同一個方向。長長的沙洲上，風堆成的坡地上宛如蓋著黑綢紗的桃金孃，稍稍幫瘦小的橡樹擋住了些風。海燕麥迎風搖擺像浪花般波動，就像在風中舞動的小麥一樣，非常壯觀。空氣中凝結著一種孤獨淒絕的氣氛，只有嘈雜的銀色海鷗，在微風中恣意叫囂，粗魯地欺負著海鷸。緊接之後到來的就是魚群了。

九月，東北風開始吹拂，十月是最強盛的黃金時期，海潮把從防風堤到沙灘的區域變成一圈一圈的小泥坑。小魚和一大堆沙蚤就聚集在這些小水坑中。我們走向岸邊，冰涼的海水凍僵我們的膝蓋，因為那個時候我們不屑使用涉水用的防水長靴——雖然我很懷疑那個年代到底有沒有這種東西，長到臀部的長靴倒是已經有了——只消把四盎司重的三角鈎鈎拋進水坑裡，不用多久一定就有魚兒上鈎。

我們用斜切成一片片的鹹鯡魚條當餌，因為它們可以緊緊掛在魚鈎上，蝦餌是最脆弱的一種餌了，一陣猛烈的巨浪就能把它們衝散。一片上好的鹹鯡魚餌，即使用重覆使用三四遍，仍然抵擋得住強風的侵襲。我們用兩條子線掛上兩個魚鈎，裝上魚餌，等到夜晚時分，月亮緩緩地出現在天邊，就會有成群的胭脂魚[1]上鈎。

任何一個人只要曾經同時釣到兩條重達二十磅的海鱸，一定會帶著這個回憶入土。那兒還有身上有著黑色斑點的大白魚，以及帶斑的海鱒、牙尖嘴利的藍魚，再過一會兒，牠們就開開心心地在平底鍋上被炸得叭啦亂響啦。幾條三磅重的藍魚，碰撞之後分別往相反方向游去，這樣可以分散釣魚人的注意力，因為他的手正卡在老舊的投釣捲線器上。這分散注意力的功力雖然還沒有小鼓魚——海峽鱸——厲害，但已經足以讓因等待而無聊的疲倦釣客驚醒啦。

附近通常都會有個能抵擋風雨的釣魚小屋，屋內的錫火爐是危險的煤油爐。晚上十點，當手凍得發紅，皮膚也在海水中泡得起皺，全身布滿雞皮疙瘩的時候，這個被鹽覆蓋了的溫暖小屋就像是人間天堂一樣美好。但如果附近剛好沒有小屋可以讓你把漁網晾曬起來，海上的浮木可以在海灘上生起一團火，木頭中的鹽分讓火焰變成搖曳的藍光，瞬間就能將冰冷融化。肚子咕嚕咕嚕地叫著，但要弄頓好吃的可是再容易不過了。只消把藍魚內臟清理乾淨，串在一根細棍子上，牠身上肥滋滋的油脂就足夠料理自己啦，魚皮在燒烤時爆裂開來，皮下的魚肉跟桃子肉一樣甘甜。

十月的海灘，除了寒冷以外，還散發著不可思議的鬼魅氣氛，在朦朧的月色下，彎腰駝背的橡木投映出詭異的樹影，海風颳過桃金孃花叢，發出悲悽的呼嘯聲。大海就在眼前，月光照射下，海浪像一條條銀白色的波紋，一路綿延到世界的盡頭，讓人熱切地想親眼看看整個世界，雖然心裡還是明白這一定無法真正辦到。海的另一頭是歐洲、是非洲，是中國，在那海風翻攪的銀色綢緞底下，藏著你永遠無法探知的祕密：沉沒的中世紀帆船、珍貴的海底寶藏、美麗的魚群、海中的妖精……，這不禁讓人打了個哆嗦，但卻不是因為寒冷。

那是十月的一部分。但十月還有更美好的地方，那就是獵鹿季節開始了。你站在因著秋天而顏色變換的樹林中，聆聽獵犬的呼喚，牠們的叫聲隨著奔跑的雄鹿時而清晰時而遙遠，獵犬身上的鈴聲也忽遠忽近……。雄鹿就在獵犬前方半英哩處，但你就是沒法在牠縱身跳出

1 胭脂魚（Sucker），亞口魚科。

樹叢時看見牠，彷彿牠被風兒撕裂，隨風散成片片。

我的意思是說，想親眼看見鹿，是個很嚴苛的要求。而且就算有別人看見過，但通常就是自己沒這個機會。即使有一天終於碰上牠，但「鹿熱症」如影隨行，你只能目瞪口呆，像個呆子一樣杵在哪裡，由著牠逃離，反倒是獵犬們氣喘吁吁地，滿臉酸楚，因為牠們已經完成了自己的任務，應該要聽見報答牠們努力的槍響聲才對。

獵犬追蹤鹿的時候通常是這樣子的，除非有一片湖泊擋住了去路，讓牠們不得不洩氣地停下腳步，不然牠們是絕對不會善罷干休的。有的時候，最棒的獵犬甚至會消失一整個禮拜，有時你還可能接到下一個郡的某個農夫打來電話，告訴你阿鈴或是阿藍已經精疲力竭了，問你要不要來接牠們回去。

想想看，在你等待十一月的鵪鶉與獵鴨季到來前，即使只是學學泰山，十月裡也還有這麼多事情好做。那些生命中的苦痛也就可以暫時忘卻了吧。

終於到了十月底，狗兒都長得健健壯壯的，小狗也表現得中規中矩，很快獵鳥季就要開始了。（在北卡羅萊納，當你說「鳥」這個字，基本上指的就只是「鵪鶉」這一種生物。）我已經探勘過布魯斯威克郡每一群鵪鶉的棲息地了。我們那時候還有法規限制每天只能獵十五隻，所以按照推算，如果我每週出去打獵六天，到三月一日前應該平均每個禮拜可以獵得九十隻。你可以說我很嗜血，但其實我只是過度樂觀而已。

十月的鳥兒總有辦法知道獵鳥季即將開始，於是成群結隊地前往古巴、牙買加或是其他異鄉過冬。哪怕你再怎麼樣牢牢盯住鳥群，只要到了合法獵鳥日開始的這個命運之日，牠們還是會留封「奧蒂斯小姐很後悔」[2]的留言飄然離去，能夠驚起的全都是雲雀。無論如何，就算最後你趕上了這些棕色的小混蛋，你還是會滿心想念牠們。

我的悲劇是這樣的。因為覺得太無聊了，所以我們在捕蝦屋裡學泰山，在大人的允許下，從一個房椽盪到另一個房椽，盪來盪去地鬧著玩。我不小心漏抓了一根盪繩摔落地面，當我爬起來的時候，我的左手腕以一種極為奇特的方式下垂。雖然並不覺得痛，但很明顯地，手骨是折斷了。

我開始放聲大哭，因為這正是十月底，十一月不過就在轉角，但我卻無法參與獵鳥季開始的第一天了。不單是因為這根折斷的羽翼，讓我想到就哭得那麼大聲，也不是因為傷處開始疼痛，更痛的是因為我這才明白，我花了整個十月，黃金十月，欺騙自己，真正的獵鳥盛事就在明天的明天，這才是真正的椎心之痛啊！

2 歌手貝蒂．米勒（Bette Midler）的經典名曲「奧蒂斯小姐很後悔」（Miss Otis Regrets），歌詞描述奧蒂斯小姐一覺醒來發現她的愛人已經遠去，所以她提了槍追去把愛人殺了，最後因此被吊死在路旁的柳樹上。

23 從前的我

爺爺老是說：「期待的感覺，遠比夢想真正實現時更讓人興奮。」他喜歡用一種很準確的說法形容，就是放在玻璃櫃裡的糖果比放在肚子裡的好，因為你不會因為只是看看糖果就犯了肚子痛。

「但是，」他又這麼說：「熱切期待跟逃避責任還是有很明確不同的。最好的折衷方案是，小心翼翼地得到糖果，好好享受它，而且讓自己不要因此肚子痛。這是一個非常理想的完美狀態，很少有色種族的朋友可以達成，更別說白人了，白人更是一個人也做不到。」

對我來說，這是最熟悉的「十一月論調」，當我的大腦完全裝不進學校的代數程式，整天只是滿身大汗地忙著狩獵季時，爺爺就會跟我說這些道理。那個時候我的鼻子總是熱呼呼的，感覺整個人就要爆炸了，就像指示犬總迫不及待想在秋天的午後衝出狗籠時一樣。

爺爺繼續說：「只有兩件事情是真正值得的——期待，以及回憶。為了能夠回憶，就得要有個精彩的等待過程。大體上來說，如果要能做到這樣，你就得用點膽量，好好賭上一把。你得把你的勇氣放在一個挑戰上，並且邀請所有人都來參上一腳。一群勇敢的人就像是被迫出任務啣回獵物的狗兒，即使牠不喜歡牠的工作，牠還是會逼迫自己做好，就算再羞恥的事也會做到。」

我想起這些往事，是在去阿拉斯加獵熊的時候，當時我有點不確定自己是不是已經把好運都用光了。在我四十歲以前，可從來都沒在狩獵場或是溪川上發生過什麼令人失望的事，我可不希望因為這隻我還沒遇見的熊而破功。除非是為了自衛，不然這隻熊是我狩獵計畫中最後一隻大型野生動物，我得說我當時想獵熊的興致之高，就像我在鷓鴣季開始前一天晚上的心情一樣。

爺爺當然偶爾也會誇耀吹噓一番，但大部分的時候，他說的話都很中肯，並且常常一語中的。他說：「真正會讓你記住的事，都是你內心最深渴望的最終成果。這指的並不是最後的成功。那部分的記憶多半是些已經誇大的事實。連呆瓜都會吹牛，反正你只需記得你親吻過的女生，忘記那個賞了你一巴掌的女生。但經驗是來自於你確確實實地回想你所犯過的錯誤，而不僅僅只是回憶你所獲得的成功。」

這話真是不錯。去年我獵鷓鴣時，一開始就來個大閃神。噢，老天，我都已經盯牢了這些鷓鴣，就算我閉上眼睛扣下扳機，至少都該有三隻鷓鴣落袋。但我卻踢了個大鐵板。那天我竟然錯失了十三隻鷓鴣，有一隻甚至根本就好好地坐在樹上。連老賽特犬弗蘭克，都對我使了個鄙棄的眼神，然後頭也不回地回家去了。

我真是驚慌極了。光是跟在老弗蘭克、山迪或阿湯的後面，都變成了恐怖的大冒險，讓我忍不住編造出很多藉口避免繼續打獵。我甚至還說出我的功課做不完這種話，但結果並沒有任何人相信，因為我寧可去刺繡，都不會想去寫功課的。爺爺賞了我一頓西班牙人所謂的「真實的片刻」，基本上就是用槍管指著我，逼我跟在那些死狗後面，然後他自己又一溜煙地跑掉，我現在想想，那些死狗根本就是我的敵人。還好，最後我的好運來了，我成功地上演了幾次完美的一箭雙鵰，或多或少彌補了我之前離譜的失誤。厄運走了，我又生龍活虎了。

但是我注意到，我並不願意去回憶那一連串的失誤。我只願意去回想那年狩獵季剛開始時，我光用彈弓就射死一隻小水鴨的豐功偉業。按照爺爺的說法，那就是用來吹牛的部分。在我自己的心裡，我可以遠離失敗，就像我可以隨手關上門一樣簡單容易。

我相信人變得成熟的第一個表徵，就是你開始記起你曾經有過的失敗，不只是誠實地去回憶失敗，同時也歡喜地回憶失敗，因為它們成就了現今的你，就跟那些瘋狂的勝利及完美的表現一樣功不可沒。舉例來說，我獵過兩隻龐大的老虎，每當我看見、甚至只是想到那較大的一隻懸掛在我家的牆上，我都感到無比的鼓舞振奮，但我最愛的那隻老虎，卻是一直懸掛在我記憶中的那隻，因為那是一隻順利脫身的老虎。

那隻老虎如今在我的腦海中，已經長到至少二十二呎長，牙齒就像鐵軌上的釘子，而頸部的鬃毛有動物園裡的獅子兩倍厚。這一定是真的，因為我射中了牠，讓牠至少死了二十分鐘。我的自負讓我在牠虛弱地倒在一隻水牛屍體旁後，並沒再補上一槍，因為我可不想用子彈破壞了牠美麗的獸皮。而且牠死啦，不是嗎？就像我另外兩隻老虎一樣，一槍射穿了牠的頸部不是嗎？

我是這麼認為的。和我在深夜一起躲在印度中央省樹上的賈姆西・巴特大人也這麼認為。那隻老虎——從鼻頭到尾巴底部至少長四十四呎——已經徹底死了，牠的頭還恰恰好安然地枕在水牛屍體的背上。巴特認為我是蒙兀兒帝國的皇帝巴拉朵，是自吉姆・科彼特[1]之後最好的老虎獵人，我也完全同意他的恭維。

但是這隻身長八十八呎的老虎卻站了起來，大聲咆哮，然後消失得無影無蹤。回到營地的路變得格外漫長，因為這個有很多眼鏡蛇的叢林裡，現在還多了一隻受傷的老虎，而且，我還怕黑呢。我甚至更害怕回去面對坐在狩獵小屋前走廊上的那兩個德州人，他們一定會篤定地認為我沒射中這隻老虎，因為他們只聽見我開了一槍。

雖然花了我好一陣子的時間，但我發現，我現在終於能夠平靜、甚至歡喜地回憶這隻長

1 吉姆・科彼特（Jim Corbett, 875-1955），印度裔的愛爾蘭獵人、自然學家、生態保育家，以描寫老虎狩獵的作品聞名。

一百六十六呎、重達十噸的野獸了。因為這隻老虎已經長大，而我也變老了，我已經了解笨就是笨，沒什麼好否認的，而且這件蠢事也不會破壞整趟旅程在我心中留下的美好畫面。

我還可以舉很多類似的例子。有一次我去獵帕蒂斯（Perdices），一種體型又大、動作又快的西班牙松雞，但每一隻從我身旁經過的動物我都沒射中，可是我身旁的好友瑞卡多兩枝槍桿始終是燙呼呼的，瞄準的每一隻動物都成功命中。我跟瑞卡多一起去蘇格蘭獵過松雞，不管在蘇格蘭還是在這兒，我都是個大蠢蛋，而他都是大明星。

傍晚的時候我瞄準一隻從我的肩頭飛過的鳥兒，牠飛得又快又遠，但雖然槍機喀啦了一聲，我還是只招來了一陣嘲笑。當我最後一起和這些匈牙利移民開車回去時，我自己還是一隻獵物都沒有，但卻幫忙搬下了二十二隻大鳥。

現在，回憶起這件事還是很美好。但真正讓它美好的原因，是我記起那個我沒射中受困大象的早晨，和那趟花了大錢卻沒射到什麼的蘇格蘭之旅，那趟旅程只帶給我難當的羞愧及和當地人在草原上喝酒狂歡導致的宿醉。但當我終於再度開始打獵時，倒是感覺輕鬆極了，回想當時那雙射擊時嚴重顫抖的手，也覺得真是有趣極了。

南非大羚羊也一樣。我花了七、八年時間，做了所有錯事，只為了獵得巨大的、有著彎曲雙角的非洲大羚羊，最後我的牆上總算掛了一隻差強人意的標本。我記得所有我所犯下的錯誤、製造的災難，但我也記得坦噶尼喀的美好景致與那些壯觀的鳥群和動物。

我覺得，真正讓樂觀的波麗安娜變成一個像樣獵人或釣客的是探險過程中的點點滴滴，而不是探險的結果。雖然結果也是必要的部分，但若重新回想起來，絕不比一路上的有趣小花絮或意外狀況更為重要。雖然我從來沒去過阿拉斯加，但是我相信那裡一定很美妙。

那些熊很可能把我給吃了，那些魚可能都可以順利脫逃，我也有可能跌落山谷或摔進小溪裡，甚至那些大雁也可能把我啄死，但是這些挫折之後，一定會為我帶來前所未有的勝利，讓我記憶中的這個第四十九州比金礦或是油田更加有價值。

無論結局如何，爺爺已經早就提醒過我了：「除非你親身試過，否則你絕不可能真正享受一件事，或是真正對事情失望。不管是鵪鶉還是鼰，不管是一份工作甚或是一場戰爭，只有你真正做過了，才會知道那是怎麼一回事。也只有你真正地知道了，這件事才算發生過，不然你就會像孤獨的老處女一樣，只因為害怕碰到男人，所以就從來沒出過前院大門。」

澳洲人用更簡潔的說法來詮釋這個道理。在雪梨的田徑場外可以看到一句話：「你得進去場內才有機會贏！」一般人把這句話簡化成：「我進場了！」不管指的是田徑場或是去做任何一件事情。

後來我也踏進了阿拉斯加，在這裡最奇特的事情發生了。我遇到了一個小男孩，如果換個時空，那個男孩有可能就會是我。

在阿拉斯加遇見這位大約十五歲的少年傑瑞．切斯安之後，我也跟著變得非常年輕。他是一個安靜的小帥哥，一頭金髮，穿著牛仔褲，已經很像個成熟的男人，善於用槍、紮營，甚至是開飛機。傑瑞的父親叫傑克．切斯安，在阿拉斯加的安克拉治提供小飛機載客服務，並和他的兄弟馬克經營建築機具公司。他們兩位都是退伍軍人，現在是「冒險飛行員」[2]與「採礦者」，換句話說就是漁夫跟獵人，從粗糙長繭的雙手上可以知道他們工作很勤奮，他們輕易就能讓飛機在環境不佳的地方巧妙地安全降落，或是率領一整隊哈士奇犬駕雪橇奔馳。

傑瑞和我在酒吧裡認識之後，就一起到很多地方獵野雁。我之前在科地亞克島獵棕熊時，就已認識了傑瑞的父親。當我們在安克拉治再度相遇，爬上他的飛機，隨興飛到小島上獵野雁就變成再自然不過的事情了。同行的還有馬克、年輕的傑瑞，以及來自荷馬市[3]的保羅．夏高。

我們從安克拉治起飛，乘坐的是裝了幾個輪子的水上飛機賽斯納180，但因為水面不夠平靜，所以又換了真正水路兩棲的「赤頸鴨」。我們到達的打獵營地，讓我忍不住想起自己三十年前的樣子。那是一個很簡陋卻挺舒服的小屋，裡面有簡單的雙層床、一個小火爐，還有按照慣例匆忙從荷馬當地商店裡買來的食物與飲水。那天沒有人刮鬍子，但我注意到飛行員在飛行的十二小時前喝了一點濃啤酒。「冒險飛行」在阿拉斯加只是個小行業，但宿醉可不會在你開著水上飛機飛越山頭、或是在波濤洶湧的海面上降落時，幫上什麼大忙。

一開始我只是有一點驚訝，看見這個孩子帶著他全套的露營裝備爬進飛機裡，我本來以為他不過是個乘客罷了。但很快地，就讓我出現一種熟悉的感覺。這個孩子，這個年輕的傑瑞，他是我們全副武裝的打獵夥伴，是男人中的一員。如果說阿拉斯加就像北卡羅萊納的南港一樣的話，除了長得比較高比較帥，當然還有他是開飛機不是開老福特外，他很可能就是三十年前的我。他的爸爸跟叔叔一點都不曾企圖解釋他為什麼會一起來。討論這件事反而會顯得很土，沒有人對傑瑞的參與有什麼顧忌。我們在營地裡一邊喝酒，一邊聊著男人的話題，但沒有人覺得「有小孩在場」。年輕的傑瑞做了很多營地裡的雜務活兒，可能比我們這些頭髮變灰的大人做得多些，我們利用他年輕的雙腳來回搬運木柴，還有我們沒讓他共享我們的那一壺酒，除此之外，他就是我們之中的一員，在漁獵社會的法律前一律平等。

那個周末鳥兒不是太活躍，我們大部分都在溫暖的小屋中活動。但是年輕的傑瑞在大人睡覺的時候，暗中帶著他的槍到處偵查，尋找可以行動的機會。那也讓我想起了美好的過

---

2 冒險飛行（Bush flying），是指在阿拉斯加凍原、澳洲內地、非洲撒哈拉沙漠等地人跡罕至，沒有道路可以到達的地方駕駛小飛機載客、送貨、搜索或觀光的一種服務業，這種飛行的跑道通常很短，所以風險較高。駕駛這種小飛機的飛行員就叫 Bush Pilot，冒險飛行員。

3 荷馬市（Homer），位於阿拉斯加從安克拉治以南延伸的半島上。

往。我記憶中最鮮明的一個夢，就是趁著大人在喝酒，說著故事，得意洋洋地吹噓自己的打獵經驗時，偷偷溜出去四處閒逛。這個夢從來不曾變成真的，但倒也不是說我沒有一雙健壯的雙腿，或是缺乏勇氣嘗試。

我開始對傑瑞有了興趣，他是家裡唯一的男孩，有三個姊妹，似乎從六歲起他就很自然地被當成一個成熟的男人，八、九歲的時候就已經會駕駛各種不同的小飛機。除了一些用槍及狩獵禮節的指導以外，他的爸爸跟叔叔好像也沒特別做過什麼努力要讓他成為一個獵人，頂多只是期望他可以多揹一點露營裝備罷了。一天到晚跟這些粗野的大人混在一起好像也沒帶壞他什麼，雖然他不太喜歡咒罵，但我猜想他腦袋裡記住的髒話一定也不少。

讓我印象最深刻的是大家開他的玩笑，他總能反駁，但卻不會讓人覺得沒有分寸或是自以為聰明。他們喜歡戲弄他，但他也總能像個男人一樣戲弄回去，因為我是客人，他對我很有禮貌，但也不會因為我們年齡的差距，讓他有過度的客氣。簡而言之，他已經完全融入成人社會，也懂得當一個大人應有的責任，從某個程度來看當然還是要歸功於他的爸爸跟叔叔，讓他在輕鬆又好玩的過程中從小孩子變成大人。

傑瑞的世界是現代戶外活動中最奢華的世界，因為他的交通工具是飛機，在阿拉斯加每一個人的交通工具都是飛機。以前我只是常常看鷸鶉或鴿子，但他卻是常常看雷鳥或野雁。

我最大的獵物不過就是白尾鹿，或偶爾來一隻山豬，但傑瑞卻有凶狠的棕熊、麋鹿和野狼。他可能見過世界上最壯觀的釣魚場面，但我不過就是釣釣那些小魚。可是我們被養育長大的方式，基本上卻沒有什麼不同。

也許有人覺得像我們這些野孩子沒進監牢只是因為運氣好，但我更相信是因為成長過程中這些粗野的大人總是平等地對待我們，並且培養了我們對野外活動的熱愛。撞球室或那群街頭小流氓從來都吸引不了我們的注意，刀子對我們來說不是武器，而是隨身的工具，必須時時保持鋒利，它會傷到自己和別人，使用時一定要小心。槍的作用是獵殺，一定要注意那是一個會致命的武器。槍用完一定要清理乾淨，營地使用後也是一樣。在常設的營地上，一定要留下一些基本的器材給下一位使用者。

這些規矩一樣適用於年輕的傑瑞，但他更知道沒有人會蠢到在宿醉的隔天或狂風大雨時跑去開飛機。他檢查設備裝置的清單很自然地跟他父親的一樣，他知道如果不小心翼翼地保養與維修飛機，一定會要了他的命。看他在奇怪卻美妙的天候下駕駛飛機，會讓阿拉斯加的飛行成為一般飛行員難以理解的科學現象。

我以前也觀察風向與天候，但那主要是為了瞭解影響打獵的因素。在阿拉斯加風向跟天候是熱情的好朋友，也是恐怖的敵人。以前老冒險飛行員之間有句話，說他們在飛機上也裝了個船錨，當在大霧中飛行時，就把錨垂下，如果聽見水花濺起的聲音，就表示你在水上了。現代的科技導航裝備，當然多少改變了以往的飛航方式，但即使到今天，一般旅遊用的小型飛機還是一種單一操控的差事，只比我的老福特花俏一點。

當我看著少年傑瑞，我覺得我對「垮掉的一代」[4]一點幫助也沒有，我對都市中那些青少年犯罪也幫不上什麼忙。如果這樣的孩子被當成值得投資的珍寶，像一片土地上有可以淘金的河床，有野狼的嚎叫、有熊的搶食，有凶狠的土著，如果我們回想的淘金熱年代不只是一段傳說——我相信他們會被帶往另一個正確的方向，而不會成為「垮掉的一代」。

在都市裡街角的誘惑就跟拓荒時代一樣多，早些年有些無賴就知道組織一個屬於自己的社群。我不是心理醫生，但我的確相信有很多規範在教養兒童的過程中可以落實，給小男孩一個健康的觀念，讓他產生歸屬感，讓他在跟所屬團體一起活動的過程中學到責任感，甚至用不著一頓毒打，也可以讓男孩變成男人。

我年輕時的老師們——願上天保佑他們所有人，不管是白人還是黑人，喝醉了的還是清醒著的，受過教育的還是不識字的——從來不曾試著打消我對野外的熱情，因為我做的事情他們以前都做過。在他們眼裡，我的第一隻鹿比大象還大，我第一隻狐松鼠也跟黑豹一樣大，我的第一隻浣熊像老虎，第一隻兔子像獅子。我第一次從指示犬頭上朝鶴鶉群開槍時，整個胃因驚恐而翻攪的感受，我始終記得一清二楚，但沒有人因此嘲笑我，沒有人笑我根本就是朝著整群鵪鶉亂開槍，只是碰巧被我打中一隻而已（我知道我根本就是這樣沒錯）。

我打獵與釣魚的夥伴們教會我的事，遠比學校裡教得更多。很多實用的對話牢牢在我的腦海裡生根，爺爺總是說，如果你把整群鵪鶉都打光了，明天就沒有東西可獵了；如果你不小心用槍，引發了森林大火，就不會再有可以打獵的樹林了。

良好的禮儀在我所受的訓練中也是非常重要的一環，我認為這也讓我們跟現代社會中的青少年犯很不一樣。你不會偷取夥伴的獵物；不會在夥伴彎下身時從他頭上開槍；不會在獵鴨欄裡不小心用槍聲震破你夥伴的耳膜；左撇子的槍手可以在獵鴨時開第一槍；如果你跟夥伴鎖定的獵物是同一隻，懂得禮讓給你的夥伴。

「如果連狗都學得會尊重另一隻狗的指示，一個人就沒道理變成偷取獵物的獵人。」爺爺總是這麼說。

我喜歡這麼想：我的長輩們花心思花時間跟我聊天，給我提醒、警告，教我禮貌，讓我

4 垮掉的一代（beat generation），或稱疲憊的一代是第二次世界大戰之後出現於美國的一群鬆散結合在一起的年輕詩人和作家。這是以美國為物質文化／經濟資本為中心的用語，通常跟反戰、嬉皮、大麻、藥物、違抗傳統倫理觀等概念緊扣在一起。

後來跟詹姆斯・狄恩[5]那一流人物完全不同。要把在森林裡，還有水面上所使用的基本規範，轉到工作場域或是家庭生活中，真是一點也不困難。

如同我先前所提到的，這種關聯不一定要看《小公子》[6]才會懂。我在十歲的時候就可以像碼頭工人一樣滿口髒話，因為我已經學會所有罵人的髒字眼了。我知道威士忌是用來喝的，但我似乎覺得在別人面前喝酒罵髒話沒有禮貌，一直到多年後我長大了才勉強能做到這件事。我的打獵夥伴都是大老粗、水手跟漁夫，但他們都有一定的紳士作風，都遵守約定的禮儀與規範。

即使周末的狩獵活動中沒什麼收穫，但我跟年輕的傑瑞及他的家人們，還是在阿拉斯加度過了美好的時光。在這個火箭與太空梭登入月球的年代，在這個充斥著少年犯罪，一切看起來都迷惘困惑的年代，若能看到這時髦的現代社會又回到我記憶中爺爺與我的世界，該是一件多麼幸福的事情，即使，陸地上的獵鳥犬也已經被飛機上的「獵鳥犬」導航裝置所取代了。

5 詹姆斯・狄恩（James Dean, 1931-1955），美國傳奇明星，以叛逆不羈的年輕浪子形象深植人心，死於車禍意外，去世時才二十四歲。

6《小公子》（*Little Lord Fauntleroy*），是一本非常暢銷的青少年讀物，這個故事起初是在雜誌上連載，一八八六年在美國出版單行本。內容描述一個出身美國紐約布魯克林的貧窮男孩，和他富有的英國貴族親戚間的故事。背景橫跨英美兩國，反映了當時社會的貧富懸殊和許多不公平的現象。

24 吃藥不嫌老

幾年前，在印度的中央省，年輕的魯瓦克剛剛在黑夜中爬上了一棵樹。他走過了好幾哩有響尾蛇出沒的路才到達這裡，整條路上都緊張得顫抖，因為夜晚的叢林是很恐怖的，更別說還有蛇了。但是有個動物屍體在這棵樹附近——一頭溫馴的大水牛，一隻更大的老虎在下午時襲擊了牠。他在計畫開槍射殺牠前，還曾被這頭大水牛追趕過，沒想到當他再繞過來時，水牛已經死了。

在印度，他們還是很喜歡從事夜間狩獵，熬夜等待被誘餌引來的老虎與花豹，從車裡打燈，不加選擇就亂射。我不喜歡這樣，即使是獵殺討人厭的有害動物我也不喜歡，像這隻老虎就是個有經驗的獵物小偷，害得龔德村牧民的牲畜大量死亡，而且當牠老到沒有力氣追逐獵物時，就一定會吃人了，最後甚至熟悉了人肉的氣味，逢人就殺。

我不舒適地蜷曲在加德滿都的一棵樹上，不能抽菸、抓癢、咳嗽，甚至思考，只能任由蚊子進行牠們的吸血大餐。我終於打破了規定，開始回想爺爺，還有為什麼我不喜歡夜間狩獵，也不願那樣做的原因。

「如果你喜歡打獵，就去打獵。」爺爺說：「如果你喜歡謀殺，就去當個謀殺犯。買一個廉價的手電筒，輕輕鬆鬆地開車穿過麥田或玉米田，用車頭燈照射，選一對在你燈光中出現的綠眼睛，朝兩眼中間開槍，等綠眼睛消失，就可以去撿拾你的鹿了——你根本搞不清楚那是雄鹿、雌鹿、還是小鹿，反正拖回家再說。鹿就是鹿，對獵人或是謀殺犯來說吃起來都一樣，但你可別被我逮到你這麼做。你是有可能成為高速公路搶匪的，你還沒有大到不能好好地來一頓『山胡桃藥』呢。」山胡桃藥是一頓毒打的說法。

爺爺對於討論遵守漁獵法規這回事兒，有著極度的狂熱，他說如果講話聊天的內容是一個三層階梯，那漁獵法規一定就是第一階。喔，也許我們還是偶爾會有小小的違規，像我曾經提過的，把別人的火雞引出私有土地外再獵殺，還有我對把松鼠從政府屬地上騙出來也還蠻有一套的，反正松鼠對政府一點好處也沒有，牠們只會坐在那裡吃核桃。但基本上，我們是狩獵人中的模範生，甚至還會忠實地記錄下一個狩獵季我們獵取的鳥兒總數。那時有很多販賣獵物的人，根本不在乎他們殺死的動物數量已超過漁獵法規定的二十倍之多，或是毫不在意地射光地面上最好的一整群鵪鶉。

但就像其他長了滿臉青春痘、迫不及待要考駕照的年輕小夥子一樣，我也到了天不怕地不怕的年齡。有一個晚上，我們一整群壞蛋決定要用探照燈獵鹿，只是為了知道那到底會是什麼樣的情況。

我們帶了一盞很亮的探照燈，是從船長的汽艇上「借」來的，開著新的福特車，帶上獵槍出去探險。出了鎮不遠的地方就有黑麥田，新鮮嫩綠的麥田，誘使很多鹿跑來偷吃冬天的作物，我們告訴自己是在幫農夫的忙，你也知道的，就像宣教士聖派翠克趕走了蛇，聖喬治轟走了龍一樣。

我們緩慢地開車前進，用燈打向田裡，大概過了一個小時左右，光線中出現了一雙綠色的眼睛，但在光束中看起來有時又是紅色的。一群鹿離開了它們在沼澤地的溫暖睡窩，跑到田裡來享受一頓夜晚的大餐。光一照下去，牠們就不再吃了，呆若木雞地站著，定格在黃色的光束中。我們沿著田駕駛，我選了最接近的一雙眼睛，朝兩眼之間開了槍。牠們像是突然爆裂的燈泡一樣向外竄逃，隨著這聲槍響，其他幾雙綠眼睛都跟著消失了，當牠們跳進樹叢中時，你可以聽見鹿角碰撞枝葉的聲音。

探照燈為我們帶來了一隻年輕的雄鹿，一動也不動地死在地上。新款的福特轎車有一個隔開的後車廂，我們打開它，把這隻被謀殺了的動物放進去，然後開回城裡，覺得自己像一群大惡棍，剛剛搶劫了銀行，還幹掉了出納員。

當我們進城後，發現車子需要加點油。但正當我們把油槍拔出油槽時，該死的叭—叭啦—叭從後車廂傳來，周遭震耳的聲響足以把死人都吵醒。叭—叭啦！砰！咚！碰！叭—叭啦！很明顯地，我們的屍體只是嚇昏了，而且現在還醒了過來。

加油站的工作人員看起來跟我們一樣受驚嚇。我脖子上的汗毛一根根像鐵釘一樣豎了起來，當我們踩死油門逃出加油站時，老歌「伯明罕監獄」、「受刑人之歌」及「我在監獄中」的旋律在我的潛意識中歡唱。當然，我們最後還是因為沒油拋錨在路邊了。

好啦，尷尬的來了：漆黑的深夜、沒有油的車、郊外的馬路上，還有一隻活著的鹿正想盡辦法把福特車撕裂。突然間，三位勇敢的搶匪變成了三個受驚的小鬼頭，即將面對牢獄生活，外加羞慚的人生。同時，你要怎麼把一隻活生生的鹿從福特車的後車廂弄出來？

當你成了罪犯時，一定會想尋找一些共犯，這樣才能讓自己覺得比較舒服。我觀察著地形，記得一英哩外的地方，有幾個傢伙住在工廠旁邊，販賣一些稱為「白驢蹄」的非法興奮劑。如果他們其中一個或兩個人沒有去「為州政府工作」，也就是坐牢的意思，我們可能可以找到一些共犯的協助，反正他們的燻肉房裡通常也都有一些非法的鹿肉。

朱尼爾，一個身型瘦瘦的，在燈籠一樣的下巴上長了許多小鬍鬚的海盜，正在他那破爛小屋的前門廊上，燒著一壺水，他告訴我們，艾弗跟隔壁鄰居的十六歲女兒莎莉珍小姐，去出一個浪漫的任務了，「他辦完事就會回來」。我們送了一個快遞員到莎莉珍小姐的所在地，硬生生把艾弗從他愛人的懷抱中拖走，來幫我們處理這件需要點技巧的差事。朱尼爾在老福特中加了一點油，車子轟隆轟隆地開往解放之路。

其實，還蠻簡單的。艾弗拿了一捲套索，慢慢地爬上我們的車頂，朱尼爾很小心地打開後車廂，當這頭年輕的雄鹿探出頭來時，艾弗立刻用套索圈住牠，緊緊拉住，然後朱尼爾把車廂蓋蓋上，卡在鹿脖子上。在那麼一瞬間—直到朱尼爾拿出那把隨時都用磨刀石磨得鋒利，連刀片上都有磨紋的折疊小刀，一刀割斷了牠的咽喉——那隻雄鹿看起來就像掛在牆上的鹿頭標本，只不過是掛在車尾罷了。

「你們要這隻畜牲嗎？」艾弗問道。

我們三個一起大叫：「不要！」

「那我們就拿走啦！」朱尼爾說。

我們悄悄開回鎮上，連晚安都沒說就解散了。經過了一個睡眠不足的夜晚，隔天早上，我刻意迴避爺爺，連午餐也只吃了一點點，吃完飯以後，爺爺逮住了我。

「關於你們用探照燈獵來的鹿突然活過來的故事，你要不要講個實話來聽聽呀？鎮上已經流傳了好幾個不同的版本啦！」

我覺得我根本就不需要說謊，因為爺爺有著獵犬般的鼻子。「恐怕是真的。」我說：「但我保證不會再發生了。」

爺爺擺了張臭臉，彷彿我把整個森林放火燒掉了一樣。「我敢說不會再發生了。」他怒氣沖沖地說：「除非你有辦法逃出監牢。走吧，殺人犯，我們去見狩獵警官吧！」

我們上了車開出去。警官在撞球室裡，爺爺等他打完了一局後，問：「傑克，你可以出來一下嗎？」

傑克出來後，爺爺跟他說：「我剛剛幫你逮到了一個罪犯，輪到你工作啦，你帶了手銬嗎？」

警官說他沒有，但如果罪犯很危險，他可以趕快跟附近的同事借一付。

「我覺得他很危險，他犯了謀殺、偷車、夜獵的罪，還用偷來的探照燈作案。」

「也許他已經很後悔了。」警官說：「這是他初犯吧，是嗎？」

爺爺說：「我想是吧，除非他們這夥人幾個月前的晚上偷了一些西瓜也算的話。」

警官說：「老天，我要去賭下一局了，這次我先假釋他，交由你處理，奈德，你可以按你的辦法教訓他，好嗎？」

爺爺回答：「如果你這麼說的話也行，可以省州政府一點錢。」

爺爺在回家的路上都沒說話。「你去車庫那裡等我。」到家以後，他對我說。然後他就走進屋子，拿了一條別人給他的馬拉加籐條過來。「脫掉你的褲子，彎下腰！」他說。

當我坐在樹上，等著老虎現身時，我的屁股突然加倍疼痛起來，當然不是這個該死的等待讓我屁股痛的。爺爺那天老老實實地抽了我一頓，但鞭子給我的疼痛，比不上爺爺的冷漠，他至少三、四天不跟我講話，直到他覺得我已經得到了教訓，會確實遵守社會規範以後才理我。

我從那時起，直到現在都不曾在夜晚打過獵，直到賈姆西大人推了推我。老虎已經悄悄走到誘餌旁了，我們讓牠吃了十多分鐘，然後賈姆西大人打開燈照牠。牠的頭像水果籃一樣大，鬃毛上都是血跡，在光束中，看起來很恐怖。當牠躺在水牛屍體旁從頭吃到尾的時候，我瞄準了牠的頸子，然後點470獵槍砰地一響。牠連移動都來不及就應聲倒下了，看起來像一張虎皮地毯，牠的頭正好枕在水牛後腿上。我準備再射一槍。

「不用了。」賈姆西大人說。「不要破壞了毛皮。牠死了，像其他幾隻一樣。」他吆喝站在遠方的男孩們過來，協助我們爬下樹來。

這隻就是我十天中射殺的老虎三號——每隻都很大，但這隻最大，而且只有這隻是夜裡獵殺的。我忘記了爺爺。這是我見過最大的老虎，不管是牠的獸跡，還是牠的頭。我在樹上就喝掉了一瓶酒。我們大肆慶祝。

「我再去看看牠。」我說，過了二十分鐘以後。

賈姆西大人打開手電筒，我聽見了一聲咆哮，然後看見一條尾巴消失在高草叢中。那隻死了二十分鐘的老虎復活了。牠只不過是受了些擦傷昏倒了。

我們已經用水牛引誘了牠兩天，但始終無法接近那隻老虎。牠在一百碼距離內流了很多血。幾個禮拜以後，德州休士頓來的獵人傑克．羅奇又看見了牠，傑克說就他從草叢中所見，這隻大貓的脊椎上部有一道已經癒合的傷疤。

這對我實在沒什麼好處，但我想起了有名的大象獵人卡拉摩賈．貝爾，有一次他割下了腦部中彈公牛的尾巴，幾個小時之後回去，卻發現公牛已經走了，沒有尾巴地走了。每個獵人至少都犯過一次這種愚蠢的錯誤。我所能想到的就是在福特後車廂裡被載走的那隻年輕雄鹿，還有爺爺的鞭子嗖地一聲抽在我屁股上的記憶。

從那一刻起，你是可以告訴我你已經監視一隻長毛象或一隻劍齒虎有一段時間了，晚上可以上樹去獵牠，但你一定會收到一個肯定的、嚴肅的回答：「不要！」白天的狩獵才是屬於獵人的，夜晚的狩獵是屬於覓食動物的。但不管爺爺現在住在天上哪個狩獵營區裡，我敢打賭當那隻大老虎站起來，冷靜地逃走時，他一定笑了一整夜。

25 只有一條命

這件事發生在印度中央省的蘇哈喀。有個小屋座落在一座小山的緩坡頂上，一片風景優美的鄉野中，那兒鮮嫩的綠色、黃色、紅色讓人想起了康乃狄克州的秋天，還有北卡羅萊納初秋的美麗。這讓你以為可以聽到鵪鶉在日落時分尋找同伴的呼喚，但事實上取而代之的，是喧鬧的孔雀沙啞難聽的嘎嘎聲、渡鴨的呱呱亂喊，雄鹿受老虎驚嚇時奔走的噹噹聲，或老虎因此而發出的厲聲咆哮。這小屋是政府好心租借給老虎獵人們使用的，在小屋裡有一個燒煤油發電的冰箱，還有一排櫥櫃，裡面裝滿了罐頭食物與佐料。

主客廳中，槍枝隨意地放在牆角——有點470、點308、點220等裝有瞄準器的槍，還有手槍。每一次有印度訪客來到時，喔，老天爺，就是會有好奇人士看上這些槍，然後就會有人在拿起槍後，不小心射到一樓地板或是別人的腳。這個營地配有營地經理、秘書、接待員等，還有一堆難以歸類的人，他們不過就是來看看熱鬧罷了，但都對獵槍非常著迷。

那些槍都不是我的，是租來的，可是用起來還不錯。我已經用它們打過幾次獵了，尤其是那把點308獵槍，是個相當厲害的中小型武器。真是把上等好槍呀，只是我老射不中東西，不過，這對我來說也不是什麼新鮮事就是了。只有一次，我實在太遜了，連漁獵法規都告訴我，如果我用了這麼多火藥，就應該要獵到點什麼，但我連用有瞄準器的槍，包括這把點220獵槍，通通都打不到東西。我問狩獵嚮導：「你們有人用過這個瞄準器嗎？標線都是對的嗎？」結果我只得到了一陣白眼。

「你知道的，」我說，「瞄準器也需要常常檢查——大氣壓力、火藥殘渣，還有在吉普車裡顛簸得太厲害了，這些都會影響到它的準度的。」

還是一陣白眼。從來沒聽過這種說法。瞄準器就是瞄準器，把它用細繩綁在槍上，就可以發揮謀殺的威力。就像在肯亞，還是有很多土著民族相信鼻子有謀殺威力一樣。

「我們要找一個不會移動的目標，」我說，「用瞄準器盯住它。」

對於歐洲人的怪想法，嚮導只是搖了搖頭。我用瞄準器對準好幾百步外那顆像麵包樹一樣大的樹木，把槍牢牢架在吉普車車蓋上，對著目標開槍，子彈擦過樹身側面。我又開了幾槍，都削下了幾塊樹皮。如果你喜歡一呎高兩呎寬的槍，這枝槍組裝得還真是完美，我又試了點220那把槍，但還是有幾次沒命中樹木。

我拆下了瞄準器，上上下下仔細檢查了標線，才發現，如果你想射擊的是位在角落上的目標，這就是我所見最過有殺傷力的武器。但很不幸的是，如果你想瞄準的是眼前的獵物，就很有可能會錯殺嚮導在岡地亞市中心的那位堂兄弟。很明顯地，自從這瞄準器裝好以後，就再也沒有人調整過它的焦距了，瞄準器的裝設時間，還很可能是這把槍還沒飄洋過海賣到這裡來之前呢！我把鏡頭調整了一下，又試著開了幾槍。等到完全調整好了以後，我用點470的子彈，一槍射中了那個盛著奶油的平底鍋。這真是太神奇了，尤其是我竟然能在幾百碼外，射中一隻孔雀。

當然，這跟機械原理一點關係也沒有，是魔術。當地的土著剛朵族及拜喀族無論如何都不相信槍。他們非常仰賴石頭、樹木、鐵斧頭還有陽物圖騰，但是槍，不不不不！

「喔，我的老天，爺爺！」我說，「你告訴我我總有一天會去獵老虎，但你可沒告訴我會是這種情況。」（嚮導這隻珍貴的點577獵槍，是用一大堆鐵絲綁在一起的。）

關於瞄準器的故事就這麼告一段落，我們又射中了一些斑鹿、東南亞大鹿、野豬，還有一隻老虎。那些槍還是被小心地堆在房間角落裡。有一天我去看了看它們，發現槍口根本就完全被堵住了。

「以佛陀之名，或是任何一個我知道的神名都可以啦，」我大喊，「難道從來沒有人清理過這些來福槍嗎？」

「喔，是的，大人，我們立刻就清理。」然後就拿著這些武器出去了。我猜是拿到洗衣間去了，因為在種姓制度下，一定會要求洗衣工來處理這些與清潔有關的工作。

過了一會兒，乾淨的槍又被拿了回來，再次被小心地堆放在角落裡。我把它們拿來放在桌子旁。然後去睡了個午覺，讀了幾篇收錄在《黑相思木雜誌》（*Blackwood's Magazine*）中優美的老散文，當我起床以後，那些槍又被放在角落裡了。我用力搥打著窗板，不過卻注意到一隻大鷹盤旋在小屋前的天空中，我靈機一動，緊盯著這隻鷹，從角落裡拿起一枝點２２０獵槍，用樹木作掩護，悄悄地盡可能向那隻鷹接近。

如果是我的非洲好友哈利·席比，獵物可能已經到手了，因為老鷹已經毫無警覺地進入了我的射程之中。習慣使然，我準備打開保險栓，這才發現保險栓已經是開著的了。我握著槍，裝上彈匣，但是我的媽呀！只聽到叮噹一聲，一顆子彈從槍膛跳出，我根本沒來得及對準老鷹，就在驚惶失措中，趕緊轉身衝回那幽暗的小屋。

在角落的每一枝槍裡都裝著彈藥，每枝槍都可以立刻發揮實力，每一個保險栓都是拉開的。點４７０雙管槍還有著兩根裝無煙火藥的大槍管。我大聲吼叫，不管爺爺是在天上還是地底下，他一定都聽見了。

如果沒必要，我絕對不會刻意引起騷動，但是想到在狩獵這行裡，竟然有人可以是這麼嗜血的白癡，把上膛的武器放在角落裡，很可能讓不懂的笨蛋隨意就射出子彈——「砰！砰！」，真是讓我氣炸了，我臉色慘白，全身氣得發抖。這是對狩獵禮儀的公然冒犯，就像一個完美無瑕、高貴優雅的女士，突然被引誘成為一個放蕩的浪女一樣。

「爺爺，爺爺！」這是我唯一想到說得出的話，不然就是用我會的六種語言罵髒話。唯一比我咒罵得更大聲的，是我的妻子，她經過非常辛苦的訓練才學會如何注意武器上的保險栓，以至於幾乎在關鍵的時刻來臨時，不敢真正打開保險栓射擊。從那天之後，我就不曾真正原諒過印度人。

我立刻想起在北卡羅萊納，我第一次看見槍的那天。爺爺跟我去獵鵪鶉——我的第一次，那年我八歲。

當獵犬出發搜尋時，爺爺跟我說：「一分鐘之內，我就會讓你知道該怎麼使用這玩意兒。你媽以為我是個老糊塗，居然把一枝槍拿給跟槍桿差不多高的毛孩子。我跟她說，對你的安全，對這枝槍，以及教你如何使用槍，這一切責任，全由我擔當。我告訴她，男孩子什麼時候要學打獵，他就有資格有槍了，不管他的年齡有多麼小；而且不能因為他太小，就不讓他開始學習。不過，應當教他如何小心使用槍啊！你應該記住：槍是一件很危險的兵器，它可以殺了你，殺了我，或是殺了狗兒。一枝實彈的槍能叫你變成殺人犯，千萬可別忘記呀！」

我真的從來沒有忘記過。

在我學習用槍的過程中，我總是遵從爺爺的指導。他讓我上過一堂爬鐵絲網的課，感覺比海軍陸戰隊的訓練還困難，而他就像海軍陸戰隊的訓練官一樣嚴格。

「唷！」他會大喊，就像叫一隻把整群鵪鶉都驚飛的笨狗回來一樣。「你看起來真像個笨蛋！整個人卡在鐵絲網上，一隻腳懸在半空中，一隻腳還踩在鐵絲上，你的槍呢，在風中搖晃？」

或者是：「老天，這裡是個什麼樣的獵人呀？竟然把槍撐靠在樹上，是準備讓一隻笨狗跑過去，剛好轟爛牠的臉嗎？」

或者是：「是哪個笨瓜頭獵人呀！竟然打獵回來就把槍放在牆角，是要讓某個小鬼頭剛好可以拿去亂玩，並在他媽媽身上射個洞？」

我會反駁爺爺：「但是爺爺，槍並沒裝上子彈呀！」

「誰說沒裝子彈的？」爺爺輕蔑地問。他走過去拿起槍，到後院一扣扳機，砰！砰！

「沒裝子彈嗎？哼？那這是什麼，老鼠嗎？」

當然是這老怪物的技法，他趁我不注意時偷偷塞了幾顆子彈進去，只為了給我一點精神教育。他以前也曾這樣做過，在我剛拿到新槍的第一天，打飛了第一隻鵪鶉後，他偷偷塞了幾顆子彈到槍管裡，然後要我用空包彈射擊練習準度。我瞄準一顆松果，然後「砰」地一聲——把我嚇得魂飛魄散。他拿走我的槍，從我手中拿走了「我的槍」，用它射中了一隻鵪鶉，惡狠狠地給了我一個教訓。我當時氣壞了，真想裝顆子彈射死他，可是因為我很愛他，也知道他這麼做是有道理的。多年後，為了同樣的理由，我的太太承認她也很想在樹林裡射殺我。

但在我進入青春期以前，爺爺就已訓練我養成習慣，每次只要我們從一個獵場開車到下一個獵場時，我都會把槍托拆掉。而每次打完獵回家，不管多累多餓，第一件事一定是把槍拆開，清理乾淨，裝進盒子裡收好。

爺爺得意洋洋地哼了一聲，說：「無論是一個非常聰明的年輕人或一隻非常伶俐的狗，都必須打開槍盒，重新組裝槍枝，裝上子彈，才能用它『不小心』殺死你。」

爺爺的警告聽起來有點過份謹慎，我承認我有一次違反了這個原則。我調整了我雙管來福槍上的保險栓，讓它不會在槍膛打開時自動滑回安全狀態，這樣我就不用擔心為了避免巨大醜陋的怪物踩扁我，必須在很緊急的狀況下填裝子彈時，忘記把自動保險栓打開。基於同樣的原因，我的雙管槍不使用自動發射器。當在那個迫切的瞬間時，這不過是多了一道妨礙你的事情。

有一次，我必須補上另一個狩獵隊員工，而且我忘了告訴這位新的扛槍手這件事。我們很努力地追逐一隻象，我叫那個新男孩把槍裝上子彈，他照做了，當我們到這龐然大物的前面，他把武器遞給我。我很自然地打開保險栓向前推，但它似乎卡住了，所以我又把它扳回來，但還是不能開火，因為現在它是在「關」的位置。那個驚慌失措的瞬間彷彿有一千光年這麼久，總共花了我六分之一秒的時間跟這個機器奮戰。到底發生什麼事了呢？他拆開槍膛裝上子彈，保險栓就會自己向前停在「開」的位置。我竟然在叢林中趕了五英哩的路，就任由這枝可以隨時發射的槍扛在他肩上，對準著我的腦袋，只要他不小心跌進一個坑洞，「多麼慷慨呀！」他就會變成西班牙帕拉莫斯地區最富有的遺產繼承人。第二天，我就把保險栓的裝置全部拆除了。現在，當可愛的傑佛瑞在裝子彈時，我完全不用擔心，我可以站在這位扛槍人的前面。

有人不小心被ＢＢ彈射中眼睛，有人不小心在爬欄杆時被槍轟爛手掌，但這些事都不會跟爺爺扯上關係。不過我有天在蘇格蘭高地獵松雞時，有一顆愛炫耀的小子彈從槍托滑落，剛好正中我的屁股，害我好一段時間都不能活動。在一個禮拜前，有個性情暴烈的法國客戶，子彈擦過一隻松雞，不小心打到隨從臉上距離眼睛不到四分之一吋的地方。好險還有這四分之一吋，不然只有一隻眼睛會比擁有兩隻眼睛少太多樂趣了。

我想這就是為什麼我在印度會氣瘋了的緣故。如果爺爺跟我們一起去印度擔任狩獵嚮導，我保證在我們的營地裡，一定會有很多人屁股得挨上板子。印度人有一種責罰用的長棍子叫做拉夕（lathi），如果爺爺可以像使用美國的條板一樣使用拉夕，那麼比起老虎，我會比較不害怕這些槍。不過想了想，我倒真的沒花什麼時間害怕老虎，因為得一直忙著盯住我的朋友跟員工啊！

26 貪吃鬼

我們家後院外邊有個小果園，長著一些梅子和無花果，鳥兒在那兒飛來飛去，有時還撲打到我的身上。不過，如果那一年梅子結了果，就換我衝出去撲打那些鳥兒了，免得牠們在梅子還沒成熟前就把果實吃個精光。每次難得有草莓從前院車道邊冒出來時也是一樣，我一定捍衛到底。家裡的大人們總是殷殷勸誡要小心肚子痛，然而我卻總是吃得津津有味，非常開心。

吃那些還沒成熟的梅子和草莓其實並沒有什麼不對，即使到現在，我還是喜愛它們更甚於完全成熟的果實。我猜我從來都沒有戒掉這個從小就養成的習慣。

很久以前爺爺就曾對我說：「孩子可以順利從小長大到成人這件事，真是讓我很訝異，因為小男孩和公山羊比我所知道的任何動物——包括連自己的小豬仔都會吃下肚的豬——都更不關心他們到底把什麼東西吞下了肚。」

爺爺打算用這番話說服我，喝大量蓖麻油是治療吃太多青桃的獨門祕方。青桃並不如傳聞所說會讓你肚子疼，相反地，蓖麻油才會呢！我想這當初一定是某個大人胡謅的，但我卻成了受害者。

「青桃、青梅、青黑莓、青無花果、青葡萄、青蘋果、青梨……」爺爺用唱歌般的聲音唸著。「為什麼男孩們一定要在果實還沒成熟前就去吃它？那一點都不好吃，而且還很傷胃哩。」「我想我只是等不及了，」我說，「它們還沒熟時總是看起來很美味，我甚至還比較喜歡那股生澀的味道呢。」

爺爺厭惡地哼了一聲：「反正胃是你的，想毀了它就隨便你。」然後，他喃喃自語地走了開去。我知道是什麼在困擾著爺爺。醫生從食慾不振診斷出爺爺有輕微的胃病，嚴禁他吃油炸的食物、甜點，還有幾乎他喜愛的所有食物。爺爺並不是因為我吃未熟的桃子而大動肝火，他是惱怒自己不能吃想吃的東西。他認為強迫他像嬰兒般節食，多少反映出他的歲數已太大了。

回首往事，我認為我一定有個鐵胃，甚至到現在都仍是如此，這都要歸功於小時候我老愛吃一些被認為是不能吃的食物，長久鍛鍊下來的成果。

我長大成人後，已經可以忍受那些雞尾酒派對上的食物了，像那些像是用來餵山羊的開胃小點心。我不斷在世界各國遊歷；在墨西哥，我並沒有被所謂的「蒙提祖瑪的復仇[1]」

所打垮，那些從歐洲來的旅客大多腹瀉不止，責怪食物和飲水的改變，責怪當地用來烹調的油、奇怪的海鮮、綠色蔬菜、不衛生的冰塊、奇特的酒，反正所有的一切都不對勁。

除了歸功於童年時期，我任性地要求並接受任何食物的訓練外，我實在無法解釋為什麼沒有東西可以擊敗我的胃。我真的把醃酸黃瓜和冰淇淋加在一起吃。有人說不應該把海鮮和甜點混在一起，但是如果有蝦子口味的冰淇淋，我一定搶第一個試吃。照道理講，你不能把西瓜和某些東西、或是把大蒜和其他東西混著一起吃，不過我照舊會把西瓜和每種東西一起吃，也津津有味地大嚼大蒜拌丁香。我曾和阿拉伯人一同大啖羊眼，和日本人一起吃生海鮮，和非洲人一起吃油炸的蛆，還有品嘗所到之處每種奇特的異國水果。我並不是建議大家和我一樣亂吃，我只是說，實在沒有任何一樣我吃進去的東西會讓我生病。

小時候，我常會突發奇想。沒有人覺得生吃蛤蜊或蠔有什麼好奇怪的，那些東西剛從海裡撈起來，還淌著新鮮、略帶鹹味的汁液，如果說，蛤蜊或蠔是海鮮，那麼我認為魚蝦和蟹類應該也算是。當我用力划著我的小船離開岸邊小屋到海上去時，我一定隨身帶著大把的鹽和一袋水果，而且裡頭總是有可以預防壞血症[2]的檸檬和萊姆，因為一位獨自出航的船員從來都不確定，他只吃醃鹹肉和硬麵包這些食物，是不是會引發壞血症。

那時候，我還不知道萊姆汁可以用來料理魚（那是波西米亞式的料理方法），然而，我很快就發現，將生的魚蝦和蟹類充分抹上鹽，再滴上一些檸檬或萊姆汁，然後放在太陽底下曬一陣子，那真是人間不可多得的美味！我尤其偏愛海釣時常拿來當餌的鯔魚，爺爺總不高興地抱怨，被我吃掉的魚餌比被魚吃掉的還多。不過啊，那鹽漬的半乾鯔魚實在是太美味了，尤其是配上巧克力棒一起吃，那就更棒啦。

四分之一個世紀後，我在非洲吃到一種乾肉條，這種乾肉條是將肉切成薄片掛在灌木叢上曬乾做成的。曬乾後，肉片的顏色轉黑，硬得幾乎難以下嚥，是一種方便帶在身上咬嚼的食物，而且極富營養。這種乾肉條是波爾先民[3]遷徙到非洲時所攜帶的日常主食，這就跟打獵的人到野外時帶上一袋肉餅或肉乾，是同樣的道理。真正處理得好的乾肉條，像糖果般易碎，一折就會斷成小條，既美味又容易保存。

看到這種非洲乾肉條並沒讓我太覺得吃驚，太平洋和日本的魚乾也是；對我而言，它們吃起來反而有股熟悉的感覺，就好像我曾經去過那兒似的。

---

1 蒙提祖瑪的復仇（Montezuma's Revenge），比喻旅行到墨西哥因水土不服，而引發腹瀉或其他不適疾病的情況。

2 壞血病是因缺乏維他命C所造成的。早期在海上航行的水手，因為不容易吃到富含維他命C的食物，例如蔬菜和水果，導致周身出血而死去。

3 參見頁103，註1。

小時候，我像野人般隨便處理打到的獵物。我們在星期六常常進行「狩獵之旅」，這和以後我真正去非洲狩獵一樣，都是充滿著冒險的歷程。即使還在使用空氣槍的階段，戴斯牌的槍我們就已經上手了，接著是五十連發的BB槍。知更鳥、歌雀、唧雀、鶇、啄木鳥還有黃雀是我們主要的獵物，偶爾有鴿子、雨鴉，或者久久來一隻和大象、獅子、水牛同等級的鶴鶉或沼澤雞。我們厚臉皮地殺死獵物，等不及清洗就草率地剝皮、快速清理內臟，然後用樹枝串起來，放在倉卒起好的火堆上烤，也就只是把表面烤熟而已。然而，吃起來竟然非常美味，更奇怪的是，即使晚點再吃還是一點兒都沒變味……

……就拿前幾年在非洲發生的故事來說吧。有一回我們去搜尋大象，步行了好一陣子後，在半路上開始覺得飢腸轆轆，但是沒有一個人會在他追著行進中的大象，不時要和高高的草叢奮戰時，還隨身帶著儲肉盒[4]。我們中途喊暫停，然後有人射殺了一頭小羚羊，雖然我認為是隻長頸羚羊。我們剝下獸皮，把胃清掉，然後吃掉牠的心臟和肝臟，真是美味極了。之後還起了火匆匆地烤了一些肉，這聽起來好像有點兒恐怖，但是這隻動物的體溫仍舊微熱，充分抹上鹽巴之後變得更好吃了。

從此之後，我們就開始一連串類似的小實驗，我們發現如果當鳥類和大多數小瞪羚還有餘溫時就放到火上烤的話，那簡直就沒有其他食物可以媲美得了啦。除非牠們的肉因為失溫僵硬而變老，我們才會用廚房裡的料理方式，讓這些肉變得柔軟些。

其中，鳥肉尤其好吃。我們射獵沙雞、小珠雞、鴿子和鷓鴣，趁牠們仍在抖動時就快快處理，然後用樹枝串起來，迅速地放在碳火上烤。那味道真是太棒了，而且一點兒腥味也沒有。那晚我們回到營地，坐下來好好地吃了一頓晚餐，有魚子醬、珠雞胸肉、蘆筍和新鮮的水果，而且大口大口地灌下法國酒，像是木桐堡（Mouton-Rothschild）或者香波－蜜斯妮（Chambolle-Musigny）。我們之中最愛吃半生不熟食物的是一個西班牙人，他也是個酒類和醬汁的專家，他每年必定來趟法國之旅，就為了在橫越鄉間的旅途中一路吃過去。

對真的餓到不行的小鬼頭來說，吃什麼東西其實都不是真的那麼重要。我永遠記得其中一種宛若宮廷饗宴般的美味，是大約中午時分吃的一種餐食（即便是現在，當我在卡羅萊納州獵鵪鶉時，如果運氣好可以找到一間舊式風格的雜貨店，我仍舊會那樣子吃）。那正好是鳥兒都飛回沼澤陰涼地休息的時間，獵狗們也需要在下午三點半的打獵前喝點水並休息片刻。

老饕們也許並不以為然，因為我們吃的是鮪魚罐頭（和我們用來餵狗的一樣）、沙丁魚

4 儲肉盒（chop box），在西非地區用來儲存肉的盒子。

罐頭、蠔牌薄脆餅、原味蘇打餅乾、薑餅還有切達起司，配上裝在大瓶子裡的飲料，通常是五分錢一罐，瓶子大小比可樂還大上一倍，有葡萄和橘子兩種口味。爺爺稱這種飲料為「洗胃水」，實際上也真是如此，不過這種飲料卻很適合用來搭配沙丁魚、薑餅還有切達起司。如果打嗝在某些國家是表示禮貌的話，那麼我們就是「禮多人不怪」囉。

下午在林子裡，我嘴巴裡老是咬嚼著一些垃圾零食，像是薄荷糖，和從桶裡拿出來的硬蘋果，也許還有從排放在雜貨店陰涼處的零食罐裡買來的醃漬酸黃瓜——在擺放零食罐的架子下面，旁邊同時還放著工作褲和山胡桃牌的襯衫。這些染著色素的零食裝在獵裝口袋裡，有時候還會滲出顏色來呢。如果我口袋裡有一些錢，也許還會從傾斜的架子上挑一袋綜合蛋糕，例如像咖啡杯碟般大小的香草口味脆玉米餅、巧克力和香草夾層的圓蛋糕，和粉紅色的酥皮點心，表面還灑了一層薄薄的椰子粉。

在家裡用儲存來餵牲畜的草料烤蠔，似乎是很常見的事。雖然有些人認為烤蠔如果不配上其他東西一起吃，就很難消化。尤其當你剛打獵回來，身體還熱呼呼的時候，更需要大口灌下產自隔壁黑人農場的冰涼葡萄酒，才能大啖烤蠔。

一講到酒，和後來學習到的一些關於釀酒年份和品牌的知識相比，從小我便學會某些更奇怪的、但卻不曾傷害我味覺或腸胃的私釀酒製造方法。

無視於沃爾斯泰德法令[5]的規定，我們這群搗蛋鬼把多汁的野莓搗爛成泥，加入糖讓它發酵，然後過濾殘渣，我們天真地相信製造出來的液體就是酒。我們還在自己建造的陰涼洞穴裡——用來防禦印地安人、父母，還有稅務員突擊的安全躲藏地——進行稀奇古怪的「巫毒」實驗。乾杏仁和葡萄乾搗碎作成的糊狀物還可以接受，葡萄和新鮮的桃子也不賴。不過大部分的味道都很噁心，而且常常有死甲蟲和微醺的蒼蠅掉在裡頭，但最重要的一點是，我們所製造的這些非法產品，基本上都不是毒品。

我真不知道我們在那段日子裡是怎麼存活下來的。我們嚼酸草，用刻有圖騰的菸斗偷抽兔兒牌菸草，在白莓和青柿子的混合物中，加入各種核果，包括胡桃、野生山胡桃和板栗，變得油膩膩的。吉姆叔叔雜貨店裡賣的一分錢糖果，八成是用一半滅鼠藥、一半糖做成的。在黑人城鎮，尤其是布朗多葛斯市，才買得到的艾瑞糖（Irey ivans），原料只是簡單的花生和焦糖罷了。黑人們喜歡用咖啡糖漿作成各式糖果，我也愛死了。我連看到烤浣熊、豬小腸，或者燉松鼠頭都不會臉色大變。

我們貪婪地吃著這些奇特的食物。我清楚地記得喝過濃縮的甜牛奶，黏稠到幾乎可以用

5 沃爾斯泰法令（Volstead Act），美國於一九一九年為強制執行憲法第十八條修正案，所頒布的禁止私釀與販賣酒精飲料的法律。

牙齒咬嚼。而我們在林子裡烤的山芋，吃下肚的泥巴和灰燼比那半熟的芋身還多。對於食物我們只有一個規則；那些長在野外的、在雜貨店裡買的、還有父母認為根本不能吃的東西，都是人間美味。一些身體比較沒有那麼強壯的「科學家」們，偶爾臉色發青然後嘔吐，就會被大肆嘲笑，和暈船的膽小鬼會受到無情的嘲弄是一樣的道理。

長大後，我可以面不改色地喝著低價的玉米酒，還有在那個年代裡嚴禁的私釀酒。我喝過突尼西亞的水果白蘭地（呸！），澳洲的威士忌，南海叢林裡的含酒精飲料，和一些在海上混著酒精和葡萄汁的非法飲料。我也品嘗過非洲啤酒和坦噶尼喀香蕉酒，這些酒是在下肚後才開始發酵。然而，我卻沒有陣亡，真是只有老天才知道為什麼！

當爺爺既羨慕又厭惡地和我談論味覺時，他老人家又把好奇心殺死一隻貓的故事拿出來老調重彈，「不過就你的例子而言，」他說，「你是一隻非常大的貓，而且不管怎麼說，你還沒嘗到苦果呢。」

爺爺他老人家對事情的看法，通常絕大部分都是對的。這些日子以來，有幾天早晨醒來我感覺不太舒服時，就會覺得爺爺真是料事如神，即使是花了這麼長一段時間才證實了這件事。

27 美好的十一月

正如我常說的，爺爺很早就影響了我對季節的觀感。他根據不同時間該做的事情，將一整年鮮明地劃分為幾個季節，爺爺總說這是希臘人一貫的作風。有種植的季節、收穫的季節、懷疑和擔憂的季節、戀愛的季節和死亡的季節。三月是不幸的月份，必須謹慎防範，即使是羅馬帝國的凱撒大帝都被警告要特別小心十五號這一天。六月是溫暖而愜意的，像個女人的月份，十月則充滿了希望與美好的回憶。

然而，對當時還是個小男孩的我而言，最重要的月份是十一月——一個屬於粗野、強壯男兒的月份。嚴酷的寒冬即將到來，季節的更迭讓森林裡籠罩上一股不可思議的神祕氣氛；此時的鵪鶉，只有當它們被驚嚇得四處竄飛時，才會啼叫出聲。你可以聽見發情的雄鹿鼓漲著脖子，發出求愛的噴氣聲，牠們用來打鬥的鹿角上，鹿茸都已經被磨得精光了呢。

每件事情都發生在十一月裡。獵鵪鶉的季節開始了，大約感恩節前後，獵鹿和火雞的好時機也跟著到來。北卡羅萊納州的天氣，白天裡涼爽，但仍舊晴朗而和煦，到了夜裡寒星點點，這時沒有什麼比一堆熊熊燃燒的火焰，更令人愉悅的了。野鴨理所當然地飛翔在天空，有時候，太多的活動讓我不知道該採取什麼行動才好。

甚至連釣魚都變得更有趣了。夏日垂釣已然結束，繼九月和十月初的小魚群之後，大魚開始陸陸續續地抵達，十一月是釣大尾扁鰺和深水鱸魚的最佳季節。灰濛濛的大海冰寒刺骨，魚群緊密地聚集在被珊瑚礁圍繞起來的沼澤裡，牠們掌管了這一方天地。

記憶中印象最深刻的是，一隻為了獵食扁鰺、鱒魚和維吉尼亞鯔的大鯊魚，試圖穿越橫亙在牠們之間的珊瑚礁時，幾乎衝上環礁，擱淺在上面。牠那露出水面的背鰭瘋狂地拍打著，好將自己拉出淺灘脫離困境。

儘管我曾獵過幾隻公鹿，可我還稱不上是個獵鹿好手。但對我而言，十一月意味著獵犬清脆優美的鈴聲遠遠傳來，愈跑愈近，就在公鹿突然要從冬青叢裡衝出來的那一刻，發出的聲音宛如低音樂器和大提琴那般地強而有力，幾乎就像在你腳邊流瀉似的。

狗兒們也都知道十一月。傑克，這隻老是捲豎著尾巴的獵松鼠好手，還有阿鈴、阿藍這兩隻獵鹿犬和其他獵鳥犬，早在狩獵練習中累得半死，像石頭一樣動也不動，拿起槍就可以射死牠們。一個禮拜裡有六天我都待在森林裡或水邊，如果不是大家對星期天打獵抱持著保守的態度，我就會無視於聖經「一周工作六日，第七天休息」的訓諭，在星期天也跑去打獵。

當我說現在的年輕人——至少是說我認識的那些——無法深刻地感知到上帝在山川林野裡的精心傑作時，大概我已經是說老不老，說年輕又已經不年輕的人了。他們只關心電視節目上的事物，或者最新款的車子。我是不是逐漸變成一個過時的人，只停留在當我還是個小男孩的那個年代呢？

或許真的是這樣吧！但我認為現在的年輕人，被他們叛逆的天性所矇蔽了。偶爾，我會試著和我那群朋友們的子孫聊天，發現他們和成人的關係非常疏遠。當我還是個小男孩時，幾乎沒有什麼和我同年齡的朋友。我的朋友絕大部分是大人，白人黑人都有，他們從未用藤條或者說教撫育我長大。我敢發誓十一月之所以是令人愉悅的，是因為我結交了那群不拘小節的人物，他們隨著時間的推進，在這個反叛的時代裡，被視為不登大雅之堂的一代而被劃清界限。

我的那群朋友中有些人還私釀非法的威士忌，在星期六晚上喝得酊酩大醉，然後互相大打出手，但是大部分的人對那個跟著他們在森林裡和船上轉來轉去的小男孩，卻極為和善和富同情心。我還記得，一個已是慣竊的小偷甚至威脅我，如果他哪天抓到我膽敢偷竊，一定會把我揍得哇哇大叫。

這些朋友們，就像躲藏在柿子樹上睡覺的鼨、乾枯棉花田裡冰凍結塊的土壤、在人跡罕至的沼澤裡守望鹿蹤、在寒風刺骨的清晨躲藏著等待雄火雞經過一樣，都是十一月中很重要的部分。

由於我常活動的森林裡有很多黑人，因此我跟黑人在一起的時間也許比白人還長。我可以十分自在地待在阿布納和佛羅倫斯嬸嬸的住處，而且他們絕不允許任何陌生人擅自進入我獵鵪鶉的地方。我和他們一起吃飯，偶爾逗留得太晚，來不及回爺爺家時，就在他們用隔板和簡陋木材搭建起來的小屋裡過夜。我想在立法取消種族隔離之前，我們就相處得十分融洽了。至少當我們一同分享燉松鼠頭、鼨和地瓜時，沒有人會提及誰是白人、誰是有色人種這類的話題。

露營之旅讓十一月的活動達到高潮，如果我能聽話乖乖地劈柴、清理釣來的魚、剜出野鴨臟腑和拔乾淨鳥羽毛，爺爺和他那群好朋友就會允許我和他們一起去長達一周的野營，在營地裡我負責劈柴、清理釣來的魚隻、清鴨子臟腑和拔乾淨鳥羽，有時也剝鹿或松鼠的皮，還有提水和洗碗盤。完成這些大人們所交代的瑣事，讓我成為他們的一份子。在營地時，他們公開咒罵，講些屬於男人的故事，喝威士忌，將我視為一個男人般看待，但是卻又老練圓滑地不許我罵髒話，不准我喝酒，或講些下流的笑話。

沉浸在大自然和戶外活動裡，真是不可言喻的美好享受啊！從十月開始，它就已經輕聲召喚著你，接著，十一月降臨。只有真正的笨蛋才能體會天亮前躲在獵鴨欄裡的那種痛苦，即使在像路易斯安那州那麼南邊的地方。清晨時天色仍舊一片漆黑，寒冷深深滲透到你的骨子裡。看不見的野鴨拍打著翅膀，發出颯颯的風聲，那種折磨比看見過度講究服飾的男人更令人難受。接著，天空漸漸出現宛如鴿子胸前那抹粉紅的破曉，一會兒轉成瑰麗的玫瑰紅，這才終於可以看到野鴨。你可以開槍射擊、落空，或者偶爾打中。

或許用「樂趣」這個字眼就足以形容這一切。晚上獵浣熊是個再蠢不過的主意，因為獵犬常常驚起臭鼬，搞得臭氣薰天。摔跤這件事也讓我們樂不可支，而那些我們不小心跌進去的小溪，看來也只不過是「障礙課程」的一部分罷了。

有一回，我待在德州朋友的家中等待感恩節到來。那兒的鴿子多得像蝗蟲一樣，野火雞成群結隊吃光偷來的食物。當我正在附近四處尋覓，搜尋打落的鴿子時，發現了一條像木頭那麼粗的響尾蛇，就在與我同行的女士用她的新槍轟得牠腦袋開花之前，我想起爺爺曾經說過的話：「在十一月，即使是響尾蛇也不喜歡咬人。」

28 男孩討厭忍耐

爺爺把手背在身後，在火爐邊來來回回地踱步，他說：「累積歡笑能增長智慧。」屋子外面正下著雨，雨滴敲打著窗沿。

「什麼？您再說一次。」我正滿懷希望地望著窗外，沒注意到屋子裡發生了什麼事情。

爺爺說：「『累積……』，你剛剛就聽見我說的了，這句話聽起來怎麼樣？」

我回答說：「不錯。不過這句話是什麼意思？是誰說的呢？」

「我剛剛說的，」爺爺說：「不過我也許是從哪兒讀到的，只是我不記得了。也許是西尼加[1]或者其他羅馬時代的人物。」

「西尼加？我一直以為西尼加是印地安人其中的一族，就像依洛科族[2]一樣。」如果這個時代人人都四處拋擲知識，那麼我也想在裡面插一腳。

爺爺說：「你不知道的事情還多著呢。西尼加是活在西元三十到四十年間的學者，以提倡禁慾主義聞名。」

「那是什麼？」

爺爺抬起手制止我的發言：「禁慾主義者指的是那些宣揚斯多噶哲學並身體力行的人，這種人無論遭遇多大的痛苦，都會咬著牙忍受下來。一位真正的禁慾主義者，即使你把他的腳指甲拔下來，也不會吭一聲。即使災難降臨在他身上，他依舊可以保持冷靜，甚至整個人生都因此而毀掉了也一樣。在那樣一個時期，只有讓自己變成禁慾主義者，才能存活下來。」

我注意到爺爺沒有誇大其辭，這表示有某些我不喜歡的事情即將發生了。雖然爺爺可以說是世界上最仁慈的人，不過他老人家還是有點孩子氣，老是為了自己開心而暗中策畫一些詭計來作弄我，這正是他現在準備要做的。

我又問了一次：「這句話是什麼意思？」

爺爺回答說：「我的意思是說，看來今天雨是不可能停的了，如果我是你的話，就會開始身體力行禁慾主義者的哲學，試著回想所有過去發生的趣事，包括你以前做過的每件蠢事

1 西尼加（Seneca, 3B.C.- A.D.65），羅馬皇帝尼祿的老師，哲學家，政治家，是西元一世紀時羅馬學術界的領袖人物。鼓吹禁慾、勇敢、清廉，掃除社會階級之間的隔閡，實行大同弟兄主義，以愛待人等實踐倫理的理論。

2 依洛科族（Iropuois），北美印地安人的一族。

來讓自己好過點。還有，你嘴巴繃得那麼緊是怎麼回事？」

當我望著窗外時，並不覺得自己的嘴巴緊繃，也不覺得什麼事有趣或者充滿智慧。現在雨正猛烈地下著，每落下一滴雨，我就感覺到我那獵人的靈魂被刺傷了一下。為了今天，我已經等待了九個月，還有像是一個世紀長的上個禮拜。很少獵季開始的那天是星期六，但是今年卻碰上了，這種不尋常就好比是永恆的聖誕節，或者整個月裡都沒事可做的星期天一樣。

看起來，我和天氣真的是合不來。我不只一次因為下雨而取消了星期六的計畫，但是我總可以找得到其他事情——當然不是搶銀行——來消磨時間。因雨取消週六計畫總是會深深地刺傷我的心，這時候，爺爺說的那些關於如何度過下雨週六的大道理，對我而言，並沒有很大的幫助。

但是，我從來沒有遇過一個下雨的星期六，又剛好是狩獵季開始的第一天，尤其當上個獵季在二月底結束後，從我從把獵槍收起來的那天開始，就一直期待著今天的到來。

上個禮拜，我已經從槍械商店中買妥了足夠的彈藥，並耗費了整個星期六晚上待在納克斯警長位於鄉間的家裡。除了警長家的鳥之外，還有古德曼太太家的、佛羅倫斯．漢德瑞克斯嬸嬸家的、阿布納家的、瑪莉．米莉提阿姨家的、林登．納克斯家的鳥兒，以及那些四處跑來跑去的鳥，全都等著我這個星期六去獵。自從天氣轉冷之後，每星期天狗兒都會進行模擬狩獵練習，為練習用的肉味粉而興奮不已。有一隻六個月大的幼犬，還表現出一副像是要當隻松樹林裡最棒的獵鳥犬的模樣似的。

星期一，天氣晴朗，萬里無雲。原本茵綠的草地因初霜的降臨而枯萎，玉米殼的顏色轉為枯黃，成熟了的柿子吃起來不再生澀，夜間的營火讓人感覺溫暖舒適。前一個星期天，狗兒們在訓練課程中表現良好，牠們已經為狩獵季準備妥當了，跟我這個獵人一樣。

星期二天氣仍舊晴朗，接下來的星期三、星期四和星期五都是好天氣。再過一天就是星期六了，不用上課，而且狩獵季開始了！

然而，現在卻下著猛烈的大雨，雨滴都像棒球一樣大。強風粗暴地颳吼著，無數細箭般的雨絲不斷打在牆壁和窗戶上，窗戶玻璃也因為雨水而模糊不清。雨大約是從早餐時開始下的，最初只像玩笑般，幾顆水珠從天而降，在納克斯警長家前院乾淨的沙地上點出了幾個小黑點。過一會兒，小黑點慢慢變成大洞，再慢慢變成小水道，到最後小水道擴大成幾個水窪。即使是諾亞，一定也不曾經歷比我眼前這場更可惡的雨，這場居然下在狩獵季第一天的雨啊。

那豐盛的早餐溫暖了我的身體，有燕麥粥、火腿、蛋、碎玉米及咖啡。壁爐裡的火焰照亮了整間房子，然而，猛烈的暴雨從連接兩棟房子間的走廊中吹了進來，飛濺進來的雨水沿著凹凸不平的地面漫遊。頂著強風豪雨，我打開前門走到前廊上。這雨其實也沒多大，不過就是讓人看不清楚馬路對面，那片有鴿子躲藏其中的黃豆田而已。狗兒們一開始還跟著我走出客廳，可是在風雨的吹襲下，牠們很快地就躲到門後面去了。老是喜歡在馬路上閒晃等著被車撞死的珠雞們，現在全部擠在房子下面的空隙中，豎著羽毛，發出憤怒的喧嘩聲，用雙腳嫌惡地踢踏著潮濕的沙地。

我又打開門，帶著狗兒們走回屋內。爺爺還有警長一起坐在壁爐的前面，從煙囪上面滴落進來的雨水，使壁爐上的三角鐵架吱吱作響。此時我已經整裝待發，但是兩個老人家卻連他們的靴子都沒有穿上。他們都只穿著舒適的居家鞋，露出一截穿著衛生褲的腿，甚至連獵人穿獵靴時一定要穿的羊毛襪都還沒穿上。

爺爺搖搖頭說：「你最好把你身上的裝備卸下來，我覺得今天你沒有機會打鳥了。約翰，你說呢？」他轉頭對著警長說：「今天的雨看起來是不想停的樣子了，是吧？」

警長對著爐火吐了口痰回答說：「對，你今天是看不到太陽了。我覺得過一陣子它可能會出來，但不是現在。即使現在天氣轉晴，林子裡也太濕了。鳥兒們會棲息在高高的樹枝上，蜷曲著身體待在茂密的葉子中。牠們不會出來吃東西的，而且太濕，獵狗什麼也聞不到。在這樣的天氣裡，空氣中不會留下任何氣味的。」

但當時我就是想硬拖著獵狗，堅持要到濕答答的林子裡去，可是爺爺搖了搖頭說：「浪費時間，你真那麼做的話只會讓你的槍生鏽，而且你也會感冒的。你最好承認這個事實——今天不是你的幸運日。連獵犬也知道這種日子最好不要出門。這樣的天氣只適合打野鴨，可惜獵鴨季還沒開始。所以現在你最好忍一忍，回想一些過去的趣事讓自己好過點吧。」

當然，爺爺是對的。獵鳥最好的日子，有時就是在特定條件下的雨天裡，像那種足以滋潤乾枯土地的毛毛細雨，會讓獵狗的鼻子變得比較靈敏，就好比濕潤的夜晚能增進汽車引擎內的汽油燃燒，是一樣的道理。因此，獵犬更容易找尋與追蹤獵物，把成群的鵪鶉聚集到一塊兒，即使落單的鵪鶉也會被牢牢地盯在原地，如此一來，不但比較容易瞄準，而且當你開槍射擊後，鵪鶉在獵犬們的盯梢下也不敢輕舉妄動，四處亂飛。

我有幾次狩獵的輝煌戰績，就是在天氣半濕的日子裡，因為那種天氣，懶惰的獵人會待在家中溫暖的壁爐旁邊。但無論如何，今天都不會是個適合獵鳥的日子，這樣猛烈的雨勢，我必須划著小船才能到得了最近的花生田哩。

警長跟爺爺繼續開心地聊天，大多是關於戰爭、政治、莊稼還有最後一次獵鹿的情形，但是我對他們聊天的內容一點都不感興趣。我還在幻想著過一會兒會陽光普照，獵狗在野地裡巡視的情形。

爺爺看我坐立難安，好一會兒後他說：「你就不能去和女孩子們一起玩玩，給我們兩個老頭子一點點寧靜的空間嗎？你都快把地毯踩破了，那絕對不是一個有耐心的人該有的樣子，況且，你把我和警長都搞得神經兮兮的。」

如果是現在的話，我對女孩子們可沒有任何抵制的心態，特別是年歲增長之後。但在當時，我唯一可以接受的，只有當女人們在廚房裡做著香噴噴的美味食物，好讓我待會兒能大快朵頤的時候。小時候我覺得幾乎所有的女孩子都是三姑六婆，只會咯咯地傻笑，如果你用斜眼看她，就會哭給你看。我從來沒認識哪個女孩子扔棒球時手肘不會亂轉，而且當時大家一般的看法都認為，女生都是好孩子，而男生全都是混蛋。

警長有一群女兒，艾瑟兒、莎麗、安妮、梅，還有葛楚德，都在旁邊吱吱喳喳說個不停，對此我能想到的只有咯咯亂叫的雁群，除了把我搞糊塗外，什麼也不會做。狗兒們也幫不了我什麼忙。牠們躺在爐火旁邊，看起來就跟我一樣消沉。這真是我經歷過最令人挫折的室內活動了。

大雨持續到午餐時間，沉重的敲擊聲彷彿是用榔頭在槌打什麼似的。我們吃了一頓當時稱之為大餐的豐盛午餐，但是我對那些炸雞、鹿肉、蘋果派、糖衣蕃茄及其他我平常愛吃的東西，今天根本一點興趣都沒有。午餐後，爺爺嚴肅地看著我，然後少見地用和表情同樣嚴肅的語氣跟我說：「去去去，帶上你的槍，再帶上一隻笨到願意跟你出去的獵狗，給我出去打獵！在你把我們全部人搞瘋之前，快給我滾出去。」

我把老舊的油布雨衣披在獵裝夾克的外面，帶上槍，踹醒獵狗。牠們心不甘情不願地離開壁爐，我還得用力拽才能把老獵狗們拖出門，只有那隻小夥子在莫名緊張的心情下還覺得出門很有趣。門外還下著傾盆大雨，我步履維艱地走到黃豆田，希望能驚起隻鴿子什麼的，可惜一隻也沒有。在灰濛濛的鬆軟土地上，清一色是爛泥巴，我的靴子一碰上就像是用水泥黏上了一大塊。才一踏進去，每隻腳都像有一噸重，走起來十分費力。

那天我學到了，有兩樣東西在惡劣的氣候下不會變得更好；一個是海洋，另一個是林地。而後者還比前者還要更糟。

到現在我仍然不知道，下雨天動物們到底能做些什麼事。我猜想，兔子會鑽到牠們的地洞裡去，小鳥會躲在樹洞中或是匍匐在樹葉下。那天在下雨的林子裡、溼透的野地上和泡水的大草原中，都沒有出現動物們活動的跡象。獵狗們的皮毛溼透了，上面勾滿芒刺，而且還渾身發抖。我的老舊雨衣只能提供一點小小的保護作用。四周狂風暴雨，雨滴流進我的眼睛裡，讓我視線模糊，鼻水直流，就像是樹枝上不斷流下的雨水。

我強迫獵狗們進入沼澤地，因為我估計那邊的大樹下可能有一些仍然乾燥的土地，而且還可能會碰巧遇到一群鵪鶉。雖然我計畫如此，但可惜什麼都沒有，而且我在跳過小溪的時候還滑了一跤，雖然沒有因此全身溼透，但還是稍微沾濕了一些。

大約兩個小時後，我決定放棄。獵狗和我又艱難地走回農場，我們全都又冷又悲慘。屋裡所有人一定都盯著看我們蹣跚地走進門廊。

爺爺一定老早就看到我們回來了，因為他直接到門廊上接我們。他嚴厲地說：「快把濕衣服換下來，然後到壁爐前面來烤火。不過記得先把狗兒們擦乾後才能讓牠們進屋子裡來，牠們在半乾半濕的時候最臭。」他一講完就轉身踱回客廳的爐火邊。

在換下濕衣服時，我幾乎凍僵了，而且在還沒把狗兒們用燻肉房拿來的麻布袋擦乾前，一定不會准我進客廳回到壁爐邊。進了客廳，我先背對著爐火烤火，這時爺爺諷刺地問：「打到任何鳥了嗎？」

「沒有，爺爺」，我回答他。

「看到任何東西嗎？」

「沒有，爺爺，沒有任何東西。」

「我也覺得不會有。」爺爺對我說：「在外面掙扎了這幾個小時之後，你有覺得好多了嗎？」

「沒有，爺爺。」我繼續回答。

「證明了什麼事嗎？」

「沒有，爺爺。」

爺爺說：「喝杯咖啡吧，然後聽警長說個故事。他要講一個壞農夫在那條路後面的墳場，用一把長柄斧頭殺死他太太的故事。」

那是一個充滿血腥，令人毛骨悚然卻又能吸引小男孩的故事。當警長說完後，爺爺起身走到窗戶邊。

爺爺隨即說：「看樣子雨漸漸變小了，如果明天不是個晴天的話，我可是會很驚訝的。明天天氣可能會很好，不幸卻是個星期天。」

我在旁邊嘀嘀咕咕地抱怨著，連我自己也搞不清楚在說什麼，不過感覺像是在忍受著今天的壞天氣，接著我打了個大噴嚏。

爺爺說：「你真是少根筋，就像你媽一樣。而你媽則像你奶奶一樣少根筋。我說少根筋的意思是指，你必須吃到點苦頭才能好好地學會忍耐。但我倒是沒看到你因為少根筋而被嘲笑，只看到你因為這樣得到不少寶貴的經驗。在我看來，那個噴嚏代表你已經從所作的蠢事中學到教訓了。你應該聽我說過很多次了，遇到壞天氣其實也不錯，不過你得知道這種情況下該做些什麼，比如說像今天這樣的天氣，你就該好好的待在火爐前面讀本有趣的書。」

緊接著我又打了個噴嚏。

爺爺搖搖頭說：「去後面找個女孩子，跟她要點咳嗽糖漿，還有在脖子圍上條圍巾。要忍耐噴嚏可不是那麼好受的。無論如何，你因為今天的愚蠢而生了病的話，你明天就更不能去打獵了。明天一定是個該死的好天氣，你看雲都散了，太陽也出來了。」

這次我忍住噴嚏說：「但明天是禮拜天，又不能打獵。」

爺爺露出神祕的微笑：「喔，你這次又太正經了。我們現在可是遠遠地在森林裡，而且還跟警長在一起。你現在可是有法律保護的耶，如果你不到處說嘴的話，這次我就不相信哪個法官會不對你網開一面。這個下著大雨的星期六，又是狩獵季開始的第一天，給你的懲罰已經足夠啦，我想高高在上的上帝會給你點恩賜的。」

我喘了一口大氣，像是有點肺炎的前兆，不過我一點也不在乎。這就是我的爺爺。他就像隻浣熊般狡猾。那次事件讓我對「智慧」又多了一層領悟，即便我再多活一百年，也完全無法猜到爺爺在想什麼，不過當時我可一點兒都不敢抱怨。那天，我很高興自己「累積了歡笑」，甚至晚餐後還幫女孩子們洗了碗，而且只打破了一張盤子呢。

29 家

很多年前，爺爺決定卸下身上的重擔。那時正處於經濟大蕭條的年代，爺爺和絕大多數的人一樣，以房子作抵押，向別人借了一筆錢。從現代的角度看來，那並不算一筆為數龐大的借貸，然而，數千元在當時就好比是現在的數百萬一樣，幾乎是償還不起的。在那個年代裡，只要儲錢罐裡還能存有一分閒錢的人，都可以算是非常有錢的富翁。一個能夠在商店裡賒帳，買些少量日常生活不可或缺的豆子和豬肉的人，就已經比大多數人都還富有了。整個三〇年代初期，不是每個人都償還得起借款，當時，即便是債台高築的銀行都不算是破產。

那個時候奶奶已經過世了，加上當時大家都處於破產的局面，那位借錢給爺爺的有錢傢伙為了保險起見，自然而然地取消了爺爺贖回抵押品的權利，因此爺爺決定用這棟房子來還債。這是個會讓爺爺非常痛苦的決定，事後也證實確實如此。有人說，那位有錢的老傢伙是個一毛不拔的鐵公雞，也許真是如此吧。

最後，我們的家族宣告破產，並且四散各地。很明顯地，家族裡沒有任何一個人看起來像會賺大錢的樣子，因此，現在擁有我們老家的那個傢伙，在哀聲連連後只好決定把房子租出去。但是，他發誓只要他還活著的一天，就絕對不會把這棟房子賣給我們家族以外的人。他也很喜愛這棟房子，甚至勝於曾經住在這棟房子裡的一些人。

這是棟很舒適的老房子，我們祖孫倆相處的時光大半都是在這兒度過的。它位於南港，這個慵懶的北卡羅萊納州小鎮，我已經在文章裡提過太多遍了。鎮上的杉木凳是老人們歇息、嚼菸草和爭辯的場所；坐在航海公會裡的男人們總用是小望遠鏡，遠眺著砲台島和凱士威島外的大海；羅伯．湯普生先生的撞球室是年輕人下雨天時聚會的場所；普萊斯．佛柏利斯先生的電影院「阿莫左」、華特生和賴吉特的藥房、還有高斯．麥克奈爾的加油站；這些地方就是這個小鎮所有的社交場所了。在這個南方小鎮上，即使你直接講「那個樹林」或者「那條街」，大家也都知道你指的是哪片小橡樹林，或者哪條街。

在那個遙遠的年代裡，我們的老家是棟外表漆成黃色的方形建築物，緊鄰著一小片橡樹林，我們常在那兒逗弄貓咪。隔壁是湯米舅舅的家，斜對角是華克舅舅的房子，隔著一條街和山姆．瓦特家相對。山姆擁有鎮上最棒的獵鹿犬，大家都說，山姆重視他的獵犬更甚於自己的孩子們。

在那個年代，一般的住宅都還沒有地下室可以儲存舊物，因此，大家都習慣把舊物塞在架高的房子底部，那裡就變成了小孩子的尋寶天堂。這棟老家的底部是以磚頭架離地面的，下雨天時，我總喜歡花上好幾個小時，在堆積如山的舊貨裡頭仔細翻找我的寶物。無論是爺爺打獵的帳棚、為了修補破洞而拖上岸的小船、壞掉的船槳及破爛的手拋網、成箱的黃色書刊，甚至是奶奶那個已經發霉的側坐馬鞍，對我而言，都是令人興奮不已的東西。

房子的前門旁邊種有幾叢石榴，廚房後面的院子裡有一座棚架，上頭攀爬著馬拉加葡萄藤，是眾多斯卡巴農河[1]一帶盛產的葡萄，所能釀出的酒中，我所品嘗過最美味的了——我曾經喝過附近農莊釀造的葡萄酒，剛剛從冷藏庫拿出來的酒喝下去，感覺冰冰酸酸的，常讓我鬧肚子痛。後院裡還有一棵無花果樹，它結的碩大果實裂開後流出的白色黏液，總會吸引大群的鳥兒、金甲蟲和大黃蜂前來覓食。除此之外，後院裡還有一株高大的胡桃樹，秋天時會如下冰雹般，一瞬間胡桃掉落滿地。

雖然我並沒有花太多時間待在屋內，然而屋子裡頭卻是十分地舒適。老家的起居室裡有一台卡拉瑪索牌的暖爐，還有一幅看了令人不太舒服的畫，上頭畫著一隻聖伯納犬照顧著一個小女孩。房子裡還有一個大廚房，那是我們的老廚娘葛麗娜以女王的威嚴所掌管的地盤。

1 斯卡巴農（Scuppernong），位於美國北卡羅萊納州，以盛產葡萄聞名。

廚房外面有一個放置抽水幫浦的架子，上面架著花崗石條紋的洗手盆，洗手盆旁掛著一個髒兮兮的捲筒紙巾。靠近架子的天花板上，有一根鑽有兩個孔洞的椽樑，在梅姨還是個小女孩的年代，那兒掛了一個鞦韆，現在鞦韆已經不見了，只留下了掛鞦韆的洞。

事實上，老家現在還在那兒。用長葉松木蓋的老房子仍舊堅固，堅硬到你必須先鑽好洞才能把釘子打進牆壁。這棟房子的地基不很穩，雖然在暴風雨中屋頂會搖晃得十分厲害，不過卻不曾傾斜或整個兒被吹走。這棟老房子已經快有一百年的歷史了，在以氣候嚴峻聞名的卡羅萊納州海岸一帶，經歷過一次又一次暴風雨——艾莉絲、艾瑟兒、海倫和最近一次的唐娜——的考驗。也許有不少屋瓦在這些暴風雨中損壞了，然而，就像其他那些在粗糙的「速成屋」發明前所蓋的老房子一樣，爺爺的老房子至今仍舊屹立不搖。相較之下，現在那些有著地下室的現代化房子，彷彿只要微風一起便會整個被颳走似的。

時光飛逝，經濟大蕭條的年代過去了，緊接著二次世界大戰爆發，過了幾年後才結束。在這段期間我都一直注意著爺爺的那棟老屋。它曾經被租給各式各樣的家庭，那些家庭成員並沒有好好珍惜這棟老屋，他們的漫不經心從房子的狀況就可以看得出來。戰爭結束後幾年，我帶著我的狗史諾克到南方洽公時，順道去看了一下爺爺的老房子。那真是一棟糟透了的房子。

我們的老家，和那些不再有小孩和狗群嬉戲的房子一般，失去了原本的蓬勃生氣，而且被弄得髒兮兮地，殘破到令人憐憫。這十七年來，居住在這棟房子裡的陌生人並沒有好好善待它；玫瑰花叢枯死了，屋內那個會發出清脆聲響的玻璃吊燈也毀壞了。這個老吊燈曾陪伴著我們，和被廚房飄送過來的各種香味——烤火雞、香料水果蛋糕、香煎火腿和烤餅乾——所吸引而來的鹿兒，一同度過了無數個聖誕夜大餐。

原本的百葉窗破破爛爛地掉在窗外，被風吹得砰砰作響，門廊也已經腐朽坍塌。前院的玫瑰叢都不見了，取而代之的是裸露的砂岩及蒲公英，原本那一道道工整的多年生植物圍籬，不是枯黃就是已經凋謝了。不過木蘭樹還在，比以前更高更粗大了，上頭有隻九官鳥仍然在月夜裡，高聲鳴唱著清脆悅耳的小夜曲。葡萄藤不見了，藤架也倒塌了，只剩下一截被砍斷的無花果樹殘幹，還有一棵病懨懨的胡桃樹。

那個時候，我在成人的世界裡也有很多煩惱。我住在紐約，必須常到世界各地旅行，而且還養了一條狗，所以我的手頭並不寬裕。可是看到爺爺那棟老屋的模樣，讓我十分難過。我開始回想住在這棟房子裡時，所有發生在我身上和我所做過的事情，還有我在這棟房子裡及從這棟房上子所學習到的道理。當我還是個滿頭亂髮的胖小男孩開始，就喜歡在這棟房子裡消磨時光，如今我依舊珍惜的事物，絕大多數都是源自於這棟老房子。這棟老房子不但充滿了聖誕節、感恩節、復活節及夏日的美好回憶，還是我那充滿打獵、釣魚、狗兒、小船、雁鴨和鵪鶉童年的堡壘。這棟房子宛如一間古老的教堂，孩子們在其中學習到什麼是尊嚴，而成年人卻依舊保持著純潔的赤子之心。這棟房子不僅僅只是棟老房子，它代表了我的過去。

我曾經從木蘭樹上跌下來過，也射擊過這棵樹上的九官鳥，為此我還遭受了一頓肉體及精神方面的責罰。我也曾經蒐集掉落一地的胡桃果，還為了捍衛無花果樹的果實和鳥兒大打出手。屋子旁的那一小片橡樹林仍在，多節的樹幹仍然垂掛著西班牙苔蘚，以前我們總喜歡在這片樹蔭下打棒球。山丘的另一邊，有農舍、河狸築的水壩以及荷蘭人溪，是我在還沒認識「狩獵」這個字眼前去打獵的地方。從前院望出去，可以看到海岸邊的杉木凳，和一排像鹽粒反射陽光般閃閃發亮的舊式房子，我打賭我還能找到那艘舊沉船，在那個位置魚兒總是很輕易就會上鉤。

與我隨行的狗兒跑進長滿雜草的院子，把牠的黑色鼻子埋到草地上，短短的尾巴直豎向天空，等著我去跟牠嬉戲。院子裡仍然有一隻九官鳥，正準備演唱一首詼諧曲。橡樹林中，一雙藍色羽翼急飛而逝，旋即傳來一陣藍鴉聒噪的喧鬧聲。從海面吹來的新鮮海風，夾帶著濃厚的鹹味及重油的味道，再加上一絲淡淡的魚腥味。

我想起一九四九年十月，獵松鼠的季節開放時，繫著鈴鐺的獵犬在稍有涼意的十月森林中追逐著雄鹿。愛情隨著初霜而悄悄降臨，雄鹿鼓起的脖子，是向雌鹿宣告著牠那不惜一切的熱情。在寶海灘及康凱克的海岸邊，藍魚會游進沼澤裡，偶爾也會發現一大群海鱒。狗兒們在後院裡嗚嗚地低吟，熱烈地期盼下個月獵鶴鶉季節的到來。鼩在樹葉已然掉落的柿子林中睡覺，身體蜷縮成緊緊一團灰球，樹林中瀰漫著藍色的煙霧，漸漸低垂的夜色催促著小黑炭把牛群趕回家，附近的某戶人家裡正宰殺著豬仔……。

我繫著瑪麗亞女伯爵牌的領帶，開著一台藍色的別克敞篷車。我替報社寫專欄，把稿子賣給雜誌社賺取稿費，到史托克俱樂部[2]觀看表演，在高級餐廳「二十一俱樂部」用餐；我是脫衣舞孃的熟客，她們總是親暱地呼喚我的名字；我住在大廈頂樓的豪華公寓中，並積欠了一些銀行貸款。

我感覺自己像是個過去一片空白，不曾真實存在的人。當爺爺的老房子寂寞地佇立在它原來的地方，被剝奪了原有的溫暖及歡笑時，我感覺自己像是穿著別人的衣服、開著別人的車，並使用別的名字過活的另一個人。

2史托克俱樂部（Stork Club），五〇年代紐約極富盛名的俱樂部，許多明星、有錢人、名流均常出沒於此。

當然，你絕對知道我後來做了什麼。我有了九官鳥，我有了木蘭樹，而剩下的只是那張抵押的借據。

我拜訪了那個被稱為吝嗇鬼的老人，告訴他我是爺爺長大後的小孫子。他說他還記得我，雖然我不確定他是否真的還記得。但是，這個被稱為吝嗇鬼的老人，他就像是片枯萎而即將凋落的樹葉，他告訴我，他很樂意用原本抵押的金額將爺爺的老屋賣還給我。

或許他以前真的很吝嗇。基於戰後的通貨膨脹，以及當時房屋短缺的情況，他原本可以用三倍的價錢將這棟房子賣還給我，然而，他卻沒有這麼作。不論吝嗇與否，他在人生抵達終點之前，維護了自己過去的誓言——將這房子交回給原本的家族。最後我買回了爺爺的老屋，並不是因為我要使用它，而是我很需要它。

如今，重新粉刷過後的老屋驕傲地矗立在原地。四周的花草被細心呵護著，屋子內部也重新整修了一番。我的母親——她在這房子出生——現在是它的女主人，我的父親則在後面的起居室看著電視。過去，爺爺總習慣在那兒聆聽音樂，用舊式的留聲機撥放那首曲調哀傷的『老97火車的殘骸』。

在後院門廊上盪鞦韆的小女孩，現在住在「那條街」上，已經當了好幾年的祖母了。老屋裡再度洋溢著溫暖的光線以及笑語，而隨著時光的流逝，狗兒和孩子們也會陸續出現。

廚房裡又恢復了往日的歡笑，熟悉的香味充滿垂掛著老玻璃吊燈的餐廳。廚房裡再度飄出玉米、奶油拌甜豆和熱比斯吉的香味，聖誕節的水果蛋糕也一如往昔，摻和了濃濃的白蘭地。

光陰似箭，歲月如梭。不久前，我們接到銀行的通知，說我們的房貸已經完全繳清了，也就是說，爺爺的老屋已經完全回到我們的手中，再度成為我們這群遊魂的幸福避風港了。木蘭樹和九官鳥又再度被保護，花兒也重新綻放，我有時會忍不住想著，爺爺知道了不曉得會多麼開心呢！

30 偉大的朋友

一隻老狗的死去，就如同任何一個人——無論是老的、或年輕的——的去世般，總是令人心痛，甚至就某些層面而言，失去狗兒所產生的悲傷也許更為深沉。人們已經完全地依賴狗兒，讓狗兒儼然成為人類世界的一份子，狗兒和人類之間的親密關係更勝於人與人之間的友誼，無論主人的缺點再多，狗兒仍舊對主人報以盲目的忠誠。失去一隻狗讓人備感痛心，因為隨著牠的死亡，也永遠地帶走了一個人心靈中的某一部分，至少對我而言是如此。

你應該記得爺爺曾經自嘲地說過，「老狗跟老人的氣味一樣臭，而且最好讓他們遠離屋子」。他老人家也曾提及，「看著一個生命慢慢地死去是不怎麼好受的事情，尤其當這個生命是你自己時。」

當時，爺爺指的是我們家的一隻老狗，牠已經來日無多，我們所能做的只是儘量讓牠感覺舒服點。然後，有一天牠死去了，牠的死亡意味著，牠不能再和活著的人們一同分享生命，而人們也因為牠的逝去，失去了一個能豐厚他們生命的夥伴。當爺爺過世的時候也是如此。

從我有記憶開始，狗兒們就征服了我的心，不過我指的並不是那種受人溺愛的寵物狗。和人類一樣，每隻狗的智能和個性都大不相同。我的米基是一隻母的可卡獵犬，卻比杜賓狗還凶猛。弗蘭克是隻身上長滿藍色斑點的盧埃林種賽特犬，是隻風流到會把自己吊在籬笆上面吸引其他母狗的色犬，牠早該過了那樣惡搞的年紀了。阿湯，這隻咖啡色跟白色交雜的指示犬，是我曾擁有過最棒的獵鳥犬了。不過有點兒奇怪的是，牠的聲音從來沒有變聲為成年犬該有的低沉，牠在配種時會發出尖銳的叫聲，其他的公狗也因為牠尖銳的聲音，從來都不敢咬牠。然後當然是山迪，一隻檸檬和白色相間毛皮的英國賽特犬，有著一副惡劣的個性，以及我所遇過最靈敏的鼻子。再來是傑特，一隻黃金賽特犬，牠這輩子大部分的時間都躺在我的工作桌上睡覺；還有賽特犬雙胞胎——亞伯庫隆比和比奇；和一隻像白瑞德[1]般高大挺拔的指示犬，但是牠後來逃家失蹤了；最後則是現在陪伴著我的這群狗。

這群狗值得來說一說。其中一隻已經結紮了的母法國貴賓犬，牠的名字叫做梅塞麗小姐，可能是這世上唯一一隻笨到不行的法國貴賓犬。牠真的連下雨時應該進屋裡避雨這種常識都沒有。我養的史諾克可能是我見過最聰明的鬥牛犬了，然而，牠的孩子包括沙奇蒙、沙

1 白瑞德（Rhett Bulter），小說《飄》中的男主角。

奇蒙的姊妹溫蒂、還有沙奇蒙同父異母的手足魯法斯、猶安和蓮那，就完全不是那回事了。

驕傲地活了十三個年頭的史諾克是隻純種的鬥牛犬。和牠的祖先一樣，牠也只和純種的鬥牛犬配種。西班牙有許多混種的鬥牛犬，牠們都有像穿了白襪子般的腳和純白的胸膛，精力旺盛地到處跑來跑去。實際上，我的這隻老紳士只配種過四次，卻在短暫的蜜月期裡總共生下了四十二隻小狗。最近一次我們從馬德里為牠帶來了一位新娘，牠馬上就當了十一隻小狗的爸爸，這對一隻年高德劭的老狗來說是相當不錯的成就了，尤其是像牠這樣一隻腳已經踏進棺材的老狗。大家都說，即使是史諾克家族裡的小矮子，都遠比別人家的大個子來得體型巨大。

不過，沙奇蒙是例外，牠和牠的西班牙媽媽一樣矮小。而且，和牠那不起眼的小個子不同的是，牠有著一副我這輩子所見過最糊塗的個性。牠就像是年輕版的米奇．魯尼般滑稽。牠總是大剌剌地攤著四肢呼呼大睡，如果早晨我忘了踢牠起床的話，牠還會生氣。牠總在園丁工作時咬他的腳踝搗蛋。沙奇蒙深深為鼻竇炎所苦，只要聽到沙奇蒙氣喘，我就可以告訴你何時將要變天。我想把沙奇蒙像牠姊妹溫蒂一樣送出去，可惜只要是頭腦清楚的人都不會想養牠，最後的結果就是我被這愚蠢的小傢伙給綁住了。

其實，若這些狗兒年紀在還小到不足以成為這個家族一份子的時候走失，或者是死於犬瘟，抑或是像老弗蘭克一樣因為好色而把自己吊死，都還是可以承受的傷痛，然而我們眼睜睜地看著史諾克一步步地走向死亡，卻是一件非常恐怖的事情。

想起當年，我買了這隻十周大的小狗當作禮物送給我的太太。在一頓佐以馬丁尼的豐盛午餐後，我和作家保羅．加理寇、編輯比利．威廉斯還有一個叫做伯尼．瑞林的朋友一起去長島挑選幼犬。在狗主人的眼中，每隻幼犬看起來大概都沒有太大的差別，他放任小狗兒們四處亂跑，並且用力地摑打每一隻小狗。其中只有一隻幼犬敢露出牠的乳齒，齜牙裂嘴地向牠的主人反擊。

我說：「我就要那隻，那隻最會打架的。牠叫什麼名字？」狗主人回答說：「牠叫做『碎片』，牠就跟牠爸爸和爺爺一樣，把東西撕成碎片是牠的拿手把戲。」

當時我剛以首位市民的身分，進行了為期一週的水下潛艇航行測試。所以我說：「牠的名字是史諾克[2]，牠看起來就像是隻該命名為史諾克的狗。」

當牠出現在眾人面前時，這隻小狗已經是我所看過最兇猛的鬥犬了。牠六個月大時，我就必須使出全力把牠拉離一隻被牠攻擊的成年貴賓犬。那隻杜賓犬喉嚨被咬住，四隻腳騰空掙

2 史塔克（schnorkel）指的是潛水艇潛水時使用的水下通氣管。

扎，一副可憐兮兮的模樣。直到我拿棍棒撬開史諾克的嘴，牠才肯鬆開那隻杜賓犬的脖子。

但就在同一個禮拜，史諾克對水產生了負面的印象。當時我正駕著小船在紐澤西的一個湖面上釣魚，而那小子則站在碼頭上。我從船上叫喚牠，牠卻以為眼前的湖面只是暗藍色的人行道，於是直直地走下碼頭，結果差點被淹死在湖裡。

從此之後，所有的水都變成史諾克的敵人。這可不能解釋成說怕水是鬥牛犬的天性，因為史諾克的小孩沙奇蒙可是要被牢牢拴住，才能阻止牠在非洲跟梅塞麗小姐游泳一整天。住在我們附近的西班牙人給史諾克取了一個綽號。他們叫牠「救生員」，因為牠總是在海灘邊走來走去，不安地扭動牠的腳爪，嘴角噴著泡沫，急切地哀求人們在溺死前趕快從那片濕漉漉的水裡爬上來。

當我們住在格林威治村[3]時，史諾克還是隻小狗，然而牠的社交圈卻十分地不尋常。在米諾塔街一帶住著一個流氓，他的個子矮小，人很好，而且長得有點像狗。有一天，他在平日活動的地方靠近我並跟我搭訕，他提及聽人家說保險公司拒絕我們投保，原因是我住的地方治安太壞。

他說：「不用擔心，不會有人敢動你一根寒毛。你可以不用鎖門。這個鎮是我的地盤，不會有混混膽敢欺負你的。」我等著他說出他真正的意圖。「你不介意有時候讓我帶你的狗散散步吧？我沒有辦法抗拒狗的誘惑，而且我很喜歡你這隻狗。」

我回答：「沒問題。」從此以後，當有鈴聲或敲門聲響起，甚至有一個小石頭輕輕砸到玻璃窗時，流氓先生就會穿著他一成不變的外套出現。這時我就會把史諾克帶下樓，然後這兩個暴徒就一起去散步。

當我必須工作到深夜時，偶而我太太吉妮會幫我去遛狗。但我從來不擔心她在清晨兩點時還待在陰暗的後街上。有一晚我從窗戶看出去，當她帶著這隻狗在深夜的街道上散步時，我看到一個暗影飛快地藏進旁邊更深更暗的陰影中。

「你不用擔心你太太在深夜裡遛狗。」我那沉默寡言的流氓朋友有天跟我說：「我的手下永遠都會在附近保護她們的。」他猶豫一下：「他們沒有其他的事情可以做。」然後他又說：「我現在可以去遛你的狗嗎？」

史諾克很敏感；牠是個暴徒，而且不喜歡陌生人。在這兒我必須先跟你們說，史諾克曾經擁有一隻溫馴的鴨子，還照顧過一隻名字叫做「騙子」的貓。但這並不表示牠喜歡鴨子或貓。牠只是喜歡「那隻」鴨子，還有那隻叫作「騙子」的貓，就跟我們的流氓朋友一樣。

3 格林威治村（Greenwich Village），美國紐約市位於下曼哈頓的居民區。

有一天晚上，幾個小鬼頭打算在這附近打劫，那晚史諾克剛好沒有被拴住，結果牠把這些擅自闖入的小鬼趕上了逃生梯。人家說鬥牛犬的嗅覺不是很好，不過牠們的感覺卻非常靈敏。當經濟狀況慢慢改善後，我們搬到比較高級的第五街一帶，史諾克還曾經把一群小偷嚇得逃到倉庫[4]屋頂上。那晚，牠的確表現得像個專職的居家保全人員。

這是一棟高級公寓的頂層，電梯打開後就正對著我們家的起居室。我們在這裡舉辦了一個大約一百五十人的聚會，有點類似生意上的雞尾酒會，而史諾克則快樂地跳上每位客人的膝蓋。我猜牠很開心能認識這些與會的賓客，其中包括一些穿著藍色西裝[5]，超級討厭狗兒的愛貓人士。

突然間，我太太在一個遠處的角落呼喚我：「史諾克不願意讓這兩個人出電梯，牠還對他們低吼，就像在驅趕小偷似的。我猜他們是你在路上帶過來的朋友，不過你最好跟狗解釋一下。」

他們外表看起來非常親切，似乎是那種可以圓滑地融入談話中的人。但是史諾克卻緊繃著四肢並露出尖銳的牙齒，表示牠一點都不喜歡這兩個人。我肯定從未見過這兩個吊兒啷噹的人。

我問：「你們想幹什麼。」

其中一個人說：「喔，我們猜這裡是一間俱樂部什麼的。我們看到這兒每晚燈都亮到深夜，而且今晚又來了這麼多人，所以我們猜你可能是在經營某種夜總會。」

「你們要搭電梯離開，還是想接受狗的招待？」我對他們說：「我可一點兒都不在乎你們會變成什麼樣子。」

他們選擇搭電梯離去，而史諾克則扭頭回到宴會上，繼續把牠的毛沾黏在那些紳士們的藍色西裝上。

在我這個老男孩四處掙錢的這段期間，史諾克和梅塞麗小姐在歐洲待了八年。所以史諾克懂得法語、西班牙語、加泰隆尼亞語[6]，斯華西里語以及英式英語；而梅塞麗小姐則仍然連牠的名字都聽不懂。傭人們稱呼史諾克為「廚子」，因為牠老愛待在廚房裡面。梅塞麗小姐則不跟傭人打交道。牠也拒絕喝「坐浴盆」[7]——這是拉丁式的浴室所必備的設備——以外的任何水。

兩隻狗都很習慣旅行；牠們跟著我們在帕拉莫斯和巴塞隆納間來回奔波，也和我們在北

4 outbuilding，指的是和主屋相連的附屬建築物，通常用來當作儲存東西的倉庫或其他用途。
5 Blue suits，通常指那些穿著鮮豔西裝的成功人士。
6 加泰隆尼亞語（Catalan），使用者分布西班牙、法國、安道爾還有義大利，大多數在西班牙，也是西班牙的官方語言之一。
7 坐浴盆（bidet），可以讓小孩淨身用，或者在如廁後用以清洗屁股。

非的丹吉爾（Tangier）待了一個夏天。這些旅行花了我們不少的時間與金錢，同時也惹了一些麻煩。在巴塞隆納時我們除了麗池大飯店外，沒辦法找到可以長期居住的房子，而狗兒們也不在乎旅館外的電車吵雜聲，所以我們到達丹吉爾後便住在艾兒米拉旅館，結果因為女人間的戰爭及摩洛哥暴動的關係，我又再度透支了我的銀行存款。

牠們在西班牙過得非常愜意；有僕人可以使喚，在兩棟房子前都有一個大庭院，庭院中種了各種花卉可以隨牠們撒尿在上面，其中一幢房子前還有一片滿是遊客的沙灘。出身德國的史諾克，老是對法國人咆哮，而身為法國佬的梅塞麗則狂吠德國人。不過史諾克的兒子沙奇蒙老是懶洋洋的，看起來一點都沒有身為德國佬該有的樣子，只是老愛咬我。

請你要專注一點，接下來，我會告訴你為什麼。史諾克已經垂垂老矣，走起路來唯唯顫顫，後腿虛弱無力，而且牙齒也已經磨損到不堪使用的地步，甚至沒有辦法再跟自己的小孩打打鬧鬧了。喧鬧會干擾到牠的休息，還有牠的毛皮也禿了，視力大不如前，記憶力也衰退到甚至忘了最後一任女朋友是誰。如今我的老小狗——我的史諾克——在眾人的關愛憐惜中，逐漸地步向死亡。

對任何一個人來說，看著一個老孩子在衰弱、蒼老中無助地慢慢死去，並不是一件好過的事情。以前所有令牠驕傲的事物、幽默感、活力，以及牠所重視的尊嚴，都慢慢地離牠遠去。某天牠像突然感覺到什麼似的，低著頭，踏著蹣跚的腳步走進雜物堆裡，跌跌撞撞地找尋著可以死去的角落。我在西班牙住的落後地區裡，並沒有專門安排狗兒葬禮的地方。最後我們在一片松樹林中間幫牠挖了一個墓穴，並且跟一個西班牙內政部的軍人借了一把手槍，然後帶著我的老狗到樹林裡射殺牠，廚子加上那個內政部的軍人還有我三人，合力用土將墓穴蓋起來。戴勝鳥在松樹的枝椏間跳躍著，地中海沿岸的海浪溫柔地拍打著前院的海岸，在那個陽光普照的早晨，我也同時埋葬了一部分的我。我們很欣慰能送垂垂老矣的史諾克離開世界，如此一來，史諾克在我們心中永遠年輕充滿活力。

然而，無法再復返的是，自從史諾克第一次跟我回到位於格林威治村的公寓，開始和我們一起生活後的那些日子，還有我搬入住宅區，隨後又前往歐洲，再轉往南美、非洲、印度、日本、澳洲、中國、新幾內亞以及所有我嚮往的地方，那些年漂泊的歲月。

史諾克活了將近人類上百歲的年紀。我的老朋友也都是牠的老朋友，其中有許多隨著歲月的流逝也逐漸變老、生病、衰弱，然後逝去了。

回顧從擁有史諾克到埋葬牠的這段日子，我發現史諾克在我的成年生涯裡占有舉足輕重的地位。我剛擁有史諾克的那個時期，並不比一般小鬼成熟多少，當時我剛從幾年的戰場生涯中回來，這場戰爭打斷了我的青少年時期，因此戰後我仍然帶著年輕不成熟的驕傲與自信。史諾克陪伴著我一起成長，直到牠隨著時間衰老死去為止。

我非常慶幸史諾克跟著我一起開車到北卡羅萊納州，買回了爺爺的老房子，並不是因為我要使用它，而是我需要它。史諾克在我繳清房屋貸款時也仍活著。自此後爺爺的老屋回來了，而我的童年也隨之回來了。生活充斥著一大堆的瑣事、一大堆的工作、還有一連串的遠離與歸返。有一次，我離家九個月旅行於世界各地，回家後所受到的歡迎，就像我只是到附近的郵局散個步回家一般。

在我用毛巾把我的老朋友包好埋入土裡後，幫忙我的軍人跟著我一起回家，並一起為我的老狗敬上一杯好酒。在我的工作室裡，那位軍人目光巡視著四周，從大壁爐到牆上掛著的幾個作為戰利品紀念的非洲動物標本。

「牠是隻好狗，」他開口說道，「也是個好人。牠在一個好家庭裡度過了幸福的一生。」

我想，爺爺並不會在意把這句話也當作他自己的墓誌銘吧。

小男孩長大後

爺爺和我續集

The old Man's Boy Grows Older

作　　者　魯瓦克（Robert Ruark）
譯　　者　冷彬、林芳儀
封面設計　萬勝安
封面人物繪圖　Zora Chou
責任編輯　張海靜
行銷業務　王綬晨、邱紹溢
行銷企畫　曾志傑、劉文雅
副總編輯　張海靜
總 編 輯　王思迅
發 行 人　蘇拾平
出　　版　如果出版
發　　行　大雁出版基地
地址　台北市松山區復興北路 333 號 11 樓之 4
電話　02-2718-2001
傳真　02-2718-1258
讀者傳真服務　02-2718-1258
讀者服務信箱 E-mail　andbooks@andbooks.com.tw
劃撥帳號　19983379
戶名　大雁文化事業股份有限公司
出版日期　2023 年 8 月三版
定　　價　420 元
ISBN　978-626-7334-15-7

國家圖書館出版品預行編目（CIP）資料

小男孩長大後：爺爺和我續集 / 魯瓦克(Robert Ruark)著 ; 冷彬, 林芳儀譯. -- 三版. -- 臺北市 : 如果出版 : 大雁出版基地發行, 2023.07
　面；　公分
譯自 : The old man's boy grows older
ISBN 978-626-7334-15-7(平裝)
874.57
112010489